AtV

Fjodor Dostojewski wurde 1821 in Moskau als Sohn eines Armenarztes und einer Kaufmannstochter geboren. 1837 starb seine Mutter an Schwindsucht, 1839 wurde sein Vater von leibeigenen Bauern erschlagen. Dostojewski studierte an der Ingenieurschule der Petersburger Militärakademie und war ein Jahr im Ingenieur-Departement für Festungsbau tätig. Seit 1845 widmete er sich ganz dem Schreiben. 1847–1849 nahm er regelmäßig an den Zusammenkünften des Kreises um den linken Publizisten Petraschewski teil. 1849 wurde er verhaftet und zum Tode verurteilt. Unmittelbar vor der Erschießung wurde das Todesurteil in vier Jahre Zwangsarbeit mit anschließendem Militärdienst als Gemeiner in Sibirien umgewandelt. 1859 kehrte Dostojewski nach Petersburg zurück, widmete sich wieder dem Schreiben und verstärkt der Publizistik. Er starb 1881 in Petersburg.

Wichtige Werke: „Arme Leute“ (1845); „Der Doppelgänger“ (1846); „Erniedrigte und Beleidigte“ (1861); „Aufzeichnungen aus einem Totenhaus“ (1862); „Schuld und Sühne“ (1866); „Der Spieler“ (1866); „Der Idiot“ (1868); „Die Dämonen“ (1872); „Der Jüngling“ (1875); „Die Brüder Karamasow“ (1880).

Ein geradezu krankhaftes Verlangen nach Karriere, Sicherheit und Glück beherrscht den erfolglosen Petersburger Titullarrat Goljadkin, der doch so furchtsam und unterwürfig ist. Da entsteht aus seinem von Angst geplagten Bewußtsein Goljadkin der Jüngere – sein Doppelgänger und Antipode, dem einfach alles gelingt. – „Ich habe nichts Ernsthafteres in der Literatur zustande gebracht, als diese Idee“, schrieb Dostojewski 1877 im „Tagebuch eines Schriftstellers“ über seine berühmte Erzählung.

Fjodor Dostojewski

Der Doppelgänger

Ein Petersburger Poem

Deutsch von Georg Schwarz

Aufbau Taschenbuch Verlag

Titel der russischen Originalausgabe
Двойник

Herausgegeben von Gerhard Dudek und
Michael Wegner

ISBN 3-7466-0133-9

1. Auflage 1992
Aufbau Taschenbuch Verlag Berlin

Reihengestaltung Sabine Müller, FAB Verlag, Berlin
Einbandgestaltung Frank Odening, FAB Verlag, Berlin
unter Verwendung eines Ausschnittes aus dem Gemälde
„Die Abendgesellschaft“ von W. J. Makowski
Satz LVD GmbH, Berlin
Druck Elsnerdruck, Berlin
Printed in Germany

Der Doppelgänger

Ein Petersburger Poem

Erstes Kapitel

Es war kurz vor acht Uhr morgens, als der Titularrat Jakow Petrowitsch Goljadkin nach langem Schlaf erwachte, gähnte, sich streckte und schließlich die Augen öffnete. Im übrigen lag er noch an die zwei Minuten unbeweglich in seinem Bett wie jemand, der nicht ganz sicher ist, ob er wacht oder noch immer schläft, ob all das, was um ihn herum geschieht, in Wirklichkeit vor sich geht oder die Fortsetzung seiner chaotischen Traumbilder darstellt. Bald jedoch nahmen die Sinne des Herrn Goljadkin die alltäglichen, gewohnten Eindrücke deutlicher und schärfer wahr. Vertraut blickten ihn die grünlich-schmuddeligen, verräucherten und verstaubten Wände seines kleinen Zimmers an, die Mahagonikommode, die auf Mahagoni gebeizten Stühle, der rot gestrichene Tisch, das rötliche türkische Wachstuchsofa mit dem grünen Blümchenmuster und zu guter Letzt die gestern in aller Eile abgeworfene und auf dem Sofa übereinandergehäufte Kleidung. Zudem schaute der graue, schmutzig-trübe Herbsttag so ärgerlich und mit so saurer Miene durch die glanzlosen Fensterscheiben ins Zimmer, daß Herr Goljadkin durchaus nicht länger daran zu zweifeln vermochte, daß er sich nicht in einem fernen Märchenland befinde, sondern in der Stadt, der Hauptstadt Petersburg, in der Schestilawotschnaja-Straße, im dritten Stock einer sehr großen Mietskaserne, in seiner Wohnung. Nachdem Herr Goljadkin diese bedeutsame Entdeckung gemacht hatte, schloß er ruckartig die Lider, als bedauere er, nicht mehr im Schlaf zu liegen, als wolle er ihn für einen Augenblick zurückzwingen. Doch gleich darauf schoß er mit einem

Satz aus dem Bett, da er vermutlich endlich auf die Idee gekommen war, um die sich seine bis dahin zerstreuten, noch ungeordneten Gedanken gedreht hatten. Er schoß also aus dem Bett und eilte sogleich auf einen kleinen runden Spiegel zu, der auf der Kommode stand. Obwohl das verschlafene, kurzsichtige, von einer ziemlichen Glatze gekrönte Antlitz, das er im Spiegel sah, von genau jener unbedeutenden Art war, die auf den ersten Blick entschieden niemandes besondere Aufmerksamkeit erregt, war sein Besitzer mit dem, was er im Spiegel erblickte, augenscheinlich völlig zufrieden. „Wär auch ein Ding", sagte Herr Goljadkin mit gedämpfter Stimme, „wär auch ein Ding, wenn heute irgend etwas an mir nicht ganz in Ordnung wäre oder nicht stimmte – sagen wir, sich ein völlig entbehrlicher Pickel gezeigt oder sonst etwas Unangenehmes bemerkbar gemacht hätte; bisher jedoch ist alles gut, bisher geht alles in Ordnung." Herr Goljadkin stellte, äußerst erfreut, daß alles in Ordnung ging, den Spiegel an seinen Platz, stürzte, obwohl er barfuß war und sich in demselben Aufzug befand, in dem er sich dem Schlaf zu überlassen pflegte, ans Fenster und suchte mit großem Interesse den Hof des Hauses, auf den die Fenster seiner Wohnung gingen, mit den Augen ab. Offenbar war er auch von dem, was er auf dem Hof entdeckte, völlig befriedigt; sein Gesicht erstrahlte in einem selbstgefälligen Lächeln. Danach – das heißt, nachdem er zunächst einen Blick hinter die Trennwand auf die Schlafstatt seines Kammerdieners Petruschka geworfen und sich davon überzeugt hatte, daß Petruschka nicht da war, schlich er sich auf Zehenspitzen zum Tisch, schloß ein bestimmtes Schubfach auf, tastete in der hintersten Ecke herum und zog endlich unter alten, vergilbten Papieren und irgendwelchem anderen Kram eine abgeschabte grüne Brieftasche hervor, öffnete sie vorsichtig und sah behutsam und mit Genuß in das gut verborgene Geheimfach. Anscheinend wirkte der Anblick des Packens von grünen, grauen, blauen, roten und anderen bunten Scheinen recht angenehm und ermutigend auf Herrn Goljadkin: Er legte die Brieftasche mit strahlender Miene geöffnet auf den Tisch und rieb sich zum Zeichen außerordentlichen Wohlgefallens kräftig die Hände. Schließlich holte er aus ihr den so trosthaltigen Packen seiner staatlichen Assignaten und zählte die Scheine nach, zum hundertsten Mal seit dem gestrigen Tag, wobei er sie sorgsam zwischen Daumen und Zeigefinger rieb. „Siebenhundertundfünfzig Rubel in Scheinen!“ stellte er schließlich beinah im Flüsterton fest. „Siebenhundertundfünfzig Rubel ... eine erfreuliche Summe! Eine Summe, die sich sehen lassen kann“, fuhr er mit zitternder, vor lauter Vergnügen ein wenig versagender Stimme fort, wobei er das Päckchen in seinen Händen drückte und bedeutsam lächelte. „Eine höchst erfreuliche Summe! Möchte wissen, wer sie heutzutage nicht erfreulich fände! Möchte denjenigen sehen, für den diese Summe belanglos wäre! Eine solche Summe kann einen Menschen ein ganzes Stück voranbringen ...“

Aber was soll denn das heißen? fragte sich Herr Goljadkin. Wo steckt Petruschka? Er schaute, immer noch in demselben Aufzug, ein zweites Mal hinter die Trennwand. Petruschka war wieder nicht zu entdecken; statt dessen fauchte, zischte, ärgerte sich und explodierte fast der auf den Fußboden gestellte Samowar, ununterbrochen im Begriff, sich auf und davon zu machen; er brabbelte unter Blubbern und Zischen in seiner schwer verständlichen Sprache rasch und hitzig auf Herrn Goljadkin ein – vermutlich sollte das heißen: Gute Leute, nehmt mich hier fort, ich siede doch längst und bin zum Auftragen bereit.

Hol's der Teufel! dachte Herr Goljadkin. Dieses faule Biest kann einen regelrecht auf die Palme bringen; wo treibt er sich herum? Er trat, verständlicherweise entrüstet, ins Vorzimmer hinaus, eine Art kleinen Korridor, an dessen Ende sich die Tür zum Treppenflur befand; er drückte sie ein klein wenig auf und erblickte seinen Bedienten, umgeben von einem beträchtlichen Häufchen Volks – Lakaien, allerlei Hausangehörigen und hergelaufenem Pack. Petruschka erzählte etwas, die anderen hörten zu. Herrn Goljadkin sagten offenbar weder das Thema der Unterhaltung noch die Unterhaltung selber zu. Er rief sofort nach Petruschka und kehrte höchst unzufrieden, ja verärgert in sein Zimmer zurück. Dieses Biest ist imstande, einen Menschen für ein Butterbrot zu verkaufen, zumal den eigenen Herrn, dachte er im stillen, und das hat er auch, hat er auch mit Bestimmtheit getan; ich wette, daß er mich für ein Butterbrot verkauft hat.

„Nun, was ist?"

„Sie haben die Livree gebracht, Herr."

„Zieh sie an und marsch hierher!"

Petruschka legte die Livree an und betrat mit einem dümmlichen Lächeln das Zimmer seines Herrn. Seine Kostümierung wirkte höchst seltsam. Er hatte eine grüne, stark abgetragene Lakaienlivree an, die offenbar für jemand angefertigt war, der Petruschka um mindestens einen Arschin überragte; von der Vergoldung der Tressen war kaum noch etwas zu entdecken. In den Händen hielt er einen Hut, den ebenfalls goldene Tressen und auch grüne Federn schmückten, an seiner Hüfte baumelte in einer Lederscheide ein Lakaiendegen.

Ansonsten war Petruschka, um das Bild zu vervollständigen, seiner geliebten Gewohnheit, immer häuslich und im Negligé herumzugehen, auch diesmal gefolgt und präsentierte sich barfuß. Herr Goljadkin sah sich Petruschka von allen Seiten an und war offenbar befriedigt. Die Livree schien aus Anlaß einer Feier ausgeliehen gewesen zu sein. Man merkte auch, daß Petruschka seinen Herrn während der Begutachtung sonderbar erwartungsvoll ansah und jede seiner Bewegungen mit ungewöhnlicher Neugier verfolgte, was Herrn Goljadkin außerordentlich verwirrte.

„Gut. Und was ist mit der Kutsche?"

„Die Kutsche steht bereit."

„Für den ganzen Tag?"

„Jawohl, für den ganzen Tag. Fünfundzwanzig Rubel in Scheinen."

„Und hat man auch die Schuhe gebracht?"

„Ja, auch die Schuhe hat man gebracht."

„Klotz! Bist nicht imstande, jawohl statt ja zu sagen! Her mit ihnen!"

Nachdem Herr Goljadkin seine Zufriedenheit darüber

geäußert hatte, daß die Schuhe paßten, befahl er Tee und alles Erforderliche zum Waschen und Rasieren. Er rasierte und wusch sich äußerst sorgfältig, trank in aller Eile ein paar Schluck Tee und machte sich an den abschließenden, entscheidenden Teil seiner Toilette: Er streifte fast völlig neue Beinkleider über und legte ein Chemisett mit Bronzeknöpfen und eine äußerst farbenfreudig und angenehm geblümte Weste an; um den Hals knüpfte er eine bunte Seidenkrawatte, und zu guter Letzt schlüpfte er in seinen gleichfalls noch nagelneuen und sorgsam gebürsteten „kleinen Galarock". Während des Anziehens blickte er wiederholt liebevoll auf seine Schuhe, hielt alle Augenblicke bald den einen, bald den anderen ein wenig hoch und bewunderte die Fasson, wobei er immerzu etwas vor sich hin murmelte und seine Gedanken hier und da mit einem ausdrucksvollen Zwinkern begleitete. Im übrigen war Herr Goljadkin an diesem Morgen äußerst zerstreut und bemerkte wohl kaum das hämische Grinsen und die ihm geltenden Grimassen Petruschkas, der ihm beim Ankleiden half. Nachdem alles Notwendige erledigt und Herr Goljadkin vollständig angezogen war, steckte er die Brieftasche ein und musterte endgültig befriedigt Petruschka, der inzwischen Schuhe anhatte und sich damit in ebenso vollständiger Bereitschaft befand wie er; als er also bemerkte, daß nun alles getan war und man nicht länger zu zaudern brauchte, eilte er hastig und etwas aufgeregt, mit einem leichten Herzklopfen die Treppen hinunter. Die himmelblaue, mit Wappen geschmückte Mietkutsche fuhr polternd vor. Petruschka, der dem Mietkutscher und einigen Gaffern zublinzelte, half seinem Herrn beim Einsteigen; dann rief er mit fremder Stimme und mit Mühe ein albernes Lachen unterdrückend: „Fahr zu!" und sprang auf den hinteren Wagentritt, worauf sich alles zusammen polternd und dröhnend, klirrend und klappernd auf den Newski-Prospekt zu in Bewegung setzte. Kaum hatte die himmelblaue Kutsche den Torweg verlassen, als Herr Goljadkin sich krampfhaft die Hände rieb und in ein leises, kaum hörbares Lachen ausbrach – wie jemand, der ein fröhliches Temperament besitzt und dem es gelungen ist, ein tolles Ding zu drehen, ein Ding, über das er sich nicht genug freuen kann. Im übrigen wurde das Lachen gleich nach dem Heiterkeitsanfall auf dem Gesicht des Herrn Goljadkin durch einen sonderbar besorgten Ausdruck abgelöst. Herr Goljadkin ließ trotz der jahreszeitlich bedingten, feuchten und trüben Witterung beide Fensterscheiben herunter und schaute sich aufmerksam nach den Fußgängern zu beiden Seiten der Kutsche um, wobei er, sobald er merkte, daß ihn jemand ansah, eine möglichst anständige und würdevolle Miene aufsetzte. An der Ecke der Litejnaja und des Newski-Prospekts ließ ihn ein äußerst unangenehmes Gefühl zusammenzucken, und er drückte sich – gleich dem Bedauernswerten, dem jemand versehentlich auf das Hühnerauge getreten ist – rasch und sogar regelrecht erschrocken in die dunkelste Ecke seiner Mietkutsche. Es handelte sich darum, daß er zwei Kollegen, zwei jungen Beamten jener Behörde begegnet war, bei der er selber in Diensten stand. Die beiden Kollegen waren, wie Herrn Goljadkin schien, ihrerseits äußerst erstaunt, ihren Amtsbruder in einer solchen Aufmachung zu sehen; einer von ihnen zeigte sogar mit dem Finger auf ihn. Ja, Herr Goljadkin glaubte, daß der andere ihn laut beim Namen rief, was auf offener Straße natürlich höchst unangebracht war. Unser Held gab sich nicht zu erkennen und schwieg. Was für dumme Jungen, räsonierte er mit sich selbst. Was ist schon so Sonderbares dabei? Ein Mann in einer Kutsche – er hat sie eben benötigt und gemietet. Pack, und weiter nichts! Ich kenne sie – dumme Jungen, die einfach eine Tracht Prügel verdienen! Sie sind nur auf ihr Gehalt aus, auf ein Spielchen („Kopf oder Schrift") und eine Gelegenheit, sich irgendwo herumzutreiben – das ist alles. Ich würde ihnen gerne einiges auseinandersetzen, nur scheint mir ... Herr Goljadkin kam nicht dazu, seinen Gedankengang zu vollenden, und erstarrte. Ein munteres, Herrn Goljadkin wohlbekanntes Zweigespann Kasaner Pferde, das vor eine elegante Droschke gespannt war, überholte seine Kutsche rasch auf der rechten Seite. Als der Herr in der eleganten Droschke Herrn Goljadkins Gesicht erblickte, der den Kopf recht unvorsichtig aus dem

Kutschenfenster steckte, war offenbar auch er über die unerwartete Begegnung äußerst erstaunt, beugte sich vor, so weit er konnte, und spähte mit Interesse und größter Neugier in die Kutschenecke, in der sich unser Held schleunigst versteckt hatte. Der Herr in der Droschke war Andrej Filippowitsch, Abteilungsleiter bei jener Dienststelle, der auch Herr Goljadkin – als Gehilfe eines Gruppenvorstehers – angehörte. Herr Goljadkin, der merkte, daß Andrej Filippowitsch ihn zweifellos erkannt hatte, ganz Auge war und er sich nicht mehr vor ihm verbergen konnte, wurde rot bis über die Ohren. Grüß ich nun oder nicht? Reagiere ich oder nicht? Gebe ich zu, daß ich's bin, oder nicht? fragte sich in unbeschreiblicher Pein unser Held. Oder tu ich, als wäre es jemand anderes, der mir zum Verwechseln ähnlich sieht, und zucke mit keiner Wimper? Ich bin es eben nicht, beileibe nicht, und damit fertig! entschied Herr Goljadkin, zog vor Andrej Filippowitsch den Hut und starrte ihn an. „Ich, ich habe damit", murmelte er außer sich, „ich habe damit nichts zu tun, ich bin es nicht, Andrej Filippowitsch, wahrhaftig nicht, ich nicht, und damit Schluß." Die Droschke hatte die Kutsche jedoch rasch überholt, und die magnetische Wirkung der Vorgesetztenblicke erlosch. Und dennoch errötete er immer mehr, lächelte und murmelte etwas vor sich hin ... War dumm von mir, nicht darauf einzugehen, sagte er schließlich, ich hätte einfach mit einer Offenheit, die einer gewissen Vornehmheit nicht entbehrt, kühn zu verstehen geben sollen: So und so, Andrej Filippowitsch, auch ich bin zu einem Mittagessen eingeladen, da haben Sie es! Danach, als unserem Helden plötzlich klar wurde, daß er sich danebenbenommen hatte, flammte er wieder rot auf, runzelte die Brauen und warf einen furchterregenden, herausfordernden Blick in eine der vorderen Kutschenecken, einen Blick, der dazu bestimmt schien, seine sämtlichen Feinde in Asche zu verwandeln. Schließlich zog er, einer jähen Eingebung folgend, an der Schnur, die am Ellenbogen des Kutschers befestigt war, brachte die Kutsche zum Halten und befahl, zur Litejnaja zurückzufahren. Die Sache war nämlich die, Herr Goljadkin befand es auf einmal für notwendig, seinem Arzt, dem Doktor Krestjan Iwanowitsch, unverzüglich etwas außerordentlich Interessantes mitzuteilen, vermutlich zu seiner eigenen Beruhigung. Und obwohl seine Bekanntschaft mit Krestjan Iwanowitsch ausgesprochen neueren Datums war – er hatte ihn erst ein einziges Mal, und zwar in der vorangegangenen Woche, gewisser Beschwerden wegen aufgesucht –, blieb ein Arzt soviel wie ein Beichtiger, wie man zu sagen pflegt; mit ihm Versteck zu spielen wäre töricht gewesen, und den Patienten zu kennen war nun einmal seine Pflicht. Ist denn all das auch richtig? fragte sich unser Held, während er vor dem Eingang eines vierstöckigen Hauses in der Litejnaja halten ließ und aus der Kutsche stieg. Geziemt sich das? Gehört sich das? Was soll im übrigen schon daran sein? fuhr er in Gedanken fort, während er die Treppe hinaufging, nach Atem rang und das Herzklopfen zu unterdrücken suchte, das ihn auf allen fremden Treppen befiel. Was ist im übrigen schon dabei? Ich komme schließlich in eigener Sache, in einer Angelegenheit, an der es nichts Anstößiges gibt. Versteck spielen wäre albern. Ich tu so, als hätte ich weiter nichts Besonderes auf dem Herzen und käme nur zufällig vorbei ... Da wird er einsehen, daß es sich so gehört.

Herr Goljadkin erklomm, während ihm all das durch den Kopf ging, den ersten Stock und blieb vor einer Wohnungstür mit der Nummer fünf stehen, an der sich ein hübsches Messingschild mit der Inschrift befand:

Krestjan Iwanowitsch Rutenspitz,
Dr. med. und Chirurg

Unser Held beeilte sich, seinem Gesicht einen anständigen, sorglosen, einigermaßen liebenswürdigen Ausdruck zu verleihen, und war schon drauf und dran, an der Klingelschnur zu ziehen. Im gleichen Augenblick fragte er sich jedoch, und wohl mit einigem Recht, ob es nicht besser wäre, erst morgen vorzusprechen, weil ja bislang keinerlei dringende Notwendigkeit bestand. Da aber Herr Goljadkin plötzlich Schritte auf der Treppe hörte und nun einmal da war, nahm er seinen neuen Entschluß gleich wieder zurück und klingelte, übrigens mit resolutester Miene, an Krestjan Iwanowitschs Tür.

Zweites Kapitel

Krestjan Iwanowitsch Rutenspitz, Doktor der Medizin und Chirurg, ein äußerst kräftiger, wenn auch nicht gerade junger Mann, den dichte, graumelierte Augenbrauen, ein ebensolcher Backenbart, ein ausdrucksvoller, funkelnder Blick, mit dem allein er offenbar sämtliche Krankheiten austrieb, und nicht zuletzt ein bedeutender Orden schmückten, saß an diesem Morgen in seinem Sprechzimmer in einem bequemen Sessel, trank einen Kaffee, den ihm seine Frau Doktor eigenhändig gebracht hatte, rauchte eine Zigarre und schrieb hin und wieder ein Rezept für seine Patienten aus. Nachdem Krestjan Iwanowitsch einem alten Männlein, das an Hämorrhoiden litt, ein letztes Fläschchen verschrieben und das Männlein zum Seitenausgang begleitet hatte, nahm er in Erwartung des nächsten Besuchers aufs neue in seinem Sessel Platz. Dieser Besucher war Herr Goljadkin.

Krestjan Iwanowitsch hatte Herrn Goljadkin offenbar nicht im geringsten erwartet und auch nicht bei sich zu sehen gewünscht, denn er war im ersten Augenblick plötzlich verwirrt und setzte eine sonderbare, man könnte sogar sagen, unzufriedene Miene auf. Da Herr Goljadkin seinerseits, sobald er jemand in seinen kleinen Angelegenheiten beanspruchen mußte, fast immer irgendwie klein und häßlich wurde und durcheinanderkam, geriet er auch jetzt, da er sich auf den ersten Satz nicht vorbereitet hatte – der war für ihn in solchen Fällen ein wahrer Stein des Anstoßes –, in ziemliche Verlegenheit, murmelte etwas, vermutlich eine Entschuldigung, nahm sich, da er nicht weiterwußte, einen Stuhl und setzte sich. Als er sich aber bewußt wurde, daß er es unaufgefordert getan hatte, fühlte er sofort, wie unschicklich das war, und beeilte sich, seinen Fehler – Unkenntnis der vornehmen Welt und des guten Tones – zu berichtigen, indem er sich schleunigst von dem unaufgefordert eingenommenen Platz erhob. Nachdem er dann zu sich gekommen war und das undeutliche Gefühl hatte, zwei Dummheiten hintereinander begangen zu haben, entschloß er sich, ohne zu zögern, zu einer dritten, das heißt, er versuchte, sich zu rechtfertigen, murmelte lächelnd vor sich hin, wurde rot, geriet durcheinander, brach vielsagend ab, setzte sich endgültig und stand auch nicht wieder auf, sondern wappnete sich für alle Fälle mit dem ihm eigenen herausfordernden Blick, der die ungewöhnliche Kraft besaß, im übertragenen Sinne alle Feinde Herrn Goljadkins in Staub und Asche zu verwandeln. Darüber hinaus brachte dieser Blick Herrn Goljadkins Unabhängigkeit zum Ausdruck, das heißt, er besagte deutlich, Herr Goljadkin sei ganz in Ordnung, obzwar ein Mensch für sich, wie jeder andere auch, und sein Name sei auf jeden Fall Hase. Krestjan Iwanowitsch hüstelte und räusperte sich, offenbar zum Zeichen dessen, daß er damit einverstanden war und alles billigte, und sah Herrn Goljadkin mit dem fragenden Blick eines Inspektors an.

„Ich, Krestjan Iwanowitsch", begann Herr Goljadkin mit einem Lächeln, „bin gekommen, um Sie ein zweites Mal zu bemühen, und erlaube mir, Sie aufs neue um Nachsicht zu bitten..." Herrn Goljadkin bereitete es augenscheinlich Mühe, die richtigen Worte zu finden.

„Hm... ja...", sagte Krestjan Iwanowitsch, stieß ein Rauchwölkchen aus und legte die Zigarre auf den Tischrand, „aber Sie müssen sich an meine Verordnungen halten; ich habe Ihnen doch erklärt, daß die Behandlung in der Veränderung Ihrer Gewohnheiten besteht ... Nun – in Zerstreuungen; besuchen Sie meinetwegen Freunde oder Bekannte, aber verachten Sie auch einen guten Tropfen nicht; Sie sollten sich in fröhlicher Gesellschaft bewegen."

Herr Goljadkin, der immer noch lächelte, beeilte sich zu bemerken, ihm scheine, er sei wie alle anderen und durchaus bei sich, verbringe auch seine Mußestunden wie jeder andere ... er könne es sich selbstverständlich leisten, ein Theater zu besuchen, da auch er wie andere die Mittel dazu besitze; tagsüber halte er sich in seiner Dienststelle auf, während er den Abend zu Hause verbringe, bei ihm sei also alles in Ordnung; dabei erwähnte er sogar beiläufig, es gehe ihm, wie ihm scheine, nicht schlechter als anderen Leuten, er habe sein eigenes Heim, das heißt eine eigene Wohnung, und obendrein seinen Petruschka. Hier blieb Herr Goljadkin in seiner Rede stecken.

„Hm... nein... ich meine nicht Ihre Verhältnisse, ich frage Sie nach etwas anderem. Ich möchte generell wissen, ob Sie ein Freund fröhlicher Gesellschaften sind und Ihre Zeit vergnügt zubringen... Mit einem Wort: ob Sie Ihr melancholisches Dasein fortsetzen oder ein vergnügtes Leben führen?"

„Ich, Krestjan Iwanowitsch ..."

„Hm ... ich meine", unterbrach ihn der Doktor, „es bedarf eines radikalen Wandels Ihrer gesamten Lebensweise und gewissermaßen auch Ihres Charakters." Krestjan Iwanowitsch betonte dabei besonders das Wort „Wandel" und hielt einen Augenblick mit höchst bedeutsamer Miene inne. „Sich nicht die Freuden des Lebens versagen, auf keinen Fall einen guten Tropfen verachten! Zu Hause sitzen ist nichts für Sie ... das dürfen Sie einfach nicht."

„Ich, Krestjan Iwanowitsch, liebe die Stille", entgegnete Herr Goljadkin, wobei er Krestjan Iwanowitsch vielsagend ansah und offenbar nach dem gelungensten Ausdruck für seinen Gedanken suchte, „in meiner Wohnung befinden sich nur ich und Petruschka... das heißt mein Diener, Krestjan Iwanowitsch. Ich will damit sagen, ich gehe meinen eigenen, besonderen Weg, Krestjan Iwanowitsch. Ich bin ein Mensch für sich und hänge, wie mich dünkt, von niemandem ab. Ich, Krestjan Iwanowitsch, gehe auch spazieren."

„Ach was? ... Nun ja! Nur bereitet es im Augenblick nicht das geringste Vergnügen; das Klima ist zur Zeit abscheulich."

„Das schon, Krestjan Iwanowitsch. Obwohl ich aber ein friedlicher Mensch bin, wie ich wohl schon die Ehre hatte, Ihnen, Krestjan Iwanowitsch, auseinanderzusetzen, gehe ich meinen eigenen Weg. Die Straße des Lebens ist breit... Ich,

Krestjan Iwanowitsch, will ... ich will damit sagen: Entschuldigen Sie, Krestjan Iwanowitsch, ich bin kein Meister schöner Worte."

„Hm ... fahren Sie fort!"

„Ich, Krestjan Iwanowitsch, bitte zu entschuldigen, wenn ich, wie mir scheinen will, nicht der geborene Redner bin", entgegnete Herr Goljadkin leicht gekränkt, wobei er durcheinanderkam und ein wenig aus dem Konzept geriet. „In dieser Hinsicht, Krestjan Iwanowitsch, steh ich den anderen nach", fügte er mit einem besonderen Lächeln hinzu, „und lange Reden zu halten, versteh ich nicht; was Schönheit des Stils anbelangt, bin ich ungeübt. Dafür, Krestjan Iwanowitsch, handle ich; statt dessen handle ich, Krestjan Iwanowitsch!"

„Hm ... Und wie ... wie handeln Sie denn nun?" entgegnete Krestjan Iwanowitsch. Danach trat eine Minute des Schweigens ein. Der Doktor sah Herrn Goljadkin seltsam und mißtrauisch an. Herr Goljadkin schielte ebenfalls ziemlich mißtrauisch zum Doktor hin.

„Ich, Krestjan Iwanowitsch", fuhr Herr Goljadkin, ein wenig gereizt und durch Krestjan Iwanowitschs äußerste Beharrlichkeit vor ein Rätsel gestellt, in immer demselben Tone fort, „ich, Krestjan Iwanowitsch, liebe die Ruhe, und nicht das laute Gebaren der vornehmen Welt. Bei denen da, sage ich Ihnen, in der vornehmen Welt, Krestjan Iwanowitsch, muß man sich gewandt auf dem Parkett bewegen können ..." Hier ließ Herr Goljadkin andeutungsweise den einen Fuß über den Boden gleiten. „Dort ist das, bitte sehr, gefragt, genauso wie ein Kalauer ... auch auf ein parfümiertes Kompliment muß man sich verstehen ... das ist es, was dort gefragt ist. Und das habe ich nicht gelernt, Krestjan Iwanowitsch, all diese Finessen hat man mich nicht gelehrt; dazu war keine Zeit. Ich bin ein einfacher, anspruchsloser Mensch, und äußerer Glanz geht mir ab. Da, Krestjan Iwanowitsch, strecke ich die Waffen. In dieser Hinsicht – ja." All das brachte Herr Goljadkin natürlich mit einer Miene hervor, die deutlich genug verriet, daß unser Held nicht im geringsten bedauerte, in dieser Hinsicht die

Waffen strecken zu müssen und all diese Finessen nicht gelernt zu haben, eher sogar im Gegenteil. Krestjan Iwanowitsch hörte ihm zu, blickte mit einer äußerst unschönen Grimasse zu Boden und schien im voraus etwas zu ahnen. Auf Herrn Goljadkins Tirade folgte ein ziemlich langes und bedeutsames Schweigen.

„Sie sind, wie mir scheint, von Ihrem Gegenstand ein wenig abgekommen", sagte schließlich Krestjan Iwanowitsch mit gedämpfter Stimme, „ich habe Ihnen, ehrlich gestanden, nicht ganz zu folgen vermocht."

„Ich bin kein Meister schöner Worte, Krestjan Iwanowitsch, ich hatte bereits die Ehre, Sie davon zu unterrichten", erwiderte Herr Goljadkin, nunmehr scharf und entschlossen.

„Hm ..."

„Krestjan Iwanowitsch!" begann Herr Goljadkin aufs neue mit leiser Stimme, doch in bedeutsamem, zum Teil sogar feierlichem Ton und bei jedem Punkt verharrend. „Krestjan Iwanowitsch! Als ich hier eintrat, begann ich mit Entschuldigungen. Jetzt wiederhole ich sie und bitte für eine kleine Weile um Nachsicht. Ich, Krestjan Iwanowitsch, habe Ihnen nichts zu verbergen. Ich bin, das wissen Sie selber, ein unbedeutender Mensch; zu meinem Glück jedoch bedauere ich nicht, ein unbedeutender Mensch zu sein. Ganz im Gegenteil, Krestjan Iwanowitsch; kurz und gut, ich bin sogar stolz darauf, kein großer, sondern ein unbedeutender Mann zu sein. Ich bin kein Intrigant – auch darauf bin ich stolz. Ich gehe nicht heimlich vor, sondern offen und ohne Hinterlist, und das, obwohl ich meinerseits so manchem schaden, ganz gehörig schaden könnte und sehr wohl weiß, wem und auf welche Art, Krestjan Iwanowitsch, aber ich will mich nicht beschmutzen und wasche in diesem Sinne meine Hände in Unschuld. Ich wiederhole, in diesem Sinne wasche ich meine Hände in Unschuld, Krestjan Iwanowitsch!" Herr Goljadkin schwieg vielsagend; seine Rede war von sanfter Beseeltheit gewesen.

„Ich gehe geradewegs auf mein Ziel zu, Krestjan Iwanowitsch", fuhr unser Held fort, „offen und nicht auf

Schleichwegen, denn die verachte ich und überlasse ich anderen. Ich bemühe mich nicht, jene zu erniedrigen, die vielleicht sauberer sind als Sie und ich ... ich wollte sagen, als ich und andere, Krestjan Iwanowitsch, ich wollte nicht sagen, als Sie und ich. Zweideutigkeiten liebe ich nicht; jämmerliche Heuchler kann ich nicht leiden; Verleumdung und Klatsch verabscheue ich. Eine Maske lege ich nur an, wenn ich zum Maskenball gehe, und trage sie nicht tagtäglich vor den Leuten. Ich möchte Sie nur fragen, Krestjan Iwanowitsch, wie würden Sie sich an Ihrem Feind, an Ihrem schlimmsten Feind rächen – an dem, den Sie dafür halten?" schloß Herr Goljadkin und warf Krestjan Iwanowitsch einen herausfordernden Blick zu.

Obwohl Herr Goljadkin all das äußerst klar, deutlich und selbstsicher vorgebracht, die Worte abgewogen und auf ihren sichersten Effekt geprüft hatte, blickte er Krestjan Iwanowitsch jetzt dennoch mit Unruhe, mit großer Unruhe, ja äußerster Unruhe an. Jetzt hatte er alles in seinen Blick gelegt und wartete schüchtern, mit ärgerlicher, verzagter Ungeduld auf Krestjan Iwanowitschs Antwort. Zu Herrn Goljadkins Erstaunen und grenzenloser Verblüffung murmelte Krestjan Iwanowitsch etwas Unverständliches vor sich hin; dann schob er seinen Sessel an den Tisch und erklärte ziemlich trocken, im übrigen aber höflich, daß er mit seiner Zeit geizen müsse und ihn nicht recht verstehe, ansonsten jedoch bereit sei, soweit es in seinen Kräften stehe, zu dienen, wobei er jedoch alles andere, ihn nicht Berührende beiseite schiebe. Hier nahm er die Feder zur Hand, ergriff ein Blatt Papier, schnitt es auf Rezeptformat zurecht und verkündete, er werde sogleich das Erforderliche verschreiben.

„Nein, bitte nicht, Krestjan Iwanowitsch! Das ist durchaus nicht nötig", sagte Herr Goljadkin, richtete sich halb auf und faßte nach Krestjan Iwanowitschs rechter Hand, „das ist in diesem Fall nun wirklich nicht erforderlich ..."

Während Herr Goljadkin das sagte, vollzog sich in ihm eine seltsame Veränderung. Seine grauen Augen blitzten sonderbar auf, die Lippen zuckten, alle Muskeln, alle Züge seines Gesichts verzerrten sich. Er zitterte an allen Gliedern. Nachdem Herr Goljadkin der ersten Gemütsregung nachgegeben und Krestjan Iwanowitschs Arm umklammert hatte, stand er jetzt unbeweglich da, als habe er kein Vertrauen zu sich selbst und hoffe auf eine Inspiration zu neuen Taten.

Danach kam es zu einer recht eigenartigen Szene.

Der einigermaßen verblüffte Krestjan Iwanowitsch schien für einen Augenblick in seinem Sessel angewurzelt zu sein und starrte Herrn Goljadkin verwirrt in die Augen, der ihn auf ebendieselbe Weise anstarrte. Schließlich erhob sich Krestjan Iwanowitsch, wobei er sich ein wenig am Revers des „kleinen Galarocks" von Herrn Goljadkin festhielt. So standen sie sich mehrere Sekunden lang unbeweglich gegenüber, ohne ein Auge voneinander zu wenden. Dann kam es, wenn auch auf äußerst merkwürdige Weise, zu Herrn Goljadkins zweiter Gemütsregung. Seine Lippen zuckten, das Kinn zitterte, und unser Held brach völlig unvermutet in Tränen aus. Er schluchzte, nickte immerfort und schlug sich mit der rechten Hand an die Brust, während er mit der linken seinerseits nach dem Revers von Krestjan Iwanowitschs Hausjoppe griff; er wollte sprechen und unverzüglich etwas klarstellen, vermochte aber kein Wort hervorzubringen. Krestjan Iwanowitsch erholte sich schließlich von seiner Verblüffung.

„Genug jetzt, beruhigen Sie sich und nehmen Sie Platz!" sagte er und bemühte sich, Herrn Goljadkin in den Sessel zu drücken.

„Ich habe Feinde, Krestjan Iwanowitsch, jawohl, ich habe Feinde; böse Feinde, die sich verschworen haben, mich zu vernichten", entgegnete Herr Goljadkin im Flüsterton.

„Hören Sie auf, Schluß damit! Was heißt hier Feinde! Lassen wir das, reden wir nicht davon! Setzen Sie sich, setzen Sie sich", fuhr Krestjan Iwanowitsch fort und brachte Herrn Goljadkin endgültig im Sessel unter.

Herr Goljadkin nahm also Platz, wobei er kein Auge von Krestjan Iwanowitsch wandte. Krestjan Iwanowitsch seinerseits lief mit äußerst unzufriedener Miene aus einer Ecke seines Sprechzimmers in die andere. Ein langes Schweigen folgte.

„Ich bin Ihnen dankbar, sehr dankbar, Krestjan Iwanowitsch, und fühle sehr wohl, was Sie soeben für mich getan haben. Ich werde mich bis an mein Lebensende an Ihre Freundlichkeit erinnern, Krestjan Iwanowitsch", sagte endlich Herr Goljadkin und erhob sich mit gekränkter Miene vom Sessel.

„Schon gut, schon gut! Ich sage Ihnen, hören Sie auf!" antwortete Krestjan Iwanowitsch ziemlich streng auf Herrn Goljadkins Ausfall und drückte ihn aufs neue in den Sessel. „Was also haben Sie? Erzählen Sie mir, was es zur Zeit für Unannehmlichkeiten bei Ihnen gibt und von was für Feinden Sie sprechen! Was also haben Sie da auf Lager?"

„Nein, Krestjan Iwanowitsch, lassen wir das lieber beiseite", erwiderte Herr Goljadkin und blickte zu Boden, „schieben wir das vorerst auf, Krestjan Iwanowitsch, bis zu einem anderen, geeigneteren Zeitpunkt, da alles zutage treten, die Masken von gewissen Leuten abfallen werden und dies und das zum Vorschein kommt. Während ich mich nach alledem, was zwischen uns vorgefallen ist, zunächst natürlich ... das werden Sie verstehen, Krestjan Iwanowitsch ... Gestatten Sie, Ihnen einen guten Morgen zu wünschen", sagte Herr Goljadkin, erhob sich, dieses Mal entschlossen und allen Ernstes, vom Sessel und griff nach dem Hut.

„Je nun ... wie Sie meinen ... hm ..." Es folgte ein kurzes Schweigen. „Ich für meinen Teil, das wissen Sie, bin bereit, zu tun, was ich kann ... und wünsche Ihnen aufrichtig alles Gute."

„Ich verstehe, ich verstehe, Krestjan Iwanowitsch; ich verstehe Sie jetzt sehr genau ... Jedenfalls bitte ich zu entschuldigen, daß ich Sie bemüht habe, Krestjan Iwanowitsch!"

„Hm ... Nein, ich wollte Ihnen etwas anderes sagen. Im übrigen – wie Sie wollen. Mit den Medikamenten fahren Sie fort ..."

„Mit den Medikamenten werde ich fortfahren, wie Sie sich ausdrücken, Krestjan Iwanowitsch, ich werde mit ihnen fortfahren und sie in derselben Apotheke kaufen ... Heutzutage, Krestjan Iwanowitsch, ist selbst ein Apotheker ein großes Tier ..."

„Was heißt das? Wie meinen Sie das?"

„Ganz allgemein, Krestjan Iwanowitsch. Ich will damit sagen, es ist heute eben nicht anders ..."

„Hm ..."

„Und daß jeder Bengel, nicht nur der Laufbursche von der Apotheke, sich hochnäsig gegen einen anständigen Menschen benimmt."

„Hm ... Wie soll ich das verstehen?"

„Ich, Krestjan Iwanowitsch, spreche von jemand Bestimmtem, von einem gemeinsamen Bekannten von uns, Krestjan Iwanowitsch, sagen wir von Wladimir Semjonowitsch ..."

„Aha! ..."

„Ja, Krestjan Iwanowitsch, und ich kenne den und jenen, der es nicht allzu genau mit den allgemeinen Regeln nimmt und mit der Wahrheit gelegentlich nicht hinterm Berge hält."

„Ach! ... Und wie das?"

„Nun, so; das ist übrigens nebensächlich; nur verstehen sie sich darauf, einem gelegentlich einen Kniff mit Pfiff beizubringen."

„Was bitte? Was beizubringen?"

„Einen Kniff mit Pfiff, Krestjan Iwanowitsch; das ist so eine Redewendung. Sie verstehen sich zum Beispiel darauf, irgendwen aus irgendwelchem Anlaß zu beglückwünschen. Solche Leute gibt es, Krestjan Iwanowitsch."

„Zu beglückwünschen?"

„Jawohl, zu beglückwünschen, Krestjan Iwanowitsch. Wie das dieser Tage ein guter Bekannter von mir getan hat."

„Ein guter Bekannter von Ihnen? ... Aha! Und wie das?" erkundigte sich Krestjan Iwanowitsch und sah Herrn Goljadkin aufmerksam an.

„Jawohl, ein guter Bekannter von mir beglückwünschte einen anderen Bekannten, der obendrein, wie man so sagt, sein Busenfreund ist, zur Rangerhöhung, zur Verleihung des Assessortitels. Und da äußerte er denn so nebenbei: ‚Ich, Wladimir Semjonowitsch', sagte er, ‚freue mich auf das herzlichste über die Gelegenheit, Ihnen meinen Glückwunsch, meinen *aufrichtigen* Glückwunsch zu der Rangerhöhung auszusprechen. Besonders freue ich mich, weil es heutzutage, wie alle Welt weiß, keine hexenden Großmütter mehr gibt.'" Hier sah Herr Goljadkin Krestjan Iwanowitsch aus zusammengekniffenen Augen an und nickte ihm pfiffig zu.

„Hm ... Das hat er gesagt?"

„Jawohl, Krestjan Iwanowitsch, das hat er gesagt, wobei er im selben Augenblick Andrej Filippowitsch, den Onkel unseres Goldjungen Wladimir Semjonowitsch, anblitzte. Was schert mich, daß er Assessor geworden ist, Krestjan Iwanowitsch? Was geht mich das an? Und daß er obendrein heiraten will, obwohl er, mit Verlaub, noch nicht trocken hinter den Ohren ist? Das habe ich denn auch gesagt. ‚So, Wladimir Semjonowitsch, das wär's! Ich habe gesprochen, gestatten Sie, daß ich mich jetzt entferne!'"

„Hm ..."

„Ja, Krestjan Iwanowitsch. ‚Gestatten Sie also, daß ich mich jetzt entferne', hab ich gesagt. Und um gleich zwei Fliegen mit einer Klappe zu schlagen, wandte ich mich hier – nachdem ich dem jungen Mann von wegen der hexenden Großmutter über den Mund gefahren war – an Klara Olsufjewna (das geschah vorgestern bei Olsufi Iwanowitsch); sie hatte gerade eine gefühlvolle Romanze gesungen, und ich bemerkte: ‚Sie haben gefühlvoll zu singen beliebt, nur hören andere Ihnen nicht reinen Herzens zu.' Und spielte dabei unmißverständlich – verstehen Sie, Krestjan Iwanowitsch, unmißverständlich – darauf an, daß es hier weniger auf sie selbst als auf anderes ankam ..."

„Aha! Und er?"

„Er schluckte es, wie man zu sagen pflegt, Krestjan Iwanowitsch."

„Hm ..."

„Jawohl, Krestjan Iwanowitsch. Auch zu dem Alten sagte

ich: ‚Olsufi Iwanowitsch', so sagte ich, ‚ich weiß, was ich Ihnen schulde, weiß all die Wohltaten, mit denen Sie mich beinahe von meiner Kindheit an überhäuften, sehr wohl zu schätzen. Aber öffnen Sie die Augen, Olsufi Iwanowitsch! Schauen Sie sich um! Ich für meinen Teil vertrete meine Angelegenheiten offen und ehrlich, Olsufi Iwanowitsch!"

„Ach was, so war das?"

„Jawohl, Krestjan Iwanowitsch, so war das."

„Und er?"

„Was sollte er schon machen, Krestjan Iwanowitsch? Er brabbelte allerlei vor sich hin: So und so, ich weiß zwar, wer du bist, weiß aber auch, daß Seine Exzellenz ein wohlmeinender Mensch ist – und so weiter und so fort ... Was konnte man auch anderes erwarten? Er ist doch schon ganz tatterig vor lauter Alter, wie man zu sagen pflegt."

„Aha! So also schaut es aus!"

„Ja, Krestjan Iwanowitsch! Er ist nicht anders als wir alle! Der alte Knaster! Steht am Rande des Grabes, wie es im Volksmund heißt, kommt aber irgendein Weiberklatsch auf, spitzt er sogleich die Ohren; ohne ihn geht es nicht ..."

„Ein Klatsch, sagen Sie?"

„Ja, Krestjan Iwanowitsch, sie haben da einen Klatsch verbreitet. Auch unser Bär hatte die Hand im Spiel, ebenso das Goldkind, sein Neffe; sie taten sich, selbstredend, mit allerlei alten Weibern zusammen und kochten ihr Süppchen. Was glauben Sie, worauf die verfallen sind, um einem Menschen den Todesstoß zu versetzen?"

„Um einem Menschen den Todesstoß zu versetzen?"

„Ja, Krestjan Iwanowitsch, um einem Menschen moralisch den Todesstoß zu versetzen. Sie brachten ein Gerücht in Umlauf ... all das bezieht sich auf einen guten Bekannten von mir ..."

Krestjan Iwanowitsch nickte nur.

„Sie brachten also das Gerücht in Umlauf, er ... Ich muß gestehen, Krestjan Iwanowitsch, ich schäme mich, fortzufahren ..."

„Hm ..."

„Sie brachten das Gerücht in Umlauf, er habe bereits ein

schriftliches Heiratsversprechen gegeben und sei mit einer anderen verlobt .... Und was meinen Sie, Krestjan Iwanowitsch, mit wem?"

„Nun, nun?"

„Mit einer Speisehauswirtin, einer Deutschen von äußerst schlechtem Ruf, von der er sein Mittagessen bezieht. Er soll ihr anstelle der Bezahlung seiner Schulden die Hand angetragen haben."

„Das behaupten die von ihm?"

„Sie glauben es nicht, Krestjan Iwanowitsch? Eine Deutsche, eine gemeine, widerwärtige, schamlose Deutsche mit Namen Karolina Iwanowna, ich weiß nicht, ob Sie sie kennen ..."

„Ich muß gestehen, ich für meinen Teil ..."

„Ich verstehe Sie, Krestjan Iwanowitsch, ich verstehe Sie und empfinde meinerseits dasselbe ..."

„Sagen Sie mir bitte, wo wohnen Sie, wo leben Sie jetzt?"

„Wo ich jetzt lebe, Krestjan Iwanowitsch?"

„Ja ... ich möchte ... Sie haben doch, glaube ich, früher ..."

„Habe ich, Krestjan Iwanowitsch, habe ich, ich habe auch schon früher gelebt!" entgegnete Herr Goljadkin, wobei er seine Worte mit einem kleinen Lachen begleitete und Krestjan Iwanowitsch durch seine Antwort ein wenig in Verwirrung brachte.

„Nein, Sie haben mich falsch verstanden; ich meinerseits wollte nur ..."

„Ich meinerseits auch, Krestjan Iwanowitsch, ich auch ...", fuhr Herr Goljadkin lachend fort. „Ich habe Sie indessen schrecklich lange aufgehalten, Krestjan Iwanowitsch. Ich hoffe, Sie gestatten, daß ich Ihnen jetzt einen guten Morgen wünsche ..."

„Hm ..."

„Ja, Krestjan Iwanowitsch, ich verstehe Sie; ich verstehe Sie nunmehr ganz und gar", sagte unser Held, wobei er sich vor Krestjan Iwanowitsch ein wenig aufspielte. „Gestatten Sie also, Ihnen einen guten Morgen zu wünschen ..."

Hier vollführte unser Held einen kleinen Kratzfuß, verließ das Zimmer und ließ Krestjan Iwanowitsch in äußerster Verblüfftheit zurück. Er rieb sich, während er die Treppe hinunterging, vergnügt die Hände und lächelte. Als er draußen, auf den Stufen vor dem Haus, die frische Luft einatmete und sich in Freiheit fühlte, war er wahrhaftig bereit, sich als den Glücklichsten unter den Sterblichen anzusehen und sich geradeswegs in sein Departement zu begeben. Plötzlich fuhr vor dem Eingang seine Mietkutsche vor; er blickte auf und erinnerte sich an alles. Petruschka öffnete den Wagenschlag. Herrn Goljadkins bemächtigte sich ein sonderbares und äußerst unangenehmes Gefühl. Er wurde für einen Augenblick wohl sogar rot. Irgend etwas stach ihn. Er wollte schon den Fuß auf das Trittbrett der Kutsche setzen, als er sich plötzlich umwandte und zu Krestjan Iwanowitschs Fenster hinaufschaute. Tatsächlich! Krestjan Iwanowitsch stand am Fenster, strich mit der rechten Hand über seinen Backenbart und sah unserem Helden ziemlich neugierig zu.

Dieser Doktor ist einfach dumm, sagte sich Herr Goljadkin, während er sich in die äußerste Ecke seiner Kutsche drückte, äußerst dumm. Mag sein, er versteht seine Patienten zu heilen, aber dumm wie Bohnenstroh bleibt er trotzdem. Herr Goljadkin nahm Platz. Petruschka rief: „Abfahren!", und die Kutsche rollte wieder zum Newski.

Drittes Kapitel

Herr Goljadkin brachte diesen ganzen Morgen mit schrecklichen Plackereien zu. Auf dem Newski-Prospekt angelangt, ließ unser Held vor dem Gostiny dwor halten. Er sprang aus der Mietkutsche, eilte, gefolgt von Petruschka, unter die Arkaden und strebte geradeswegs auf eine Gold- und Silberwarenhandlung zu. Man sah es Herrn Goljadkin schon äußerlich an, daß er vor lauter Besorgungen nicht aus den Augen gucken konnte und noch einen ganzen Haufen Erledigungen vor sich hatte. Nachdem er den Preis für ein vollständiges Tafel- und Teeservice um mehr als tausendfünfhundert Papierrubel heruntergefeilscht und, im Preis inbegriffen, einen launisch geformten Zigarrenbehälter sowie ein komplettes silbernes Rasierbesteck eingehandelt hatte, wobei er schließlich auch noch Interesse an einigen anderen, auf ihre Art ganz nützlichen und angenehmen Gegenständen zeigte, versprach er, den Einkauf unbedingt gleich morgen abholen zu lassen oder sogar noch heute danach zu schicken, ließ sich die Nummer des Ladens geben und versicherte, nachdem er dem Ladenbesitzer aufmerksam zugehört hatte, als der sich um eine Anzahlung bemühte, auch die Anzahlung werde zu gegebener Zeit geleistet werden. Darauf verabschiedete er sich eiligst von dem verdutzten Ladenbesitzer und ging, verfolgt von einem ganzen Schwarm von Verkäufern, die Ladenreihe entlang, wobei er sich alle Augenblicke nach Petruschka umsah und aufs neue nach einem Geschäft ausschaute. Er betrat im Vorübergehen eine Wechselstube, ließ sich seinen großen Schein in kleinere umtauschen und empfand trotz des Verlustes, den er bei dem Wechseln seines Scheines in Kauf nehmen mußte, offenbar ein außerordentliches Vergnügen, als er seine Brieftasche so anschwellen sah. Schließlich suchte er einen Laden für allerlei Damenstoffe auf. Nachdem Herr Goljadkin auch hier für eine beträchtliche Summe eingekauft hatte, versprach er wiederum, unbedingt vorbeizukommen, ließ sich die Nummer des Ladens geben und entgegnete, als sich der Ladenbesitzer nach der Anzahlung erkundigte, auch da, die werde er zu gegebener Zeit erhalten. Danach besuchte er noch einige weitere Läden; in allen feilschte er, liebäugelte er mit diesem oder jenem hübschen Sächelchen, stritt sich gelegentlich lange mit dem Kaufmann herum, verließ den Laden und kam zwei-, dreimal wieder; mit einem Wort, er legte eine ungewöhnliche Geschäftigkeit an den Tag. Nach dem Besuch des Gostiny dwor ließ sich unser Held in ein bekanntes Möbelgeschäft kutschieren, einigte sich dort über den Preis für das Meublement einer Sechszimmerwohnung, liebäugelte mit einer modischen, höchst kapriziösen Frisierkommode nach neuestem Geschmack, versicherte dem Ladenbesitzer, er werde unbedingt nach alledem schicken, und verließ den Laden mit dem nun schon gewohnten Versprechen, eine Anzahlung zu leisten, worauf er noch da und dort hineinsah und sich nach diesem oder jenem umschaute. Mit einem Wort – seine Geschäftigkeit schien kein Ende nehmen zu wollen. Aber zu guter Letzt hatte wohl auch Herr Goljadkin von alledem mehr als genug. Ihn befielen sogar, Gott weiß aus welchem Grunde, auf einmal mir nichts, dir nichts Gewissensbisse. In diesem Augenblick wäre ihm eine Begegnung mit, sagen wir, Andrej Filippowitsch oder auch Krestjan Iwanowitsch keinesfalls willkommen gewesen. Auf dem Stadthausturm schlug es schließlich drei Uhr nachmittags. Als Herr Goljadkin sich endgültig in seine Kutsche zurückzog, hielt er von all den Erwerbungen, die er im Laufe dieses Vormittags gemacht hatte, nur ein Paar Handschuhe und ein Fläschchen Parfüm im Werte von anderthalb Papierrubel in den Händen. Da es für Herrn Goljadkin noch ziemlich früh am Tage war, befahl er seinem Kutscher, vor einem renommierten Restaurant auf dem Newski-Prospekt zu halten, das er bis dahin nur vom Hörensagen kannte, stieg aus und ging hinein, um eine Kleinigkeit zu sich zu nehmen, sich zu erholen und eine gewisse Spanne Zeit zu überbrücken.

Nachdem er einen kleinen Imbiß zu sich genommen hatte wie jemand, dem ein üppiges Diner bevorsteht, das heißt ein Häppchen von dem und jenem gekostet und ein Gläschen Wodka dazu getrunken hatte, um, wie man so sagt, den Heißhunger zu stillen, machte sich's Herr Goljadkin in einem Sessel bequem, blickte sich bescheiden nach allen Seiten um und griff friedlich nach einem erbärmlichen nationalistischen Blättchen. Er las ein paar Zeilen, stand auf, besah sich im Spiegel und strich und zupfte an sich herum; dann trat er ans Fenster und überzeugte sich, daß seine Kutsche noch da war; worauf er sich aufs neue in den Sessel setzte und nach der Zeitung griff. Man merkte, unser Held befand sich in äußerster Unruhe. Er blickte auf die Uhr, stellte fest, daß es erst Viertel nach drei war, er also noch ziemlich lange zu warten hatte, sah zugleich ein, daß so herumzusitzen nicht anging, und bestellte eine Schokolade, obwohl er in diesem Augenblick kein allzu großes Verlangen danach verspürte. Er trank seine Schokolade, bemerkte, daß die Zeit ein wenig weitergerückt war, und ging hinaus, um seine Rechnung zu bezahlen. Plötzlich klopfte ihm jemand auf die Schulter.

Er drehte sich um und erblickte dieselben beiden Kollegen, denen er heute früh in der Litejnaja begegnet war, zwei noch sehr junge Leute – sowohl dem Alter als auch dem Range nach. Unser Held stand sich mit ihnen weder so noch so, war mit ihnen weder befreundet noch verfeindet. Der Anstand wurde selbstverständlich auf beiden Seiten gewahrt; eine Annäherung darüber hinaus gab es jedoch nicht und konnte es auch nicht geben. Er verzog ein wenig das Gesicht und war im ersten Augenblick verwirrt.

„Jakow Petrowitsch, Jakow Petrowitsch", zwitscherten die beiden Registratoren, „Sie hier? Aus welchem ..."

„Ach? Sie, meine Herren?" fiel ihnen Herr Goljadkin rasch ins Wort, ein wenig verlegen und verstimmt ob der Verwunderung der beiden Beamten, zugleich aber auch ob der Vertraulichkeit, mit der sie ihn behandelten, im übrigen markierte er jedoch wohl oder übel den Mann von Welt und Draufgänger. „Desertiert, meine Herren, hahaha!" Hier machte er sogar den Versuch, ohne sich etwas zu vergeben und sich allzusehr zu der Kanzleijugend herabzulassen, der gegenüber er stets die gebotenen Grenzen wahrte, hier also machte er den Versuch, dem einen der Jünglinge auf die Schulter zu klopfen; das populäre Gebaren ging jedoch in diesem Fall daneben, und statt der angemessen kurzen freundlichen Geste kam etwas ganz anderes heraus.

„Nun, sitzt unser Bär noch da?"

„Wer ist das, Jakow Petrowitsch?"

„Na der Bär! Als ob Sie nicht wüßten, wen man so nennt!" Herr Goljadkin lachte und drehte sich zum Zahlkellner um, um den Rest von ihm entgegenzunehmen. „Ich spreche von Andrej Filippowitsch, Herrschaften", fuhr er fort, nachdem er mit dem Zahlkellner im reinen war, wobei er sich dieses Mal mit überaus ernster Miene an die Beamten wandte. Die beiden Registratoren zwinkerten einander vielsagend zu.

„Ja, er sitzt noch da und hat nach Ihnen gefragt, Jakow Petrowitsch“, entgegnete der eine.

„Er sitzt also noch da! Soll er doch, Herrschaften, von mir aus! Und er hat also nach mir gefragt, ja?“

„Ja, Jakow Petrowitsch; aber was ist mit Ihnen los? Parfümiert, das Haar voller Pomade und so herausgeputzt?“

„Jawohl, meine Herren, das bin ich! Aber lassen wir das ...“, erwiderte Herr Goljadkin und blickte mit gezwungenem Lächeln zur Seite. Als die Beamten sahen, daß Herr Goljadkin lächelte, brachen sie in Lachen aus. Herr Goljadkin war ein wenig gekränkt.

„Ich will Ihnen in aller Freundschaft etwas sagen, meine Herren“, fuhr unser Held nach kurzem Schweigen fort, anscheinend entschlossen (was blieb ihm anderes übrig!), den Beamten einiges zu eröffnen. „Sie, meine Herren, kennen mich, haben mich aber bis heute nur von der einen Seite gekannt. Ich mache niemand einen Vorwurf daraus, ja, ich gebe sogar zu, daß ich bis zu einem gewissen Grade selber daran schuld bin.“

Herr Goljadkin kniff die Lippen zusammen und sah die beiden Beamten vielsagend an. Die zwinkerten sich aufs neue zu.

„Sie, meine Herren, haben mich bislang nicht wirklich gekannt; sich jetzt und hier darüber zu unterhalten wäre wohl nicht am Platz. Ich will Ihnen nur nebenbei ganz kurz einiges erklären. Es gibt Menschen, meine Herren, die für Umwege nicht zu haben sind und eine Maske nur dann anlegen, wenn sie zum Maskenball gehen. Leute, die die eigentliche Bestimmung des Menschen nicht darin sehen, sich gewandt auf dem Parkett zu bewegen. Es gibt aber auch solche, meine Herren, die nicht zugeben, daß sie glücklich sind und das Leben sie voll befriedigt, wenn zum Beispiel ihre Hosen gut sitzen. Und es gibt endlich auch solche, die nicht gern unnötig um jemand herumtänzeln oder herumscharwenzeln, nicht gerne schöntun oder sich einschmeicheln, vor allem aber, meine Herren, nicht gern die Nase in etwas stecken, wo sie in keiner Weise erwünscht ist.... Ich, meine Herren, habe damit fast alles gesagt; gestatten Sie also, daß ich mich jetzt entferne...."

Herr Goljadkin hielt inne. Da die Herren Registratoren nunmehr völlig auf ihre Kosten gekommen waren, brachen sie plötzlich höchst ungezogenerweise in schallendes Gelächter aus. Herr Goljadkin brauste auf.

„Lachen Sie, meine Herren, lachen Sie nur! Sie haben noch einiges dazuzulernen, leben Sie erst mal ein Weilchen", sagte er mit einem Gefühl gekränkter Würde, griff nach seinem Hut und zog sich zum Ausgang zurück.

„Noch eines, meine Herren", fügte er hinzu und wandte sich zum letztenmal an die Herren Registratoren, „eins möchte ich Ihnen noch sagen, solange wir uns unter vier, nein, unter sechs Augen befinden. Hier haben Sie meine Lebensregeln: Geht etwas schief, dann lasse ich den Mut nicht sinken, geht's gut, dann bleibe ich, wer ich war, und grabe den anderen keine Grube. Ich bin kein Intrigant, und ich bin stolz darauf. Zum Diplomaten tauge ich nicht. Ja, meine Herren, man sagt wohl auch, der Vogel fliegt von selber auf den Jäger. Das stimmt, und ich bin bereit, dem beizupflichten; aber wer ist hier der Jäger und wer das Wild? Das ist die Frage, meine Herren!"

Herr Goljadkin versank in ein beredtes Schweigen und verneigte sich mit äußerst vielsagender Miene vor den Herren Beamten, das heißt mit hochgezogenen Brauen und fest zusammengekniffenen Lippen, ging seiner Wege und ließ sie in grenzenloser Verblüffung stehen.

„Wohin befehlen Sie zu fahren?" erkundigte sich einigermaßen mürrisch Petruschka, der es vermutlich längst satt hatte, sich in der Kälte herumzudrücken. „Wo soll es hingehen?" fragte er Herrn Goljadkin und begegnete jenem furchterregenden, alles vernichtenden Blick, zu dem unser Held im Laufe dieses Morgens bereits zweimal gegriffen hatte und zu dem er jetzt, als er die Treppenstufen vor dem Haus hinunterstieg, zum drittenmal seine Zuflucht nahm.

„Zur Ismailowski-Brücke!“

„Zur Ismailowski-Brücke! Abfahren!“

Das Essen wird bei ihnen erst nach vier oder gar um fünf anfangen, überlegte Herr Goljadkin, ist es also nicht noch zu früh? Im übrigen kann ich auch ein bißchen zeitiger dasein; zumal es sich um ein Familienessen handelt. Ich kann mich ja ein wenig sans façon geben, wie man unter anständigen Leuten sagt. Warum sollte ich das nicht dürfen? Hat doch auch unser Bär erklärt, es werde sans façon zugehen, und darum gedenke auch ich ... So sagte sich Herr Goljadkin; und dennoch nahm seine Aufgeregtheit immer mehr zu. Man merkte, daß er sich auf etwas ungeheuer Mühseliges einstellte, um nicht mehr zu sagen; er murmelte vor sich hin, gestikulierte mit der rechten Hand und blickte in einem fort zu den Fenstern der Kutsche hinaus; wahrhaftig – niemand, der ihn in diesem Augenblick gesehen hätte, wäre darauf verfallen, ihm stehe ein gutes Mittagessen bevor, im Kreise einer Familie und auch noch ungeniert - sans façon, wie man unter anständigen Leuten sagt. Schließlich zeigte Herr Goljadkin unmittelbar vor der Ismailowski-Brücke auf ein bestimmtes Haus; die Kutsche rollte donnernd durch das Tor und hielt am Eingang des rechten Flügels. Herr Goljadkin, der eine weibliche Gestalt an einem Fenster im ersten Stock bemerkte, warf ihr eine Kußhand zu. Im übrigen wußte er selber nicht, was er tat, da er in diesem Augenblick mehr tot als lebendig war. Er stieg bleich und verwirrt aus, betrat die Stufen vor dem Eingang, setzte den Hut ab, nahm mechanisch Haltung an und stieg die Treppe hinauf, wobei er ein leichtes Zittern in den Knien verspürte.

„Olsufi Iwanowitsch?“ fragte er den ihm öffnenden Bedienten.

„Jawohl, zu Hause, das heißt nein, er ist nicht zu Hause.“

„Was denn, mein Bester? Ich bin zum Essen eingeladen, Verehrter, kennst du mich nicht?“

„Wie sollte ich Sie nicht kennen? Habe die Anweisung, Sie nicht einzulassen.“

„Du ... du, mein Freund, da bist du wohl im Irrtum. Ich bin es. Ich, Verehrter, bin zum Mittagessen eingeladen“, entgegnete Herr Goljadkin, warf den Mantel ab und bewies damit die offenkundige Absicht einzutreten.

„Gestatten Sie, das geht nicht! Habe Befehl, Sie nicht einzulassen, ich soll Sie abweisen. So, jetzt wissen Sie es!“

Herr Goljadkin wurde blaß. In diesem Augenblick öffnete sich die Tür zu den Wohnräumen, und heraus trat Gerassimytsch, Olsufi Iwanowitschs alter Kammerdiener.

„Da, Jemeljan Gerassimytsch, der Herr will eingelassen werden, er besteht darauf, während ich ...“

„Während Sie, Alexejewitsch, ein Dummkopf sind. Trollen Sie sich und schicken Sie mir statt Ihrer den Spitzbuben Semjonytsch her. Geht nicht“, wandte er sich höflich, aber bestimmt an Herrn Goljadkin. „Völlig unmöglich. Man bittet um Entschuldigung – man kann Sie nicht empfangen.“

„Er hat geradeheraus gesagt, er kann mich nicht empfangen?“ fragte Herr Goljadkin unentschlossen. „Entschuldigen Sie, Gerassimytsch! Weshalb denn nicht?“

„Ist eben nicht möglich. Ich habe Sie gemeldet; er sagt, er bittet um Entschuldigung, er kann Sie nicht empfangen.“

„Ja, weshalb denn nicht? So geht es nicht! Melden Sie ihm ... wieso denn das? Ich komme zum Essen ...“

„Gestatten Sie, gestatten Sie!“

„Also gut, meinetwegen, es ist schon etwas anderes, wenn er um Entschuldigung bittet. Erlauben Sie indessen, Gerassimytsch, weshalb denn eigentlich?“

„Gestatten Sie, gestatten Sie!“ entgegnete Gerassimytsch, wobei er Herrn Goljadkin mit einer sehr entschlossenen Handbewegung beiseite schob und zwei anderen Herren, die in diesem Augenblick den Flur betraten, den Weg bahnte. Es waren Andrej Filippowitsch und dessen Neffe Wladimir Semjonowitsch. Beide blickten Herrn Goljadkin mit Befremden an. Andrej Filippowitsch wollte ihn schon anreden, doch Herr Goljadkin hatte sich bereits entschlossen; er schickte sich an, Olsufi Iwanowitschs Flur zu verlassen, gesenkten Blicks, verlegen lächelnd, schamrot und mit völlig verwirrtem Ausdruck.

„Ich komme ein andermal vorbei, Gerassimytsch, und spreche mich mit ihm aus. Ich hoffe, all das wird sich schnell und rechtzeitig klären lassen", sagte er auf der Schwelle, zum Teil schon vom Treppenflur aus.

„Jakow Petrowitsch, Jakow Petrowitsch!" hörte man die Stimme Andrej Filippowitschs, der Herrn Goljadkin gefolgt war.

Herr Goljadkin befand sich bereits auf der untersten Treppenwange. Er wandte sich rasch zu Andrej Filippowitsch um.

„Was wünschen Sie von mir, Andrej Filippowitsch?" fragte er ziemlich barsch.

„Was haben Sie, Jakow Petrowitsch? Was soll das alles heißen?"

„Nichts, Andrej Filippowitsch. Ich bin ein Mensch für mich. Es handelt sich um mein Privatleben, Andrej Filippowitsch."

„Wie bitte?"

„Jawohl, Andrej Filippowitsch, es handelt sich um mein Privatleben, und man kann darin, wie mir scheint, nichts Anstößiges hinsichtlich meiner offiziellen Beziehungen finden."

„Wie? Hinsichtlich Ihrer offiziellen ... Was haben Sie, mein Herr?"

„Nichts, Andrej Filippowitsch, nicht das geringste; ein unverschämtes Mädchen, und weiter nichts ..."

„Waaas? ... Waaas?" Andrej Filippowitsch war vor lauter Verwunderung ganz verwirrt. Herr Goljadkin, der bis dahin von unten herauf zu ihm gesprochen hatte, sah ihn an, als wolle er ihm jeden Augenblick ins Gesicht springen; er merkte, der Abteilungsleiter war einigermaßen durcheinander, und tat, beinahe unbewußt, einen Schritt auf ihn zu. Andrej Filippowitsch wich zurück. Herr Goljadkin kam ihm Stufe um Stufe näher. Andrej Filippowitsch sah sich unruhig um. Herr Goljadkin stieg plötzlich rasch die Treppe hinauf. Noch rascher rettete sich Andrej Filippowitsch in die Wohnung und zog die Tür hinter sich zu. Herr Goljadkin blieb allein. Ihm wurde schwarz vor Augen. Er war völlig konfus und stand da, in wirres Grübeln versunken, als sinne er über ein ebenso wirres Ereignis nach, das ihm erst ganz vor kurzem widerfahren war. „Hach!" flüsterte er und lächelte vor Anspannung. In diesem Augenblick hörte er unten auf der Treppe Stimmen und Schritte – vermutlich weitere von Olsufi Iwanowitsch geladene Gäste. Herr Goljadkin kam halbwegs zu sich, schlug rasch den Waschbärkragen hoch, verbarg sich, so gut es ging, und trippelte hastig, unsicher und stolpernd die Treppen hinunter. Er fühlte sich entkräftet und abgekämpft. Seine Verwirrung war so groß, daß er, auf den Stufen vor dem Eingang angelangt, nicht einmal auf die Kutsche wartete, sondern geradeswegs über den schmutzigen Hof auf sie zuging. Als Herr Goljadkin auf sie zutrat und in Gedanken schon in ihr Platz genommen hatte, ertappte er sich bei dem Wunsch, in der Erde zu versinken oder sich zu verkriechen. Ihm schien, alles, was bei Olsufi Iwanowitsch versammelt war, beobachte ihn in diesem Augenblick von den Fenstern aus. Er wußte, wenn er sich umwandte, würde er auf der Stelle sterben.

„Worüber lachst du, Dummkopf?" fiel er hastig über Petruschka her, der bereitstand, ihm in den Wagen zu helfen.

„Worüber sollte ich schon lachen? Über gar nichts. Wo soll's jetzt hingehen?"

„Nach Hause, mach schon ..."

„Ab dafür, nach Hause!" rief Petruschka und baute sich auf dem Hintertritt der Kutsche auf.

So was von Krähenstimme, dachte Herr Goljadkin. Die Kutsche hatte sich mittlerweile ziemlich weit von der Ismailowski-Brücke entfernt. Plötzlich zog unser Held aus Leibeskräften an der Schnur und rief dem Kutscher zu, er solle auf der Stelle umkehren. Der Kutscher ließ die Pferde wenden und bog wenige Minuten später wieder in den Hof bei Olsufi Iwanowitsch ein. „Ist nicht mehr nötig, du Dummkopf, nicht mehr nötig, zurück!" rief Herr Goljadkin, und der Kutscher lenkte die Pferde, als hätte er diesen Befehl erwartet, ohne zu widersprechen, ohne vor dem Eingang zu halten, um den ganzen Hof herum und erreichte aufs neue die Straße.

Nach Hause fuhr Herr Goljadkin jedoch nicht; als sie die Semjonowski-Brücke passiert hatten, befahl er, in eine Seitengasse einzubiegen und vor einer Gastwirtschaft von ziemlich bescheidenem Äußeren zu halten. Unser Held stieg aus, rechnete mit dem Kutscher ab und war auf diese Weise seine Kutsche endlich los. Petruschka befahl er, nach Hause zu gehen und auf ihn zu warten, während er selber die Gastwirtschaft betrat, ein Séparée verlangte und ein Mittagessen bestellte. Er fühlte sich miserabel, in seinem Kopf herrschte ein völliges Durcheinander, ja ein wahres Chaos. Er ging in seinem Séparée lange erregt auf und ab; schließlich setzte er sich auf einen Stuhl, vergrub den Kopf in beide Hände, überlegte und versuchte, sich mit allen ihm zur Verfügung stehenden Kräften über dies und jenes hinsichtlich seiner derzeitigen Lage klarzuwerden und zu einem Entschluß zu kommen.

Viertes Kapitel

Der festliche Jahrestag der Geburt Klara Olsufjewnas, der einzigen Tochter des Staatsrates Berendejew, des seinerzeitigen Wohltäters von Herrn Goljadkin, ein Tag, der mit einem pompösen Galaessen begangen wurde, einem Essen, wie man es seit langem nicht in den Beamtenwohnungen an der Ismailowski-Brücke nebst deren Umgebung gesehen hatte, einem Essen, das eher einem Belsazar-Gastmahl als einem Mittagessen glich und in Hinsicht auf seinen Glanz, seine Üppigkeit und seinen Geschmack an Babylonisches erinnerte – es gab Champagner Veuve-Cliquot, Austern, Obst aus den Geschäften von Jelissejew und Miljutin, allerlei gemästetes Getier und eine regelrechte Rangordnung nach Beamtenklassen –, dieser festliche, durch ein so festliches Essen gekennzeichnete Tag endete mit einem glänzenden Ball, einem kleinen Familien- und Verwandtenball, der aber dennoch glänzend war hinsichtlich des Geschmacks, des Bildungsniveaus und der Schicklichkeit. Natürlich, ich räume ein, daß es solche Bälle durchaus gibt, aber selten. Solche eher an ein fröhliches Familienereignis erinnernden Bälle können allenfalls in einem Hause wie dem des Staatsrats Berendejew stattfinden. Ich gehe noch weiter: ich bezweifle sogar, ob solche Bälle in allen Staatsratshäusern stattfinden können. Oh, wenn ich ein Dichter wäre! Selbstverständlich mindestens einer wie Homer oder Puschkin – mit weniger Talent darf man sich da erst gar nicht heranwagen; ich würde Ihnen, o Leser, diesen so festlichen Tag in leuchtenden Farben und mit kühnem Pinsel schildern. Nein, ich würde mein Poem mit dem Galaessen beginnen lassen und dabei besonderes Gewicht auf jenen herausragenden und zugleich feierlichen Augenblick legen, da der erste Trinkspruch zu Ehren der Königin des Festes ausgebracht wurde. Ich würde Ihnen erstens die in erwartungsvolles, andächtiges Schweigen versunkenen Gäste vorstellen, versunken in ein Schweigen, das eher an demosthenische Beredsamkeit erinnerte! Dann würde ich Ihnen Andrej Filippowitsch schildern als den ältesten unter den Gästen, der obendrein einen gewissen Anspruch auf den Vorrang unter ihnen hatte, im Schmuck seines grauen Haars und der ihm angemessenen Orden; wie er von seinem Platz aufstand und das Glas mit dem funkelnden Wein bis über das Haupt erhob, einem Wein, der aus einem fernen Königreich eigens dazu eingeführt wird, um auf solche Augenblicke anzustoßen, und der eher dem Göttertrank Nektar gleicht als einem Wein. Ich würde Ihnen die Gäste und die glücklichen Eltern der Königin dieses Festes beschreiben, auch sie die Kelche erhebend gleich Andrej Filippowitsch und die Blicke voller Erwartung auf ihn gerichtet. Ich würde Ihnen schildern, wie dieser so oft genannte Andrej Filippowitsch erst eine Träne verlor, die in sein Glas tropfte, dann gratulierte und seine Glückwünsche aussprach, einen Toast ausbrachte und auf das Wohl des Geburtstagskindes trank ... Ich muß jedoch gestehen, unumwunden gestehen, ich könnte nie im Leben das Hinreißende jenes Augenblicks wiedergeben, da Klara Olsufjewna, die Königin dieses Festes in eigener Person, vor Schamhaftigkeit und Seligkeit errötend wie eine Rose im Lenz, überwältigt von der Fülle der Gefühle, in die Arme ihrer zärtlichen Mutter sank, wie der zärtliche Vater in Schluchzen ausbrach, der ehrwürdige alte Mann und Staatsrat Olsufi Iwanowitsch, den der langjährige Staatsdienst des Gebrauchs seiner Beine beraubt hatte, der aber dafür vom Schicksal für seinen Eifer im Amt durch ein ganz ansehnliches Kapital, ein eigenes Häuschen, ein paar Dörfer und eine Schönheit von Tochter entschädigt worden war – wie also auch er gleich einem Kind in Schluchzen ausbrach und unter Tränen erklärte, Seine Exzellenz sei ein gütiger Mensch. Ich könnte Ihnen auch nicht, nein, ich könnte Ihnen auch nicht die unverzüglich darauffolgende, allgemeine Hingerissenheit der Herzen beschreiben, eine Hingerissenheit, die sich selbst im Verhalten eines jungen Registrators kundtat (er glich in diesem Augenblick mehr einem Staatsrat als einem Registrator); auch er brach in Tränen aus, während er Andrej Filippowitsch lauschte. Andrej Filippowitsch seinerseits sah in diesem feierlichen Moment keineswegs nach einem Kollegienrat und Abteilungsleiter in irgendeinem Departement aus, nein, er erinnerte an etwas völlig anderes ... ich weiß zwar nicht recht, woran, aber jedenfalls nicht an einen Kollegienrat. Er stand höher! Schließlich ... oh! Warum besitze ich nicht das Geheimnis des erhabenen, kraftvollen, feierlichen Stils, um all diese schönen und erbaulichen Augenblicke des menschlichen Lebens festzuhalten, die eigens dazu geschaffen zu sein scheinen, zu beweisen, wie die Tugend gelegentlich über mangelnde Gesinnungstreue, über Freidenkerei, das Laster und den Neid triumphiert! Ich will nichts dazu sagen und Sie nur schweigend – das dürfte besser sein als alle Beredsamkeit – auf diesen glücklichen, gerade erst auf seinen sechsundzwanzigsten Lenz zusteuernden Jüngling hinweisen, auf Wladimir Semjonowitsch, Andrej Filippowitschs Neffen, der sich ebenfalls von seinem Platz erhob, ebenfalls einen Toast ausbrachte und auf den sich die tränenerfüllten

Augen der Eltern der Königin dieses Festes, der stolze Blick Andrej Filippowitschs, der schamhafte der Königin des Festes selbst, die begeisterten Blicke der Gäste und selbst die ziemlich neidischen einiger junger Kollegen dieses glänzenden Jünglings richteten. Ich sage weiter nichts, obwohl ich nicht umhinkann, zu bemerken, daß alles an diesem Jüngling, der eher an einen alten Mann als an einen Jüngling erinnerte – in für ihn vorteilhaftem Sinn gemeint –, daß also alles an ihm, angefangen von seinen blühenden Wangen bis hin zu dem Assessortitel, der auf ihm lastete, in diesem feierlichen Augenblick geradezu darauf hinzuweisen schien, wie weit es ein wohlgesitteter Mensch doch bringen kann! Ich will nicht beschreiben, wie schließlich Anton Antonowitsch Setotschkin, Gruppenvorsteher im Departement, Kollege Andrej Filippowitschs und ehedem auch Olsufi Iwanowitschs, zugleich ein alter Freund des Hauses, Klara Olsufjewnas Taufpate und grau wie ein Turmfalke, wie also auch er seinerseits das Glas zum Toast erhob, wie ein Hahn krähte und ein paar lustige Worte hersagte; wie er durch diese, wenn man es so ausdrücken darf, schickliche Verletzung der Schicklichkeit die ganze Gesellschaft Tränen lachen machte und Klara Olsufjewna in Person ihn auf Geheiß ihrer Eltern für diese liebenswürdige Ausgelassenheit mit einem Kuß belohnte. Ich sage nur, daß die Gäste, die sich nach einem solchen Festmahl natürlicherweise als lauter Verwandte und Brüder fühlen mußten, schließlich vom Tisch aufstanden; wie sich die alten und die im gesetzten Alter befindlichen Herren nach nicht allzu langer Pause, die zu freundschaftlichen Unterhaltungen und selbst zu einigen, selbstverständlich durchaus erlaubten und liebenswürdigen Offenherzigkeiten genutzt wurde, gesittet in einen anderen Raum begaben, in Gruppen beisammenstanden und sich im Gefühl der eigenen Würde an die mit grünem Tuch bezogenen Tische setzten; wie die Damen, die im Salon Platz nahmen, auf einmal ungewöhnlich liebenswürdig wurden und über die verschiedensten Gegenstände plauderten; wie schließlich der hochverehrte Herr des Hauses in Person, der im Dienst für Gott und Vaterland des Gebrauchs seiner Beine beraubt, dafür aber mit alledem belohnt worden war, was wir vorhin erwähnt haben, am Krückstock unter seinen Gästen umherging, gestützt von Wladimir Semjonowitsch und Klara Olsufjewna, wie dann auch er auf einmal ungewöhnlich liebenswürdig wurde und sich – trotz der Unkosten – entschloß, einen kleinen, bescheidenen Ball zu improvisieren; wie zu diesem Zweck ein anstelliger junger Mann (derselbe, der während des Essens eher an einen Staatsrat als an einen jungen Mann erinnert hatte) abkommandiert wurde, um Musikanten herbeizuschaffen; wie dann die Musikanten, elf Mann hoch, eintrafen und wie schließlich genau um halb neun die verlockenden Klänge einer französischen Quadrille und allerlei anderer Tänze ertönten ... Ich brauche nicht erst zu sagen, daß meine Feder zu schwach, zu matt, zu stumpf ist, um diesen dank der ungewöhnlichen Liebenswürdigkeit des grauköpfigen Hausherrn improvisierten Hausball auch nur einigermaßen zu schildern. Und wie hätte ich auch, frage ich Sie, ich, der bescheidene Erzähler der im übrigen auf ihre Art recht interessanten Abenteuer des Herrn Goljadkin, wie hätte ich diese einzigartige, so wohlanständige Mischung von Schönheit, Glanz und Ziemlichkeit, von Fröhlichkeit, liebenswürdiger Gesetztheit und gesetzter Liebenswürdigkeit, Ausgelassenheit und Vergnügtheit beschreiben können, all diese Spiele und das Lachen der Damen von Stand, die eher Feen als Damen glichen – im besten Sinne gemeint –, mit ihren lilienweißen beziehungsweise rosigen Gesichtern und Schultern, mit ihrem ätherischen Wuchs, mit ihren mutwillig-koketten, in hohem Stile ausgedrückt, homöopathischen Füßchen? Wie sollte ich Ihnen schließlich diese fröhlichen oder gediegenen glänzenden Kavaliere von Rang vor Augen führen, diese gesetzten, vergnügten oder angemessen-undurchsichtigen Jünglinge, die in den Pausen zwischen den Tänzen in einem entlegenen kleinen grünen Zimmer eine Pfeife rauchten oder auch nicht – all diese Kavaliere, vom ersten bis zum letzten, von ziemlichem Rang und Namen; Kavaliere, die zutiefst durchdrungen waren von dem Gefühl des Schönen und der eigenen Würde;

Kavaliere, die mit den Damen größtenteils französisch sprachen, wenn aber russisch, dann in gehobenster Ausdrucksweise, wobei sie sich in Komplimenten und tiefsinnigen Phrasen ergingen; Kavaliere, die sich allenfalls im Rauchzimmer gewisse liebenswürdige Abweichungen von der Sprache des allerbesten Tons erlaubten, gewisse freundschaftliche, liebenswert-vertrauliche Wendungen, wie zum Beispiel die folgenden: „Mein lieber Petka, da hast du aber, hol dich der Teufel, eine schneidige Polka aufs Parkett gelegt" oder: „Du, mein lieber Wassja, hast, der Teufel soll dich holen, deine Dame dahin gekriegt, wo du wolltest." Zu alledem reicht meine Feder nicht aus, wie ich, meine Leser, bereits die Ehre hatte, Ihnen zu erklären, und darum schweige ich. Wenden wir uns lieber Herrn Goljadkin zu, dem eigentlichen, dem einzigen Helden unserer höchst wahrheitsgetreuen Geschichte.

Die Sache ist die, daß er sich zur Zeit in einer sehr sonderbaren Lage befindet, mehr möchte ich nicht sagen. Auch er, meine Herrschaften, ist hier, das heißt nicht auf dem Ball, aber beinahe; er, meine Herrschaften, ist in Ordnung; er ist ein Mensch für sich, wandelt jedoch in diesem Augenblick auf einem nicht so ganz geraden Pfade; er steht – seltsam, das aussprechen zu müssen –, er steht jetzt im Flur der Hintertreppe von Olsufi Iwanowitschs Wohnung. Aber das macht nichts, wenn er hier steht; er tut es ja nur aus Anstand. Er, meine Herrschaften, steht in der Ecke, verkriecht sich in sie, obwohl es hier nicht wärmer ist, wohl aber dunkler, hält sich hinter einem riesigen Schrank und einem alten Wandschirm, zwischen allerlei Plunder, Kram und Gerümpel verborgen, versteckt sich, bis seine Zeit gekommen ist, und verfolgt den Lauf der Dinge zunächst als unbeteiligter Zuschauer. Er, meine Herrschaften, beobachtet jetzt nur; er, meine Herrschaften, könnte ja auch hineingehen.... weshalb auch nicht? Er braucht nur einen Schritt zu tun, und schon ist er eingetreten, sehr geschickt eingedrungen. Erst jetzt, da er nun schon die dritte Stunde in der Kälte zwischen dem Schrank und dem Wandschirm, inmitten von allerlei Plunder, Kram und Gerümpel stand, verfiel er – zu seiner eigenen Rechtfertigung – auf einen Ausspruch des längst verewigten französischen Ministers Villèle, der gemeint hatte: „Kommt alles zur rechten Zeit, wenn man den Witz besitzt, es abzuwarten ...." Diesen Ausspruch hatte Herr Goljadkin seinerzeit in einem völlig belanglosen Buch gelesen und ihn sich jetzt im richtigen Augenblick ins Gedächtnis zurückgerufen. Erstens paßte der Ausspruch bestens zu seiner gegenwärtigen Lage, und zweitens – was geht nicht alles einem Menschen durch den Kopf, der fast drei geschlagene Stunden in Kälte und Dunkelheit auf den glücklichen Ausgang seiner Umstände wartet? Nachdem Herr Goljadkin, wie schon gesagt, den Ausspruch des seinerzeitigen französischen Ministers Villèle durchaus im richtigen Moment zitiert hatte, fiel ihm im gleichen Atemzug, unerfindlich, wieso, auch die Geschichte von dem türkischen Wesir Marzimiris und der schönen Markgräfin Luise ein, von der er ebenfalls in einem Buch gelesen hatte. Danach besann er sich, daß die Jesuiten es sich sogar zur Regel gemacht hatten, alle Mittel als tauglich anzusehen, wenn nur der Zweck erreicht würde. Nachdem sich Herr Goljadkin mit diesem historischen Aspekt ein wenig Mut gemacht hatte, sagte er zu sich selbst: Was sind schon die Jesuiten? Die Jesuiten sind allesamt ganz große Dummköpfe gewesen, er würde sie glatt in die Tasche stecken; das Anrichtezimmer, dessen Tür unmittelbar zum Flur, der Hintertreppe führte, wo Herr Goljadkin sich jetzt befand, brauchte nur leer zu werden, und er würde, ungeachtet aller Jesuiten, einfach hineingehen, zuerst ins Anrichtezimmer, dann ins Frühstückszimmer, dann in den Raum, wo man jetzt Karten spielte, und von da geradeswegs in den Saal, wo man in diesem Augenblick Polka tanzte. Und er würde hineingehen, würde unbedingt hineingehen, trotz allem hineingehen, an allen vorbeischlüpfen, und damit fertig, niemand würde ihn bemerken; und was er dann zu tun hatte, wußte er. In dieser Lage also, meine Herrschaften, erblicken wir jetzt den Helden unserer völlig wahren Geschichte, wobei es uns aber schwerfällt, zu erklären, was zu diesem Zeitpunkt in ihm vorging. Die Sache war die, daß er es bis in das Treppenhaus und den

Flur geschafft hatte, aus dem einfachen Grund, weil alle es schafften, warum also nicht auch er? Weiter vorzudringen, zögerte er jedoch, offenbar tat er das ... nicht, weil ihm der Mut dazu fehlte, sondern einfach, weil er nicht wollte, weil er lieber unentdeckt blieb. So stand er denn unentdeckt da, meine Herrschaften, und wartete darauf, entdeckt zu werden, und das seit genau zweieinhalb Stunden. Warum sollte er auch nicht warten? Hatte doch auch Villèle gewartet. Aber was heißt hier Villèle, dachte Herr Goljadkin, wer ist das überhaupt? Und wenn ich nun ... Dingsda ... ohne viel Federlesens eindringe? „Hach, du Angeber", fuhr Herr Goljadkin laut fort und kniff sich mit den vor Kälte erstarrten Fingern in die vor Kälte erstarrten Wangen, „du Narr und Kindskopf! Du Goljadkin ... wie kann man nur so heißen!" Im übrigen hatten diese an die eigene Person gerichteten Liebenswürdigkeiten weiter nichts zu bedeuten und wurden nur nebenher, ohne jeden ersichtlichen Zweck ausgesprochen. Auf einmal riß er sich zusammen und stieß vor; der richtige Augenblick war gekommen, das Anrichtezimmer war leer; Herr Goljadkin erkannte das durch das Fenster; zwei Schritte, und er befand sich vor der Tür und wollte sie bereits öffnen. Geh ich nun hinein oder nicht? Soll ich es tun oder nicht? Ich tu's ... Warum auch nicht? Wer wagt, gewinnt! Nachdem sich unser Held auf diese Weise Mut gemacht hatte, zog er sich plötzlich völlig überraschend hinter den Wandschirm zurück. Nein, überlegte er, und wenn nun jemand hereinkommt? Tatsächlich, da ist schon jemand aufgetaucht, wie konnte ich nur den Augenblick, als niemand da war, verpassen? Statt den Stier an den Hörnern zu packen und einzudringen! Aber was heißt hier einzudringen, wenn man nun einmal einen solchen Charakter hat! So etwas von gemeiner Tendenz! Hast Angst bekommen wie so ein Huhn! Angst bekommen gehört einfach zu uns, das ist es! Aber jemand die Suppe versalzen, darauf verstehen wir uns, danach braucht ihr uns gar nicht erst zu fragen! Da steh ich nun herum wie so ein Klotz und weiß nicht weiter! Zu Hause sein und ein Täßchen Tee trinken ... Ein Täßchen Tee zu trinken wäre angenehm ...

Komme ich spät nach Hause, knurrt womöglich Petruschka. Ob ich hineingehe? Hol alles der Teufel! Ich tu's, und damit fertig! Nachdem sich Herr Goljadkin auf diese Weise entschlossen hatte, setzte er sich sogleich in Bewegung, als hätte jemand eine Feder in ihm gelöst; zwei Schritte, und er befand sich im Anrichtezimmer, legte Mantel und Hut ab, stopfte beides rasch in eine Ecke und strich und zupfte an sich herum; danach ... danach betrat er das Frühstückszimmer, huschte aus dem Frühstückszimmer in ein anderes und schlüpfte unbemerkt an den in Fahrt gekommenen Spielern vorbei; worauf... worauf Herr Goljadkin alles vergaß und wie der Blitz aus heiterem Himmel geradeswegs im Tanzsaal auftauchte.

Wie zum Trotz wurde in diesem Augenblick nicht getanzt. Die Damen promenierten zu zweit oder dritt malerisch durch den Raum, die Herren bildeten kleine Gruppen oder hasteten hin und her, um die Damen für die weiteren Tänze zu engagieren. Herr Goljadkin bemerkte von alledem nicht das geringste. Er sah nur Klara Olsufjewna; und neben ihr Andrej Filippowitsch, dazu Wladimir Semjonowitsch, zwei, drei Offiziere und zwei, drei andere, ebenfalls interessante junge Männer, die, wie man auf den ersten Blick erkannte, zu gewissen Hoffnungen berechtigten oder diese bereits erfüllt hatten. Er erblickte auch noch einige mehr. Oder nein; er erblickte niemand mehr, sah niemand an, sondern drang mit Hilfe jener Triebfeder, mittels deren er ungebeten auf dem fremden Ball hereingeplatzt war, immer weiter und weiter vor; er prallte dabei mit einem Rat zusammen und trat ihm auf den Fuß; bei dieser Gelegenheit trat er, um im Zuge zu bleiben, auch einer ehrwürdigen alten Dame auf den Saum des Kleides, das er dabei ein wenig aufriß; dann stieß er einen Bedienten mit einem Servierbrett an und anschließend noch ein paar andere Leute und drängte sich, ohne es zu bemerken oder, besser gesagt, obwohl er es bemerkte, aber – wennschon, dennschon – niemanden mehr beachtete, immer weiter und weiter vor und befand sich plötzlich neben Klara Olsufjewna höchst persönlich. Zweifellos wäre er in diesem Augenblick, ohne mit der Wimper zu zucken, mit dem größten Vergnügen im Erdboden versunken; doch was geschehen war, ließ sich nicht ungeschehen machen ... auf keine Weise. Was also tun? Geht's schief, dann lasse ich den Mut nicht sinken, geht's gut, dann bleibe ich, wer ich bin. Herr Goljadkin war, versteht sich, kein Intrigant und auch kein Meister, sich gewandt auf dem Parkett zu bewegen ... So kam denn, was kommen mußte. Außerdem mischten sich irgendwie auch die Jesuiten ein. Doch mit denen konnte sich Herr Goljadkin nicht befassen! Alles, was umherging, lärmte, redete und lachte, plötzlich, im Handumdrehen, verstummte alles und drängte sich nach und nach um Herrn Goljadkin. Herr Goljadkin schien übrigens weder etwas zu hören noch zu sehen, denn er konnte einfach nicht hinschauen ... für nichts auf der Welt; er senkte den Blick und stand regungslos da, nachdem er sich nebenher das Ehrenwort gegeben hatte, sich noch in dieser Nacht zu erschießen. Nachdem er sich also ein solches Ehrenwort gegeben hatte, sagte er in Gedanken zu sich selbst: Komme, was will! und tat zu seiner größten Verwunderung mit einem Mal ganz unerwartet den Mund auf.

Herr Goljadkin begann mit der Gratulation, auf die ein passender Glückwunsch folgen sollte. Die Gratulation klappte; beim Glückwunsch dagegen stockte unser Held. Er fühlte: wenn er stockte, war alles zum Teufel. Und so geschah es auch – er stockte und blieb stecken ... blieb stecken und wurde rot; wurde rot und verlor den Kopf; verlor den Kopf und sah auf; sah auf und blickte sich im Kreise um; tat es und erstarrte ... Alles stand da, alles schwieg, alles wartete; etwas weiter weg flüsterte jemand; etwas näher zu ihm lachte man. Herr Goljadkin sah Andrej Filippowitsch mit einem ratlosen, schicksalergebenen Blick an. Andrej Filippowitsch antwortete mit einem Blick, daß unser Held, wäre er nicht schon völlig erschlagen gewesen, ein zweites Mal erschlagen worden wäre. Sofern das überhaupt möglich ist. Das Schweigen dauerte an.

„Das gehört eher in den Bereich meiner häuslichen Umstände und meines Privatlebens, Andrej Filippowitsch", sagte Herr Goljadkin, mehr tot als lebendig, mit kaum noch hörbarer Stimme, „das hat keine offizielle Bewandtnis, Andrej Filippowitsch ..."

„Schämen Sie sich, mein Herr, schämen Sie sich!" entgegnete Andrej Filippowitsch fast im Flüsterton, mit einem unaussprechlichen Ausdruck der Entrüstung, sagte es, nahm Klara Olsufjewna an der Hand und wandte sich von Herrn Goljadkin ab.

„Ich habe keinen Grund, mich zu schämen, Andrej Filippowitsch", erwiderte Herr Goljadkin, ebenfalls fast im Flüsterton, wobei er sich mit unglücklicher Miene im Kreise umblickte und aus diesem Anlaß in der befremdeten Menge nach Menschen aus den mittleren Ständen und von seiner sozialen Stellung suchte.

„Nun, macht nichts, macht nichts, Herrschaften! Was ist schon dabei? Kann schließlich jedem passieren", murmelte Herr Goljadkin, setzte sich allmählich in Bewegung und versuchte, aus der ihn umgebenden Menge herauszugelangen. Man machte ihm Platz. Unser Held schritt förmlich durch eine Gasse neugieriger oder befremdeter Zuschauer. Das Schicksal riß ihn mit sich fort. Herr Goljadkin fühlte selber, es war das Schicksal. Er hätte natürlich viel dafür gegeben, wenn er jetzt, ohne den Anstand zu verletzen, an seinen früheren Standort im Flur der Hintertreppe hätte zurückkehren können; da das indessen völlig unmöglich war, versuchte er, in eine Ecke zu entschlüpfen, um dort herumzustehen – bescheiden, ohne die allgemeine Aufmerksamkeit auf sich zu ziehen, zugleich aber auch, um so die Geneigtheit der Gäste und des Hausherrn zu gewinnen. Im übrigen fühlte Herr Goljadkin, daß sich irgend etwas unter ihm bewegte, daß er schwankte und in Gefahr war, zu stürzen. Er erreichte schließlich eine Ecke und blieb dort wie ein unbeteiligter, ziemlich gleichgültiger Beobachter stehen, wobei er sich mit den Händen auf die Rückenlehnen zweier Stühle stützte, auf diese Weise Besitz von ihnen ergriff und sich bemühte, die um ihn herum gruppierten Gäste Olsufi Iwanowitschs möglichst unbefangen anzublicken. Ihm am nächsten stand ein Offizier, ein hochgewachsener, hübscher Bursche, dem gegenüber sich Herr Goljadkin buchstäblich wie ein kleiner Käfer vorkam.

„Diese beiden Stühle, Herr Oberleutnant, sind belegt; der eine für Klara Olsufjewna, der andere für die Fürstin Tschewtschechanowa, die ebenfalls gerade tanzt; ich, Herr Oberleutnant, halte sie für sie frei“, erläuterte, nach Atem ringend, Herr Goljadkin, wobei er dem Oberleutnant einen flehenden Blick zuwarf. Der Oberleutnant ließ ihn wortlos, mit einem vernichtenden Lächeln stehen. Nachdem unser Held auf diese Weise gescheitert war, versuchte er sein Glück an anderer Stelle, und er wandte sich geradeswegs an einen hohen Rat mit einem gewichtigen Kreuz um den Hals. Doch der Rat maß ihn mit einem so eisigen Blick, daß Herr Goljadkin deutlich fühlte, man habe ihm plötzlich einen ganzen Kübel kaltes Wasser über den Kopf geschüttet. Herr Goljadkin gab es auf. Er beschloß, lieber den Mund zu halten und niemand anzureden, zu beweisen, daß er in Ordnung ist, daß er genauso ist wie alle anderen und daß auch seine Lage, wie ihm jedenfalls scheint, ganz schicklich ist. Zu diesem Zwecke richtete er den Blick auf die Ärmelaufschläge seines „kleinen Galarocks“, dann nach oben und heftete ihn schließlich auf einen Herrn von äußerst respektgebietendem Äußeren. Dieser Herr trägt eine Perücke, dachte Herr Goljadkin bei sich, und wenn man sie ihm abnimmt, dann steht er mit kahlem Kopf da, mit einem Kopf, der so kahl ist wie meine Handfläche. Nach dieser wichtigen Entdekkung fielen Herrn Goljadkin die arabischen Emire ein, bei denen, sobald man ihnen den grünen Turban abnimmt, den sie zum Zeichen ihrer Verwandtschaft mit Mohammed tragen, ebenfalls nur der kahle, unbehaarte Schädel bleibt. Danach verfiel Herr Goljadkin, vermutlich dank einer ganz bestimmten Gedankenassoziation hinsichtlich der Türken, auch auf türkische Pantoffeln und erinnerte sich in diesem Zusammenhang, daß Andrej Filippowitsch Schuhe trug, die eher Pantoffeln als Schuhen ähnelten. Man merkte, daß sich Herr Goljadkin mit seiner Lage bis zu einem gewissen Grade abgefunden hatte. Wenn sich dieser Kronleuchter, schoß es ihm durch den Kopf, wenn sich dieser Kronleuchter plötzlich aus seiner Verankerung löst und auf die Gesellschaft herabstürzt, könnte ich sogleich zu Klara Olsufjewna eilen, um sie zu retten. Dann, nach vollzogener Rettung, würde ich zu ihr sagen: „Regen Sie sich nicht auf, gnädiges Fräulein; war halb so schlimm, ihr Retter bin allerdings ich", worauf sie ... Hier wandte Herr Goljadkin den Blick zur Seite, um nach Klara Olsufjewna auszuschauen, und bekam Gerassimytsch, Olsufi Iwanowitschs alten Kammerdiener, zu Gesicht. Gerassimytsch bewegte sich mit äußerst besorgter, äußerst offizieller, ja feierlicher Miene gemessen auf ihn zu. Herr Goljadkin zuckte zusammen und verzog instinktiv das Gesicht – er hatte ein äußerst unangenehmes Gefühl. Unser Held sah sich mechanisch um: ihm kam schon der Gedanke, sich unterderhand, verstohlen und ganz im stillen aus dem Staube zu machen, mit einem Wort, sich zu verkrümeln, das heißt zu tun, als sei gar nicht er gemeint, als handle es sich nicht um ihn. Doch Gerassimytsch stand bereits neben ihm, noch bevor er sich zu etwas entschlossen hatte.

„Hören Sie zu, Gerassimytsch", wandte sich unser Held mit einem kleinen Lächeln an den Kammerdiener, „ordnen Sie doch mal an ... schauen Sie, Gerassimytsch, diese Kerze da im Kandelaber kann jeden Augenblick umfallen; ordnen Sie also, wissen Sie, an, daß sie aufgerichtet wird; sie fällt bestimmt gleich um, Gerassimytsch ..."

„Die Kerze dort? O nein, die steht, wenn Sie gestatten, kerzengerade; aber es fragt da jemand nach Ihnen."

„Wer soll denn das sein, Gerassimytsch?"

„Nun – wer, das weiß ich beim besten Willen nicht. Ein Bedienter von irgend jemand. Ist Jakow Petrowitsch Goljadkin hier? hat er gefragt. Dann bitten Sie ihn in einer sehr wichtigen und dringenden Angelegenheit hierher ... so war das."

„Nein, Gerassimytsch, Sie irren sich; hier, Gerassimytsch, irren Sie sich."

„Das wage ich zu bezweifeln ..."

„Nein, Gerassimytsch, tun Sie das nicht; daran, Gerassimytsch, gibt es nichts zu bezweifeln. Niemand fragt nach mir, Gerassimytsch, ich habe niemand, der nach mir fragen könnte, und ich bin hier zu Hause, oder, besser gesagt, an meinem Platz, Gerassimytsch."

Herr Goljadkin schöpfte Atem und blickte sich um. Wahrhaftig! Alles, was im Saal versammelt war, wandte ihm in einer Art feierlicher Erwartung Auge und Ohr zu. Die Männer hatten sich in der Nähe zusammengedrängt und horchten. Ein wenig weiter ab flüsterten die Damen aufgeregt miteinander. Der Herr des Hauses selber tauchte in nur geringer Entfernung von Herrn Goljadkin auf, und wiewohl man ihm nicht anmerken konnte, ob auch er an Herrn Goljadkin ein so reges und unmittelbares Interesse nahm, weil all das unauffällig geschah, fühlte der Held unserer Erzählung dennoch deutlich, daß der entscheidende Augenblick für ihn gekommen war. Herr Goljadkin erkannte mit aller Klarheit: die Stunde des kühnen Angriffs, die Zeit der Bloßstellung seiner Feinde war da. Herr Goljadkin war aufgeregt. Herr Goljadkin verspürte eine Art Inspiration und wandte sich mit zitternder Stimme aufs neue an den wartenden Gerassimytsch: „Nein, mein Freund, niemand verlangt mich zu sprechen. Da irrst du dich. Ich gehe noch weiter und behaupte, du hast dich auch heute vormittag geirrt, als du mir versichertest ... mir zu versichern wagtest", Herr Goljadkin erhob die Stimme, „daß Olsufi Iwanowitsch, der seit undenklichen Zeiten mein Wohltäter ist und mir gewissermaßen den Vater ersetzte, mir die Tür weise, und das im Augenblick einer für sein väterliches Herz so freudigen Familienfeier!" Herr Goljadkin sah sich selbstbewußt, aber erschüttert im Kreise um. An seinen Wimpern zitterten Tränen. „Ich wiederhole, mein Freund", schloß unser Held, „du warst im Irrtum, in einem schlimmen, unverzeihlichen Irrtum."

Es kam ein feierlicher Augenblick. Herr Goljadkin fühlte, der Effekt war gesichert. Er stand da, die Augen bescheiden gesenkt, und wartete darauf, daß Olsufi Iwanowitsch ihn in seine Arme schließen werde. Bei den Gästen machte sich Bewegung und Verwirrung bemerkbar; hatte doch selbst der unerschütterliche und furchtgebietende Gerassimytsch bei den Worten: „Das wage ich zu bezweifeln" gestutzt ... Da setzte plötzlich mit nichts, dir nichts die erbarmungslose Kapelle mit einer Polka ein. Alles war aus und dahin. Herr Goljadkin zuckte zusammen, Gerassimytsch trat zurück, der Saal wogte auf einmal wie das Meer, und schon wirbelten als erstes Paar Wladimir Semjonowitsch und Klara Olsufjewna dahin, gefolgt vom hübschen Oberleutnant und der Fürstin Tschewtschechanowa. Die Zuschauer drängten sich neugierig und begeistert vor, um den Polkatänzern zuzusehen – die Polka war ein interessanter, neumodischer Tanz, der allen den Kopf verdrehte. Herr Goljadkin geriet für eine Weile in Vergessenheit. Plötzlich jedoch kam alles in Bewegung und durcheinander und hastete hin und her; die Musik verstummte... etwas Sonderbares war geschehen. Klara Olsufjewna hatte sich, erschöpft vom Tanz, vor Müdigkeit nach Atem ringend, mit glühenden Wangen und heftig wogendem Busen schließlich in einen Sessel fallen lassen. Alle Herzen wandten sich der schönen Zauberfee zu, alle beeilten sich, ihr um die Wette zu huldigen und für das gebotene Vergnügen zu danken, als plötzlich Herr Goljadkin vor ihr auftauchte. Herr Goljadkin war blaß und äußerst erregt; auch er schien erschöpft zu sein und sich kaum bewegen zu können. Er lächelte aus irgendeinem Grunde und streckte bittend die Hand zu ihr aus. Klara Olsufjewna vermochte die ihre vor lauter Verwunderung nicht gleich zurückzuziehen und erhob sich auf Herrn Goljadkins Aufforderung hin mechanisch von ihrem Platz. Herr Goljadkin trat schwankend auf sie zu, zuerst einen Schritt, dann zwei, vollführte etwas wie einen Kratzfuß, stampfte auf einmal mit dem Fuß und stolperte ... Auch er hatte mit Klara Olsufjewna tanzen wollen. Klara Olsufjewna schrie auf; alle stürzten herbei, um ihre Hand aus der des Herrn Goljadkin zu befreien, und sogleich war unser Held durch die Menge um gute zehn Schritt zurückgedrängt. Auch um ihn bildete sich ein Grüppchen. Man hörte das Kreischen und Lamentieren zweier alter Damen, die Herr Goljadkin bei seiner Retirade beinahe umgerissen hatte. Eine schreckliche Verwirrung entstand; alles fragte, alles schrie, alles redete aufeinander ein. Die Kapelle war verstummt. Unser Held drehte und wand sich in seiner Gruppe und murmelte mechanisch, hin und wieder lächelnd, vor sich hin. „Warum auch nicht?“ so meinte er. Die Polka sei, soweit er das beurteilen könne, ein neuer und interessanter, zur Freude der Damen geschaffener Tanz ... nachdem die Angelegenheit aber einen solchen Verlauf genommen habe, wäre er unter Umständen zum Einlenken bereit. Doch um Herrn Goljadkins Bereitschaft schien sich niemand zu kümmern. Unser Held fühlte, wie plötzlich eine Hand auf seine Schulter sank, eine andere Hand sich gegen seinen Rücken stemmte und man ihn mit besonderer Sorgsamkeit in eine ganz bestimmte Richtung zu drängen suchte. Schließlich merkte er, daß es geradeswegs auf die Tür zuging. Herr Goljadkin wollte schon etwas sagen, etwas tun ... Oder nein, er wollte gar nichts mehr. Er lächelte nur mechanisch. Dann spürte er, daß man ihm den Mantel anzog, den Hut aufstülpte und bis auf die Augen herunterzog; schließlich fand er sich im Flur, in Dunkelheit und Kälte, auf der Treppe wieder. Er stolperte, und ihm war, als stürze er in einen Abgrund; er wollte schon aufschreien – da stand er auf dem Hof. Frische Luft wehte ihm entgegen, er verharrte einen Augenblick; gleich darauf drangen jedoch die Klänge der wieder einsetzenden Kapelle an sein Ohr. Herr Goljadkin erinnerte sich plötzlich an alles; seine gelähmten Kräfte schienen zu ihm zurückgekehrt zu sein. Er riß sich von der Stelle los, an der er bis dahin wie angewurzelt gestanden hatte, und stürzte Hals über Kopf davon, an die Luft, in die Freiheit, einerlei, wohin ...

Fünftes Kapitel

Auf allen Petersburger Türmen, die die Zeit anzeigen und durch Glockenschläge verkünden, läutete es gerade Mitternacht, als Herr Goljadkin, völlig außer sich, auf den Fontanka-Quai, nahe der Ismailowski-Brücke, geeilt kam, auf der Flucht vor seinen Feinden, vor den Verfolgungen, vor dem Hagel der Püffe, mit denen man ihn bedacht hatte, vor dem Gezeter der alten, dem Ach und Weh der jüngeren Frauen und den vernichtenden Blicken Andrej Filippowitschs. Herr Goljadkin war erschlagen, total erschlagen, im wahrsten Sinne des Wortes, und wenn er im gegenwärtigen Augenblick noch die Fähigkeit besaß, irgendwohin zu eilen, so nur dank einem Wunder, einem Wunder, an das zu glauben er sich letzten Endes selber weigerte. Die Nacht war fürchterlich, eine echte Novembernacht – naß, neblig, regnerisch, mit Hang zum Schneien und geschwängert mit Zahngeschwüren, Schnupfen, Schüttelfrost, Angina und Fieberanfällen jeder beliebigen Art oder Sorte, kurz – mit allen Gaben des Petersburger Novembers. Der Wind heulte in den menschenleeren Straßen, peitschte das schwarze Wasser der Fontanka bis über die Vertäuungsringe und fuhr übermütig über die kümmerlichen Laternen am Quai dahin, die sein Geheul mit einem dünnen, durchdringenden Knarren erwiderten, was ein endloses, winselndes und klirriges, jedem Petersburger Einwohner wohlbekanntes Konzert ergab. Es regnete und schneite zugleich. Die vom Wind zerrissenen Ströme von Regenwasser sprühten beinahe horizontal – wie aus der Feuerwehrspritze – und peitschten und stachen den unglückseligen Herrn Goljadkin wie Stecknadeln oder Drahtstifte ins Gesicht. In der nächtlichen Stille, die nur vom fernen Rattern einer Kutsche, dem Heulen des Windes und dem Knarren der Laternenpfähle unterbrochen wurde, hörte man das trostlose Pladdern und Murmeln des Wassers, das von den Dächern, überdachten Freitreppen, Traufen und Simsen auf den Granitbelag der Bürgersteige niederrann. Keine Menschenseele war weit und breit zu sehen, was man bei diesem Wetter und zu dieser Stunde wohl auch nicht erwarten konnte. So trippelte nur Herr Goljadkin, allein mit seiner Verzweiflung, mit den an ihm gewohnten kurzen, raschen Schritten auf dem Bürgersteig an der Fontanka dahin und beeilte sich, möglichst schnell in seine Schestilawotschnaja, in seinen dritten Stock und seine Wohnung zu gelangen.

Obwohl der Schnee, der Regen und all das, was sich bei Wind und Wetter unter dem Petersburger Novemberhimmel abspielt und wofür es nicht einmal einen Namen gibt, über den vom Unglück verfolgten Herrn Goljadkin herfielen, ohne ihm die geringste Schonung oder Atempause zu gönnen, ihn bis auf die Knochen durchnäßten, ihm die Augen verklebten, ihn von allen Seiten durchdrangen und vom Wege und um den letzten Rest von Verstand zu bringen suchten, obwohl also all das zugleich über Herrn Goljadkin hereinbrach, als habe es sich mit seinen Feinden verschworen und darauf geeinigt, ihm einen Tag, einen Abend und eine Nacht zu bereiten, die sich sehen lassen konnten, blieb Herr Goljadkin von diesem letzten Beweis für die Verfolgungen durch das Schicksal fast unberührt: so stark hatte ihn das, was wenige Minuten zuvor bei dem Herrn Staatsrat Berendejew geschehen war, erschüttert und niedergeschmettert! Hätte sich ein zufälliger, unbeteiligter Beobachter in diesem Augenblick, wenn auch nur beiläufig und sozusagen aus den Augenwinkeln, Herrn Goljadkins trostloses Dahintrippeln angesehen, er wäre sogleich von all dem schrecklichen Elend seiner Leiden durchdrungen gewesen und hätte sich unbedingt gesagt, Herr Goljadkin schaue in diesem Augenblick drein, als wolle er sich vor sich selbst verstecken, als wolle er sich selbst entfliehen. Und so war es auch! Wir gehen noch weiter: Herr Goljadkin wollte nicht nur sich selbst entfliehen; nein, er wollte vernichtet sein und sich in Staub verwandeln. Zum gegenwärtigen Zeitpunkt vernahm er nichts, verstand er nichts von dem, was sich ringsum tat, und blickte drein, als gäbe es für ihn tatsächlich weder die Unbilden der schlimmen Nacht noch den langen Weg, den Regen, den Schnee, den Wind, noch überhaupt das Unwetter. Die Galosche vom rechten Schuh, die Herr Goljadkin verlor, blieb im Schneematsch auf dem Bürgersteig an der Fontanka stecken; er dachte nicht daran, umzukehren und sie zu holen – er hatte ihren Verlust nicht einmal bemerkt. Er war dermaßen verwirrt, daß er, ungeachtet all dessen, was sich ringsum tat, völlig durchdrungen von dem Gedanken an seinen kürzlichen furchtbaren Sturz, mehrmals unvermittelt auf dem Bürgersteig stehenblieb und unbeweglich wie ein Laternenpfahl verharrte; in solchen

Augenblicken starb er ab und war völlig abwesend; dann stürzte er auf einmal wie ein Rasender davon und rannte, rannte, ohne sich umzuschauen, als rette er sich vor einem Verfolger, vor einem noch schlimmeren Unheil ... Seine Lage war in der Tat schauderhaft! ... Schließlich stand Herr Goljadkin erschöpft still, stützte sich in der Haltung eines Menschen, der plötzlich und völlig unerwartet Nasenbluten bekommt, auf das Geländer des Quais und starrte beharrlich auf das trübe, schwarze Wasser der Fontanka. Schwer zu sagen, wieviel Zeit er auf diese Weise verbrachte. Man weiß nur eins: Er geriet dabei in solche Verzweiflung, war so erschöpft und zerrissen und so abgequält, daß er die letzten, nur noch schwachen Reste seines Muts verlor und alles vergaß: sowohl die Ismailowski-Brücke als auch die Schestilawotschnaja und seine gegenwärtige Lage ... Was, in der Tat, war schon geschehen? Ihm konnte das alles einerlei sein: Die Angelegenheit war abgeschlossen und ad acta gelegt, die Entscheidung gefällt und unterschrieben; was ging ihn das also noch an? ... Plötzlich ... plötzlich zuckte er zusammen und schnellte unwillkürlich zwei, drei Schritte beiseite. Er blickte sich mit einer unerklärlichen Unruhe nach allen Richtungen um; aber niemand war da, und nichts Besonderes war geschehen; und dennoch ... und dennoch schien ihm, soeben, noch vor einem Augenblick, habe jemand hier, unmittelbar neben ihm gestanden, auch er auf das Geländer des Quais gestützt, und – seltsam genug! – sogar etwas zu ihm gesagt, rasch, abgehackt und nicht recht verständlich, aber etwas, das ihm sehr naheging und ihn betraf. Ja, was denn, bilde ich mir das etwa nur ein? fragte sich Herr Goljadkin und schaute sich aufs neue nach allen Seiten um. Ja, wo befinde ich mich denn nun eigentlich? Hach! schloß er und schüttelte nur den Kopf, starrte indessen aufs neue unruhig, verzagt und sogar ängstlich in die verhangene, feuchte Ferne, wobei er sein Sehvermögen nach Kräften anspannte und das trübe Medium, das sich vor ihm ausbreitete, mit seinem kurzsichtigen Blick zu durchdringen versuchte. Ihm sprang jedoch nichts Neues, nichts Bemerkenswertes ins Auge. Alles schien in Ordnung und so zu sein, wie es sich gehörte, das heißt, es schneite immer stärker, in noch größeren Flocken und immer dichter; zwanzig Schritte voraus war nicht das geringste mehr zu erkennen; die Laternenpfähle knarrten noch durchdringender als zuvor, und der Wind schien sein trauriges Lied noch weinerlicher, noch erbärmlicher zu singen als vordem – wie ein aufdringlicher Bettler, der einem den Kupfergroschen aus der Tasche zu ziehen versucht, von dem er sich ernährt. „Hach, hach, was habe ich nur?" wiederholte Herr Goljadkin und ging weiter, wobei er sich in einem fort nach allen Seiten umblickte. Indessen machte sich bei Herrn Goljadkin ein ganz neues Gefühl bemerkbar: Es war weder Verzagtheit noch Angst ... am ehesten eine fieberhafte Unruhe, die seine Adern durchlief. Ein unerträglich widerwärtiger Augenblick! „Aber schon gut, wird schon werden", sagte er, um sich zu ermutigen, „hat möglicherweise nicht das geringste zu bedeuten und rührt auch an niemandes Ehre. Vielleicht mußte es so kommen", fuhr er fort, ohne sich selber darüber im klaren zu sein, was er damit meinte, „möglicherweise wendet sich alles zu gegebener Zeit zum besten, so daß sich niemand zu beklagen braucht und alle gerechtfertigt sein werden." Während Herr Goljadkin auf diese Weise auf sich selber einredete, schüttelte er die Schneeflocken ab, die sich als dicke Schicht auf seinen Hut, den Kragen, den Mantel, die Krawatte, die Schuhe und alles andere gelegt hatten, vermochte dabei jedoch ein sonderbares Gefühl, eine sonderbare, dunkle Ahnung nicht loszuwerden. Irgendwo in der Ferne ertönte ein Kanonenschuß. So ein Wetterchen auch, dachte unser Held; pah, ob es nicht eine Überschwemmung gibt? Das Wasser scheint doch recht stark gestiegen zu sein. Kaum hatte Herr Goljadkin das gesagt oder vielmehr gedacht, als er einen Passanten auf sich zukommen sah, der sich wie er aus irgendeinem Grunde verspätet haben mochte. Eine doch wohl belanglose Angelegenheit und reiner Zufall; und dennoch war Herr Goljadkin betroffen, bekam sogar Angst und verlor einigermaßen den Kopf. Nicht, daß er einen Bösewicht vor sich zu sehen fürchtete, sondern vielleicht nur so... Aber wer kennt sich in einem solchen verspäteten Passanten schon aus, schoß es Herrn Goljadkin durch den Kopf, mag sein, daß er dazugehört, mag sein, daß er die Hauptsache ist und nicht von ungefähr, sondern in ganz bestimmter Absicht daherkommt, meinen Weg kreuzt und mich herausfordern will. Im übrigen mochte Herr Goljadkin das nicht gerade gedacht, sondern nur etwas Ähnliches, sehr Unangenehmes gefühlt haben. Doch zum Denken oder Fühlen blieb keine Zeit; der Passant war nur noch wenige Schritte von ihm entfernt. Herr Goljadkin beeilte sich sogleich, wie es seine Gewohnheit war, eine ganz besondere Miene aufzusetzen, eine Miene, die deutlich zum Ausdruck brachte, er, Goljadkin, sei ein Mensch für sich, er sei in Ordnung und der Weg sei breit genug für alle; er, Goljadkin, rühre ja auch niemand an. Plötzlich blieb er wie angewurzelt, wie vom Blitz getroffen stehen und wandte sich rasch nach dem Passanten um, der soeben an ihm vorbeigegangen war; er tat es mit einem Gesicht, als habe ihn etwas herumgerissen, als habe der Wind die Wetterfahne gedreht. Der Passant verschwand rasch im Schneegestöber. Auch er hatte es eilig; er war wie Herr Goljadkin angezogen und von Kopf bis Fuß eingemummt, auch er strebte auf dem Bürgersteig an der Fontanka mit kurzen, raschen Schritten, beinahe im Laufschritt dahin. „Was ist, was ist das?“ murmelte Herr Goljadkin und lächelte ungläubig, zuckte aber dennoch zusammen. Es lief ihm eiskalt über den Rücken. Der Passant war inzwischen völlig verschwunden, man hörte nicht einmal mehr seine Schritte, während Herr Goljadkin immer noch dastand und ihm nachsah. Schließlich kam er allmählich zu sich. Ja, was soll denn das, habe ich etwa, habe ich vielleicht den Verstand verloren? fragte er sich ärgerlich, drehte sich um und ging seines Weges mit immer kürzeren, mit immer hastigeren Schritten, bemüht, am besten an gar nichts mehr zu denken. Er schloß zu diesem Zweck am Ende sogar die Augen. Plötzlich erreichte – trotz des heulenden Windes und des Unwetters – wieder der Klang sich nahender Schritte sein Ohr. Er fuhr zusammen und öffnete die Augen. Zwanzig Schritte entfernt, tauchte aufs neue ein dunkler Schatten vor ihm auf, der Schatten eines Männleins, das rasch näher kam. Das Männlein hatte es eilig, sputete sich, hastete; die Entfernung zwischen ihm und Herrn Goljadkin verringerte sich rasch. Herr Goljadkin vermochte seinen neuen verspäteten Gefährten sogar schon genau zu erkennen und schrie vor Staunen und Schrecken auf; die Beine versagten ihm. Es war derselbe ihm schon bekannte Passant, der vor etwa zehn Minuten an ihm vorbeigekommen war und nun auf einmal völlig überraschend wieder vor ihm auftauchte. Doch nicht dieses Wunder allein verblüffte Herrn Goljadkin, Herrn Goljadkin verblüffte vielmehr, daß er stehenblieb, aufschrie und schon etwas sagen wollte, dann aber davonstürzte, um den Unbekannten einzuholen, ja, er rief ihm sogar etwas nach, vermutlich, um ihn möglichst rasch anzuhalten. Der Unbekannte blieb tatsächlich stehen, etwa zehn Schritte von Herrn Goljadkin entfernt, und zwar so, daß das Licht der nächsten Straßenlaterne seine ganze Gestalt erhellte; er blieb stehen, wandte sich zu Herrn Goljadkin um und wartete mit ungeduldiger, besorgter Miene, was der sagen würde. „Entschuldigen Sie, es scheint, ich habe mich geirrt“, brachte unser Held mit zitternder Stimme hervor. Der Unbekannte drehte sich schweigend und ärgerlich um und ging rasch seines Weges, als beeile er sich, die zwei Sekunden aufzuholen, die er durch Herrn Goljadkin verloren hatte. Was aber Herrn Goljadkin betrifft, so zitterte er an allen Gliedern, die Knie wurden ihm weich, sie knickten ein, und er ließ sich stöhnend auf einem Prellstein nieder. Im übrigen hatte er wahrhaftig allen Grund, in solche Verwirrung zu geraten. Dieser Unbekannte kam ihm nämlich bekannt vor. Aber das war noch das wenigste. Denn jetzt erkannte er diesen Menschen, erkannte ihn fast mit Sicherheit. Er hatte ihn oft gesehen, irgendwann gesehen, sogar erst ganz vor kurzem; wann mochte das gewesen sein? Etwa gestern? Im übrigen bestand die Hauptsache wiederum gar nicht darin, daß Herr Goljadkin ihn oft gesehen hatte; auch war an diesem Menschen so gut wie nichts Besonderes – er erregte auf den ersten Blick entschieden niemandes Aufmerksamkeit. Nun ja, er war ein Mensch wie alle anderen, natürlich anständig wie alle anständigen Menschen, und hatte möglicherweise auch irgendwelche, vielleicht sogar ziemlich bedeutende Vorzüge; mit einem Wort, er war ein Mensch für sich. Herr Goljadkin empfand gegen ihn weder Haß noch Feindschaft, ja nicht einmal die geringste Abneigung, eher sogar das Gegenteil – und dennoch (und eben dieser Umstand war von entscheidender Bedeutung), und dennoch würde er ihm um nichts auf der Welt begegnen wollen, am allerwenigsten zum Beispiel jetzt. Wir gehen noch weiter: Herr Goljadkin kannte diesen Menschen; er wußte sogar, wie er hieß, wie sein Familienname lautete; und dennoch hätte er, wiederum für nichts auf der Welt, seinen Namen nennen und zugeben wollen, daß er soundso heißt, soundso mit Familiennamen und soundso mit Vatersnamen. Wie lange diese Betroffenheit des Herrn Goljadkin anhielt, genauer ausgedrückt, wie lange er auf dem Prellstein saß, vermag ich nicht zu sagen; jedenfalls rannte er, als er schließlich ein wenig zu sich kam, plötzlich davon, so rasch er konnte, so rasch ihn die Beine trugen; er kam außer Atem; zweimal stolperte er und wäre beinah hingefallen – bei dieser Gelegenheit verwaiste Herrn Goljadkins zweiter Schuh, auch ihn ließ die Galosche im Stich. Schließlich verlangsamte Herr Goljadkin, um Atem zu schöpfen, ein wenig seine Schritte, sah sich hastig um und stellte fest, daß er, ohne es zu bemerken, die ganze Wegstrecke entlang der Fontanka bereits zurückgelegt, die Anitschkow-Brücke überschritten und einen Teil des Newski-Prospekts hinter sich gelassen hatte; er befand sich an der Kreuzung des Newski-Prospekts und der Litejnaja. Herr Goljadkin bog in die Litejnaja ein. Seine Lage erinnerte in diesem Augenblick an die Lage eines Menschen, der an einem gräßlichen Steilhang steht, während der Boden unter ihm nachgibt, wankt, in Bewegung gerät, sich ein letztes Mal aufbäumt, dann abrutscht und ihn in den Abgrund mitreißt, wobei der Unglückselige weder die Kraft noch die Geistesgegenwart besitzt, zurückzuschnellen und die Augen von der gähnenden Tiefe abzuwenden; der Abgrund zieht ihn an, und er stürzt sich schließlich selber hinein und beschleunigt damit den Augenblick seines Untergangs. Herr Goljadkin wußte, fühlte, war völlig davon überzeugt, daß ihm auf dem Heimweg unbedingt noch etwas Ungutes bevorstand, daß ihm irgendeine Unannehmlichkeit zustoßen werde, zum Beispiel eine neue Begegnung mit seinem Unbekannten; doch sonderbar, er wünschte sie sogar herbei, hielt sie für unvermeidlich und hoffte nur eins – daß alles rasch ein Ende findet, daß seine Lage sich, einerlei wie, aber bald, möglichst bald entscheidet. Und dabei eilte und eilte er immer weiter, wie getrieben von einer unbekannten Kraft, denn er selber fühlte eine Art Erschlaffung oder Lähmung seines ganzen Ichs; er vermochte über nichts nachzudenken, obwohl sich seine Ideen gleich einem Dornenstrauch an allem festhakten. Ein vom Wege abgekommenes, völlig durchnäßtes und durchgefrorenes Hündchen heftete sich an Herrn Goljadkin, lief neben ihm her, seitlich, hastig, mit eingeklemmtem Schwanz und angelegten Ohren, und streifte ihn von Zeit zu Zeit mit einem schüchternen, verständnisvollen Blick. Ein ferner, längst vergessener Gedanke – die Erinnerung an eine vor langer Zeit vor sich gegangene Begebenheit – kam ihm in den Sinn, klopfte wie mit einem Hämmerchen in seinem Kopf, setzte ihm zu und ließ ihn nicht mehr los. „Hach, dieses schäbige Hündchen!" murmelte Herr Goljadkin und verstand sich selber nicht mehr. Schließlich erblickte er seinen Unbekannten an der Ecke der Italjanskaja. Nur bewegte sich der Unbekannte jetzt nicht mehr auf ihn zu, sondern in derselben Richtung wie er, und zwar einige Schritte vor ihm her, und hatte es ebenfalls sehr eilig. Sie erreichten schließlich die Schestilawotschnaja. Herrn Goljadkin stockte der Atem. Der Unbekannte blieb vor dem Hause stehen, in dem Herr Goljadkin wohnte. Man hörte das Klingeln des Glöckchens und beinah gleichzeitig das Knarren des eisernen Riegels. Die Pforte tat sich auf, der Unbekannte duckte sich, huschte hinein und verschwand. Auch Herr Goljadkin war fast im selben Augenblick zur Stelle und schoß wie ein Pfeil zum Torweg hinein. Ohne das Knurren des Hausknechts zu beachten, kam er atemlos in den Hof gelaufen und erspähte sofort seinen interessanten Weggefährten, den er für eine Minute aus den Augen verloren hatte. Der Unbekannte tauchte am Eingang zu jener Treppe auf, die zu Herrn Goljadkins Wohnung führte. Herr Goljadkin stürzte ihm nach. Die Treppe war dunkel, feucht und verschmutzt. Auf jedem Treppenabsatz türmte sich ein Berg von allerlei Mietergerümpel, und ein Fremder, der sich hier nicht auskannte und in der Dunkelheit auf diese Treppe geriet, wäre genötigt gewesen, eine halbe Stunde auf ihr umherzuirren, in die Gefahr gekommen, sich die Beine zu brechen, und hätte zugleich mit der Treppe auch seine Bekannten verflucht, die sich so unbequem niedergelassen hatten. Doch Herrn Goljadkins Weggefährte schien sich hier auszukennen und gleichsam dazuzugehören; er eilte ohne Schwierigkeiten, leichtfüßig und mit genauester Kenntnis der Örtlichkeit die Treppe hinauf. Herr Goljadkin folgte ihm auf den Fersen; der Mantelsaum des Unbekannten klatschte ihm sogar zwei-, dreimal gegen die Nase. Das Herz stand ihm still. Der geheimnisvolle Mann blieb prompt vor der Tür von Herrn Goljadkins Wohnung stehen und klopfte; Petruschka, der offenbar gewartet hatte und noch nicht schlief (was Herrn Goljadkin übrigens zu anderer Zeit in Erstaunen gesetzt hätte), machte sogleich auf und folgte dem Eintretenden mit der Kerze in der Hand. Der Held unserer Erzählung stürzte außer sich in seine Behausung; er durchmaß, ohne Hut und Mantel abzulegen, den kleinen Korridor und blieb, wie vom Blitz getroffen, auf der Schwelle zu seinem Zimmer stehen. Alle Ahnungen Herrn Goljadkins waren in Erfüllung gegangen. Alles, was er befürchtet und vorausgesehen hatte, bestätigte sich. Sein Atem stockte, der Kopf schwindelte ihm. Der Unbekannte saß vor ihm, auch er im Mantel und mit Hut, auf seinem Bett, lächelte obenhin und nickte ihm mit leicht zusammengekniffenen Augen freundschaftlich zu. Herr Goljadkin wollte aufschreien, protestieren, vermochte es aber nicht. Die Haare standen ihm zu Berge, er sank, bewußtlos vor Schrecken, auf einen Stuhl. Und es gab auch gute Gründe dafür. Herr Goljadkin hatte den nächtlichen Gefährten endgültig erkannt. Sein nächtlicher Gefährte war niemand anderes als er selbst, als Herr Goljadkin in eigener Person, ein zweiter Herr Goljadkin, haargenau wie er selbst, mit einem Wort – in jeder Hinsicht sein Doppelgänger, wie man das nennt.

Sechstes Kapitel

Am Morgen darauf erwachte Herr Goljadkin Punkt acht in seinem Bett. Sofort tauchten all die ungewöhnlichen Ereignisse des gestrigen Tages und die ganze wüste, unwahrscheinliche Nacht mit ihren beinah unmöglichen Abenteuern vor seinem inneren Auge und in seinem Gedächtnis auf, alle zugleich, ganz plötzlich und in erschreckender Vollständigkeit. Eine so erbitterte, teuflische Bosheit seitens seiner Feinde und besonders der jüngste Beweis dieser Bosheit ließen Herrn Goljadkins Herz zu Eis erstarren. Indessen war all das so seltsam, so unverständlich, so irrsinnig und erschien so unwahrscheinlich, daß es tatsächlich schwerfiel, an so etwas zu glauben; selbst Herr Goljadkin wäre geneigt gewesen, alles als wüsten Traum, als momentane Überreizung der Einbildungskraft und Geistesverwirrung zu betrachten, hätte er nicht zu seinem Glück aus bitterer Erfahrung gewußt, wie weit die Bosheit einen Menschen zu bringen vermag, wie weit ein erbitterter Feind gehen kann, der sich für einen Angriff auf seine Ehre und seine Ambitionen rächen will. Darüber hinaus bestärkten und bezeugten seine wie gelähmten Glieder, der benebelte Kopf, die schmerzende Wirbelsäule und der bösartige Schnupfen die Glaubhaftigkeit des gestrigen nächtlichen Spaziergangs und bis zu einem gewissen Grade auch alles übrige, das sich während dieses Spaziergangs ereignet hatte. Und schließlich wußte Herr Goljadkin schon längst, daß sie da jemand anderen hatten. Aber was tun? Nach gründlicher Überlegung beschloß Herr Goljadkin, zu schweigen, sich damit abzufinden und vorerst keinen Einspruch zu erheben. Sie wollen mir vielleicht nur einen kleinen Schreck einjagen, wenn sie aber sehen, daß ich in Ordnung bin, keinen Einspruch erhebe, mich völlig damit abfinde und alles mit

Demut ertrage, dann werden sie ablassen, von selber und auch noch als erste davon ablassen.

Das also waren die Gedanken, die Herrn Goljadkin durch den Kopf gingen, während er sich in seinem Bett hin und her wälzte, die wie geräderten Glieder streckte und auf das übliche Erscheinen Petruschkas wartete – dieses Mal in seinem Zimmer. Er wartete bereits eine Viertelstunde; er hörte, wie der Faulpelz Petruschka hinter der Trennwand mit dem Samowar hantierte, konnte sich aber durchaus nicht entschließen, nach ihm zu rufen. Wir gehen weiter und behaupten: Herr Goljadkin hatte sogar ein wenig Angst, sich Petruschka gegenübergestellt zu sehen. Wer weiß, dachte er bei sich, wer weiß, wie dieser Spitzbube die ganze Angelegenheit sieht. Er hält zwar den Mund und schweigt sich aus, ist aber auf dem Kien. Schließlich knarrte die Tür, und Petruschka tauchte mit dem Tablett in den Händen auf. Herr Goljadkin schielte zaghaft zu ihm hin und wartete mit Ungeduld, was kommen werde und ob er nicht endlich etwas hinsichtlich eines gewissen Umstands sagen würde. Aber Petruschka sagte nichts und erschien im Gegenteil noch schweigsamer, noch rüder und griesgrämiger als sonst; überhaupt spürte man, daß er mit irgend etwas höchst unzufrieden war; er sah seinen Herrn sogar kein einziges Mal an, was Herrn Goljadkin, nebenbei bemerkt, einen kleinen Stich versetzte; er stellte, was er hereingebracht hatte, auf den Tisch, drehte sich um und verschwand schweigend hinter seiner Trennwand. „Er weiß es, er weiß alles, der Nichtsnutz!" brummte Herr Goljadkin vor sich hin und machte sich an den Tee. Dennoch fragte unser Held seinen Bedienten nach gar nichts aus, obwohl Petruschka sein Zimmer noch mehrmals in der oder jener Angelegenheit betrat. Herr Goljadkin befand sich in einem Zustand äußerster seelischer Erregung. Er scheute sich, ins Departement zu gehen. Er hatte das deutliche Gefühl, gerade dort stimme etwas nicht. Da kommt man herein, sagte er sich, und stolpert über etwas ... Ist es nicht besser, sich zu gedulden? Sollen sie doch machen, was sie wollen; ich bleibe heute den ganzen Tag hier, sammle meine Kräfte, erhole mich, denke gründlich über die Angelegenheit nach und schneie im richtigen Augenblick herein, wobei ich mit keiner Wimper zucke. Herr Goljadkin rauchte, während er sich all das durch den Kopf gehen ließ, eine Pfeife nach der anderen; die Zeit verging im Fluge; es war bereits fast halb zehn. Es ist bereits halb zehn, sagte sich Herr Goljadkin, und zu spät, um sich zum Dienst zu melden. Außerdem bin ich krank, natürlich bin ich das, bin regelrecht krank; wer will behaupten, daß ich es nicht bin? Was macht mir das alles aus? Und schickt man mir den Exekutor her, damit er es bezeugt – soll er nur kommen! Ja, und wenn es nun in der Tat? Ich habe Rückenschmerzen, ich habe Husten, ich habe Schnupfen; und schließlich kann ich bei diesem Wetter auf keinen Fall aus dem Hause gehen; ich könnte ernstlich erkranken und womöglich sogar sterben; die Sterblichkeit ist zur Zeit besonders hoch ... Herr Goljadkin brachte sein Gewissen auf diese Weise vollends zum Schweigen und rechtfertigte sich im voraus vor sich selbst in Anbetracht des zu erwartenden Rüffels seitens Andrej Filippowitschs – wegen mangelnden Diensteifers. Überhaupt pflegte unser Held sich in dergleichen Fällen gern durch allerlei unwiderlegbare Argumente in seinen eigenen Augen zu rechtfertigen und sein Gewissen völlig zu beruhigen. Nachdem er also sein Gewissen auch jetzt völlig beruhigt hatte, griff er aufs neue nach der Pfeife, stopfte sie und schickte sich gerade an, sie richtig in Brand zu setzen, als er plötzlich vom Sofa aufsprang, die Pfeife beiseite warf, sich im Handumdrehen wusch, rasierte und kämmte, den Uniformrock und alles übrige anlegte, gewisse Papiere zusammenraffte und ins Departement eilte.

Herr Goljadkin betrat seine Abteilung zaghaft und in der angsterfüllten Erwartung von etwas sehr Ungutem – einer Erwartung, die zwar unbestimmt und dunkel, zugleich aber recht mißlich war; er setzte sich schüchtern an den gewohnten Platz neben dem Gruppenvorsteher Anton Antonowitsch Setotschkin. Ohne sich umzublicken, ohne sich durch etwas ablenken zu lassen, vertiefte er sich in den Inhalt der vor ihm liegenden Papiere. Er war entschlossen, er hatte sich das Wort gegeben, allen Herausforderungen, allem, was ihn kompromittieren konnte, auszuweichen, zum Beispiel indiskreten Fragen, allerlei kleinen Späßen und unpassenden Anspielungen auf die Bewandtnisse des gestrigen Abends; er entschied sich sogar dafür, auf die üblichen Höflichkeiten gegenüber den Kollegen zu verzichten, das heißt auf Erkundigungen nach deren Wohlbefinden und so weiter. Aber offensichtlich war auch, daß es nicht dabei bleiben konnte, daß das unmöglich war. Unruhe und die Unkenntnis von irgendwelchen Dingen, die ihn verletzen konnten, hatten ihn schon immer mehr geärgert als das, was ihn als solches verletzte. Und das war auch der Grund, warum Herr Goljadkin, obwohl er sich das Wort gegeben hatte, auf nichts, was sich ringsum tat, einzugehen und allem auszuweichen, warum also Herr Goljadkin hin und wieder heimlich und möglichst unauffällig den Kopf hob und sich verstohlen nach rechts, nach links, nach allen Seiten umblickte und den Kollegen in die Gesichter sah, bemüht, aus ihnen zu erraten, ob es nicht etwas Neues und Besonderes gab, das ihn berührte und zu unschönen Zwecken vor ihm verborgen wurde. Er vermutete dabei einen unzweifelhaften Zusammenhang zwischen seinen gestrigen Bewandtnissen und alledem, was ihn jetzt umgab. Schließlich wünschte er sich in seinem Unbehagen, alles möge, einerlei wie, aber jedenfalls möglichst bald, seine Lösung finden, und sei es mit einem Unheil – na wennschon! Hier nun nahm das Schicksal Herrn Goljadkin beim Wort: Kaum hatte er sich das gewünscht, als alle seine Zweifel ihre Lösung fanden, aber auf eine äußerst sonderbare, äußerst überraschende Art.

Die Tür zum Zimmer nebenan knarrte auf einmal leise und zaghaft, als wolle sie damit andeuten, daß die eintretende Person höchst unbedeutend sei, und eine Gestalt, die Herrn Goljadkin im übrigen durchaus bekannt war, erschien vor ebendem Tisch, an dem unser Held saß. Unser Held sah nicht auf; nein, er streifte die Gestalt nur mit einem ganz flüchtigen Blick aus den Augenwinkeln, wußte aber sogleich, wer es war, hatte sogleich alles verstanden – bis in die geringfügigsten Einzelheiten. Er erglühte vor Scham und vergrub den zermarterten Kopf in das Papier – haargenau mit dem gleichen Ziel, mit dem der vom Jäger verfolgte Strauß den seinen im heißen Sand verbirgt. Der Neuangekommene verneigte sich vor Andrej Filippowitsch, und gleich darauf vernahm man jene förmlich-freundliche Stimme, mit der der Vorgesetzte in allen Dienststellen zu einem neuen Untergebenen spricht. „Setzen Sie sich hierher", sagte Andrej Filippowitsch und zeigte auf Anton Antonowitschs Tisch, „hier, gegenüber von Herrn Goljadkin. Wir werden Sie gleich in Ihre Arbeit einführen." Andrej Filippowitsch schloß damit, daß er den Neuankömmling mit einer geziemend-ermahnenden Handbewegung entließ, um sich sogleich in die Quintessenz von allerlei Papieren zu vertiefen, deren ein ganzer Berg vor ihm lag.

Herr Goljadkin blickte schließlich auf, und wenn er nicht in Ohnmacht fiel, so einzig und allein darum, weil er alles geahnt hatte, weil er alles durchschaute und im voraus erriet, wer der Ankömmling war. Das erste, was Herr Goljadkin tat – er sah sich rasch um, ob nicht irgendwo getuschelt oder ein einschlägiger Kanzleiwitz gerissen wurde, ob nicht Erstaunen jemandes Gesicht verzog oder jemand vor Schreck sogar unter den Tisch gefallen war. Doch zu Herrn Goljadkins größter Verwunderung ließ sich nichts dergleichen feststellen. Das Verhalten seiner Berufs- und Amtskollegen verblüffte ihn. Es schien außerhalb des gesunden Menschenverstandes zu liegen. Herr Goljadkin war über dieses ungewöhnliche Schweigen geradezu erschrocken. Die Dinge sprachen für sich selbst; es handelte sich um eine seltsame, abscheuliche, unglaubliche Angelegenheit. Es gab allen Grund, sich über sie zu wundern. All das schoß Herrn Goljadkin selbstverständlich nur kurz durch den Kopf. Er für seinen Teil briet auf kleinem Feuer. Und das hatte auch seinen Grund. Der, der ihm jetzt gegenübersaß, war – zum Schrecken Herrn Goljadkins, zu Herrn Goljadkins Beschämung – sein gestriger Alptraum, mit einem Wort, er selbst, wenn auch nicht jener Herr Goljadkin, der in diesem Augenblick mit offenem Mund und in der Hand erstarrtem Federhalter auf einem Stuhl saß; nicht jener, der der Stellvertreter des Gruppenvorstehers war; nicht jener, der sich gerne unsichtbar machte und in der Menge verlor; nicht jener schließlich und endlich, dessen Gang deutlich zu sagen schien: Rührt mich nicht an, dann rühre auch ich euch nicht an, oder: Rührt mich nicht an, denn auch ich rühre euch ja nicht an. Nein, es war ein anderer, ein ganz anderer Herr Goljadkin, der aber dem ersten vollkommen glich – den gleichen Wuchs, dieselbe Statur und dieselbe Glatze hatte und ebenso angezogen war wie er; mit einem Wort, es war nichts, aber auch nichts vergessen worden, damit sie sich vollkommen glichen, und wenn man sie nebeneinanderstellte, dann würde es niemand, aber auch niemand auf sich nehmen, zu entscheiden, wer nun der richtige und wer der nachgemachte Goljadkin war, wer der alte und wer der neue, wer das Original und wer die Kopie.

Unser Held befand sich jetzt, wenn dieser Vergleich erlaubt ist, in der Lage eines Menschen, über den sich ein Spaßvogel lustig macht, indem er verstohlen ein Brennglas auf ihn richtet. Was ist das nun, Traum oder Wirklichkeit, fragte er sich, die Gegenwart oder die Fortsetzung des Gestrigen? Aber wieso denn nur? Mit welchem Recht geschieht das alles? Wer hat die Einstellung dieses Beamten genehmigt und wer ihm das Recht dazu gegeben? Schlafe ich oder träume ich? Herr Goljadkin versuchte, sich zu kneifen, ja, er riskierte sogar, jemand anderen zu kneifen. Nein, es war kein Traum, auf keinen Fall! Herr Goljadkin fühlte, daß der Schweiß in Bächen an ihm hinunterrann, daß etwas bislang noch nicht Dagewesenes, Unerhörtes und eben aus diesem Grunde zu allem Unglück auch noch Ungehöriges mit ihm vorging, denn er verstand und empfand den ganzen Nachteil, das erste Beispiel eines in eine so lächerliche Lage geratenen Menschen zu sein. Er zweifelte am Ende sogar an seiner eigenen Existenz; und obwohl er im voraus auf alles gefaßt war und selber wünschte, daß seine Zweifel sich auf irgendeine Weise zerstreuten, war der Umstand als solcher einer Überraschung natürlich wert. Kummer bedrückte und quälte ihn. Zuweilen verlor er fast völlig sowohl die Denkfähigkeit als auch das Erinnerungsvermögen. Wenn er nach einem solchen Augenblick zu sich kam, ertappte er sich dabei, daß er mechanisch und gänzlich unbewußt die Feder über das Papier führte. Er wurde mißtrauisch gegen sich selbst und begann das zu Papier Gebrachte zu prüfen, begriff aber nicht das geringste. Schließlich erhob sich der andere Herr Goljadkin, der bis dahin still und wie ihm geziemte an seinem Platz gesessen hatte, und verschwand in einer Angelegenheit durch die Tür zur Abteilung nebenan. Herr Goljadkin sah sich um – nichts, alles war still und ruhig; man hörte nur das Kratzen der Federn, das Rascheln der umgeschlagenen Seiten und ein leises Murmeln in den Ecken, die weiter weg von Andrej Filippowitschs Befehlsstand lagen. Herr Goljadkin sah Anton Antonowitsch an, und da der Gesichtsausdruck unseres Helden aller Wahrscheinlichkeit nach seiner gegenwärtigen Lage durchaus entsprach, mit dem Sinn der Angelegenheit übereinstimmte, infolgedessen in gewisser Hinsicht sehr bedeutsam war, legte der gute Anton Antonowitsch den Federhalter beiseite und erkundigte sich mit ungewöhnlicher Teilnahme nach Herrn Goljadkins Befinden.

„Mir, Anton Antonowitsch, geht es Gott sei Dank“, stammelte Herr Goljadkin. „Ich, Anton Antonowitsch, bin völlig gesund; ich, Anton Antonowitsch, fühle mich jetzt wieder ganz gut“, setzte er zögernd hinzu, wobei er dem so oft berufenen Anton Antonowitsch nicht recht über den Weg traute.

„Aha! Und mir wollte schon scheinen, Ihre Gesundheit sei nicht die beste; was übrigens in keiner Weise verwunderlich wäre. Wo sich zur Zeit doch allerlei Epidemien bemerkbar machen. Wissen Sie schon ...“

„Ja, Anton Antonowitsch, ich weiß, daß es solche Epidemien gibt ... Aber die habe ich nicht gemeint, Anton Antonowitsch“, fuhr Herr Goljadkin fort, wobei er Anton Antonowitsch aufmerksam musterte, „ich, Anton Antonowitsch, weiß nicht einmal, wie Sie, ich meine, von welcher Seite aus man an diese Angelegenheit herantreten sollte, Anton Antonowitsch ...“

„Wie bitte? Ich ... wissen Sie ... muß gestehen, ich

komme da nicht so ganz mit; erklären Sie sich doch bitte, wissen Sie, ein wenig deutlicher, in welcher Hinsicht Sie sich gehemmt fühlen", sagte Anton Antonowitsch, selber ein wenig gehemmt, als er sah, daß Herrn Goljadkin die Tränen in die Augen traten.

„Ich, Anton Antonowitsch ... da ist hier so ein Beamter aufgetaucht, Anton Antonowitsch ..."

„Nun, nun? Ich verstehe immer noch nicht ..."

„Ich, Anton Antonowitsch, will damit sagen, da ist ein neuer Beamter bei uns eingestellt worden."

„Ja, das stimmt, ein Namensvetter von Ihnen."

„Wie?" rief Herr Goljadkin.

„Ich sage, ein Namensvetter von Ihnen; auch er heißt Goljadkin. Etwa Ihr Bruder?"

„Nein, Anton Antonowitsch, ich ..."

„Hm! Sag einer an! Und mir hat schon geschienen, es müsse ein naher Verwandter von Ihnen sein. Es gibt da, wissen Sie, so eine Art Familienähnlichkeit."

Herr Goljadkin war starr vor Staunen, es verschlug ihm für eine Weile die Sprache. Eine dermaßen abscheuliche, unerhörte Angelegenheit so leichthin zu behandeln; bei einer Angelegenheit, die wahrhaftig etwas auf ihre Art ganz Außergewöhnliches darstellte und selbst den uninteressiertesten Beobachter verblüfft hätte, von Familienähnlichkeit zu reden, wo sich alles wie ein Spiegelbild glich!

„Wissen Sie, was ich Ihnen empfehlen würde, Jakow Petrowitsch", fuhr Anton Antonowitsch fort. „Gehen Sie doch mal zum Arzt und lassen Sie sich beraten! Sie *schauen*, wissen Sie, keineswegs allzu gesund *aus*. Besonders Ihre Augen, wissen Sie, haben einen ganz eigenartigen Ausdruck."

„Nein, Anton Antonowitsch, ich fühle natürlich ... das heißt, ich will Sie in einem fort fragen, wie verhält sich das nun mit diesem Beamten?"

„Das heißt?"

„Das heißt, ob Sie, Anton Antonowitsch, nicht etwas Besonderes ... nicht etwas allzu Auffallendes an ihm bemerkt haben?"

„Wie soll ich das verstehen?"

„Ich meine damit, Anton Antonowitsch, ob Sie nicht eine auffallende Ähnlichkeit mit jemand anderem an ihm festgestellt haben, das heißt zum Beispiel mit mir? Sie, Anton Antonowitsch, haben da gerade eine beiläufige Bemerkung über Familienähnlichkeiten gemacht ... Wissen Sie, es gibt da manchmal Zwillinge, die sich ähnlich sehen wie ein Ei dem anderen, so daß man sie einfach nicht unterscheiden kann. Das ist es, was ich meine."

„Ja ...", meinte Anton Antonowitsch, nachdem er ein wenig nachgedacht hatte und von dieser Tatsache zum erstenmal verblüfft zu sein schien, „ja, das stimmt. Die Ähnlichkeit ist in der Tat erstaunlich, und Ihre Meinung, man könne den einen zweifellos mit dem anderen verwechseln, trifft unbedingt zu", fuhr er fort und riß die Augen immer weiter auf. „Und wissen Sie, Jakow Petrowitsch, diese Ähnlichkeit ist geradezu ein Wunder, geradezu phantastisch, wie man das gelegentlich nennt, das heißt genau so, wie Sie es ... Haben Sie es bemerkt, Jakow Petrowitsch? Ich wollte Sie schon selber nach einer Erklärung dafür fragen, habe aber, wie ich gestehe, der Angelegenheit zunächst nicht die erforderliche Aufmerksamkeit geschenkt. Ein Wunder, wahrhaftig ein Wunder! Und wissen Sie was, Jakow Petrowitsch, Sie sind doch kein Hiesiger, nicht wahr?"

„Nein."

„Auch er ist nicht von hier. Vielleicht stammt er sogar aus derselben Gegend wie Sie. Wo hat Ihre Frau Mutter, wenn ich fragen darf, zum größten Teil gelebt?"

„Sie sagen ... Sie sagen, Anton Antonowitsch, er ist kein Hiesiger?"

„Nein, ist er nicht. Aber in der Tat, wie sonderbar das alles doch ist", fuhr der reichlich gesprächige Anton Antonowitsch fort, für den ein kleines Schwätzchen geradezu ein Feiertag war, „kann einen regelrecht in Neugier versetzen; und dabei – wie oft kommt man an ihm vorbei, stößt ihn sogar an und merkt nichts. Lassen Sie sich im übrigen nicht beirren. Das kommt vor. So war es auch, wissen Sie, mit einer Tante von mir – ich will es Ihnen gleich erzählen –, mit einer Tante mütterlicherseits; auch sie hat sich vor ihrem Tode doppelt gesehen ..."

„Nein, Anton Antonowitsch, entschuldigen Sie, wenn ich Sie unterbreche, ich, Anton Antonowitsch, möchte nur wissen, wieso dieser Beamte, das heißt aus welchem Anlaß er hier aufgetaucht ist."

„Nun, er ist an die Stelle des verstorbenen Semjon Iwanowitsch hierhergekommen; die Stelle war frei, und da hat man sie eben besetzt. Ja, der gute Semjon Iwanowitsch hat, so wird behauptet, drei Kinder hinterlassen, eins immer kleiner als das andere. Die Witwe soll seiner Exzellenz zu Füßen gefallen sein. Im übrigen behauptet man, sie verstellt sich; sie soll einiges Geld haben, das aber verheimlichen."

„Nein, Anton Antonowitsch, ich denke da immer wieder an denselben Umstand."

„Das heißt? Ach so, nun ja! Aber weshalb interessiert Sie das so? Ich sage Ihnen: Lassen Sie sich nicht beirren. All das ist sozusagen nur vorübergehend. Was denn? Was haben Sie damit zu tun? Hat schließlich der Herrgott selber so eingerichtet, es war nun einmal sein Wille, und gegen ihn aufzubegehren wäre Sünde. An alledem ist seine Allweisheit zu erkennen, während Sie, Jakow Petrowitsch, nicht die geringste Schuld daran trifft, soweit ich das richtig sehe. Als gäbe es nicht genug Seltsames auf der Welt! Die Mutter Natur ist freigebig; Sie werden sich dafür nicht zu verantworten haben, Sie brauchen dafür nicht einzustehen. Bei dieser Gelegenheit: da heißt es zum Beispiel, daß diese ... wie nennt sich das doch? ... ach ja, die siamesischen Zwillinge, ich hoffe, Sie haben von ihnen gehört, mit ihren Rücken zusammengewachsen sind und auch so leben; sie essen gemeinsam und schlafen gemeinsam; sie lassen sich besichtigen und nehmen, wie man behauptet, ein Heidengeld damit ein."

„Gestatten Sie, Anton Antonowitsch ..."

„Ich verstehe Sie, versteh Sie sehr gut! Durchaus! Aber was ist schon dabei? Gar nichts! Ich bin bei allem Verständnis der Ansicht, daß keinerlei Grund besteht, sich verwirren zu lassen. Was denn? Er ist ein Beamter wie alle anderen; und scheint auch tüchtig zu sein. Er sagt, er heißt Goljadkin, stammt nicht aus dieser Gegend und ist Titularrat. Das hat er Seiner Exzellenz persönlich erklärt."

„Ja, wie denn das?"

„Nun, recht ordentlich; man behauptet, er habe eine befriedigende Auskunft über sich gegeben und seine Beweggründe angeführt; er soll gesagt haben, so und so, Euer Exzellenz, Vermögen habe ich nicht und möchte darum in der Verwaltung dienen, besonders unter Ihrer für mich so schmeichelhaften Leitung ... und was dergleichen mehr ist; er hat das alles, wissen Sie, recht geschickt ausgedrückt. Scheint ein gescheiter Kopf zu sein. Nun, er brachte natürlich auch eine Empfehlung mit; ohne die geht es ja nicht ab ..."

„Und ... und von wem? Das heißt, ich meine, wer hat in dieser beschämenden Angelegenheit die Hand im Spiel gehabt?"

„Ja... man sagt, das Empfehlungsschreiben kann sich sehen lassen; Seine Exzellenz und Andrej Filippowitsch, heißt es, haben sich amüsiert."

„Seine Exzellenz und Andrej Filippowitsch haben sich amüsiert?"

„Jawohl, das heißt ein bißchen geschmunzelt und erklärt, es gehe alles in Ordnung; sie wären ihrerseits nicht abgeneigt, sofern er treue Dienste zu leisten verspreche ..."

„Nun, nun, weiter! Sie, Anton Antonowitsch, machen mich einigermaßen neugierig; ich flehe Sie an – weiter!"

„Gestatten Sie, ich habe Sie wohl wieder irgendwie ... Nun ja; macht aber weiter nichts; die ganze Geschichte ist gar nicht so kompliziert; ich sage Ihnen, Sie sollten sich nicht verwirren lassen und nichts Bedenkliches daran finden ..."

„Tu ich auch nicht! Das heißt, Anton Antonowitsch, ich möchte Sie nur noch fragen, ob Seine Exzellenz nicht etwas hinzugefügt hat, zum Beispiel etwas, das sich auf mich bezieht?"

„Aber ja doch! Sicher! Oder nein, nicht das geringste; Sie

können ganz beruhigt sein. Nun ja, der Umstand ist, versteht sich, einigermaßen erstaunlich und kann zunächst ... aber ich zum Beispiel habe das anfangs kaum bemerkt. Ich weiß wirklich nicht, wieso ich mir all dessen erst bewußt geworden bin, als Sie darauf zu sprechen kamen. Im übrigen können Sie ganz beruhigt sein. Seine Exzellenz hat weiter nichts Besonderes, ja gar nichts dazu geäußert", fügte der gute Anton Antonowitsch hinzu und erhob sich von seinem Stuhl.

„Dann kann ich also, Anton Antonowitsch ..."

„Ach, bitte, entschuldigen Sie mich! Ich habe mich ohnehin verplaudert und dabei eine wichtige, dringliche Angelegenheit vor mir. Ich muß mich da nach etwas erkundigen."

„Anton Antonowitsch!" hörte man die höflich mahnende Stimme Andrej Filippowitschs, „Seine Exzellenz haben nach Ihnen gefragt."

„Gleich, gleich, Andrej Filippowitsch, ich komme schon." Und Anton Antonowitsch raffte rasch einen Haufen Papiere zusammen und eilte zunächst zu Andrej Filippowitsch und von da in das Zimmer Seiner Exzellenz.

Ja, was denn? fragte sich Herr Goljadkin im stillen. So also wird bei uns gespielt! So weht jetzt bei uns der Wind ... Keineswegs übel; da haben also die Dinge eine höchst angenehme Wendung genommen, sagte sich unser Held, rieb sich die Hände und fühlte vor Freude nicht mehr den Stuhl unter sich. Dann ist es also eine ganz gewöhnliche Angelegenheit. Und alles endet mit Lappalien, löst sich von selber auf. In der Tat – niemand läßt sich was anmerken, sie mucksen sich nicht, die Halunken, sitzen da und beschäftigen sich mit den Akten; ausgezeichnet, ausgezeichnet! Einen guten Menschen liebe ich, hab ich immer geliebt und bin ich immer bereit zu achten ... Im übrigen ist das, wenn man darüber nachdenkt, mit diesem Anton Antonowitsch so eine Sache ... man schreckt davor zurück, sich ihm anzuvertrauen: er ist allzu grau und ordentlich tatterig vor Alter geworden. Am erfreulichsten und wichtigsten ist übrigens, daß Seine Exzellenz nichts eingewandt und alles gutgeheißen hat: In Ordnung, findet meine Billigung! Aber wieso mischt sich dieser Andrej Filippowitsch mit seinen Spötteleien ein? Was hat er damit zu tun? Dieser alte Widerhaken! Immer steht er mir im Wege, immerzu kreuzt er wie eine schwarze Katze meine Bahn, immerzu kommt er mir in die Quere; wie zum Trotz, wie mit Absicht ...

Herr Goljadkin blickte sich aufs neue um und schöpfte wieder Hoffnung. Er fühlte, daß ihn dabei trotz allem ein verschwommener, unguter Gedanke verfolgte. Ihm kam sogar der Einfall, sich an die anderen Beamten heranzumachen, den Stier bei den Hörnern zu packen und so nebenher (etwa beim Verlassen der Behörde oder unter einem dienstlichen Vorwand) gesprächsweise darauf anzuspielen und zu sagen: So und so, Herrschaften, immerhin eine verblüffende Ähnlichkeit, ein sonderbarer Umstand und eine garstige Komödie – das heißt sich selber über alles lustig zu machen und auf diese Weise die Größe der Gefahr zu sondieren. Heißt es doch, stille Wasser sind tief, vollendete unser Held seinen Gedankengang. Im übrigen blieb es bei dem Gedanken; Herr Goljadkin besann sich rechtzeitig eines Besseren. Er sah ein, daß dies zu weit gegriffen wäre. Das ist nun mal deine Natur, sagte er zu sich selbst und klatschte sich leicht an die Stirn, freust dich und lebst sogleich auf, du ehrliche Seele! Nein, Jakow Petrowitsch, ist schon besser, wir gedulden uns ein wenig, warten ab und gedulden uns! Dennoch war Herr Goljadkin, wie schon erwähnt, durchaus von Hoffnung erfüllt und fühlte sich, als wäre er von den Toten auferstanden. Schon gut, dachte er, mir ist, als wären fünfhundert Pud von meinem Herzen gefallen. Was das aber auch für ein Umstand ist! „Dabei ließ sich das Kästchen spielend öffnen.“ Krylow hat recht, ja, er hat recht ... ein geriebener Kunde, ein Schlingel und großer Fabeldichter, dieser Krylow! Und was jenen betrifft, soll er doch bei uns arbeiten, wohl bekomm's, Hauptsache, er stört niemand und rührt niemand an; soll er hier arbeiten – meinen Segen hat er!

Die Stunden indessen verrannen, verflogen, und ehe man

sich's versah, war es vier Uhr. Der Dienst war beendet; Andrej Filippowitsch griff nach dem Hut, und alle anderen folgten wie üblich seinem Beispiel. Herr Goljadkin machte ein wenig langsam, ließ sich die erforderliche Zeit und ging absichtlich als letzter, als allerletzter hinaus, nachdem sich die anderen schon in alle Himmelsrichtungen zerstreut hatten. Auf der Straße angelangt, fühlte er sich wie im Paradies, ja er verspürte sogar den Wunsch, einen Haken zu schlagen und einen Spaziergang auf dem Newski zu machen. So ist nun mal das Schicksal, sagte sich unser Held, welch überraschende Wendung der ganzen Angelegenheit! Dazu das Wetterchen, der leichte Frost, die Schlitten! Mit dem Frost steht der Russe auf gutem Fuß, mit dem Frost weiß der Russe zu leben! Ich liebe den russischen Menschen. Der erste Schnee, der erste Spurschnee, wie sich der Jäger ausdrückt; und auf diesem ersten Spurschnee einen Hasen jagen! Hach verdammt! Aber schon gut, macht nichts!

So äußerte sich Herrn Goljadkins überschwengliche Freude, wobei immer noch etwas in seinem Kopf rumorte; es war nicht gerade Trübsal, lastete aber dennoch so schwer auf Herrn Goljadkins Herzen, daß er nicht wußte, womit er sich trösten könne. Warten wir erst mal den kommenden Tag ab und freuen wir uns, wenn alles gut geht. Was ist im übrigen an alledem schon dran? Gut, denken wir nach, gehen wir alles durch! Schön, junger Freund, gehen wir alles durch und denken wir nach! So! Ich bin also erstens ein Mensch wie du und gleiche dir aufs Haar. Aber was ist schon dabei? Soll ich vielleicht Tränen darüber vergießen? Mein Name ist Hase; ich pfeife darauf, und damit hat sich's! Er geht eben darauf aus! Gut, soll er bei uns arbeiten! Ein Wunder, eine Seltsamkeit, heißt es, geradezu wie die siamesischen Zwillinge ... Aber was sollen hier die siamesischen Zwillinge? Also zugegeben, es sind Zwillinge, aber haben nicht auch große Männer gelegentlich einigermaßen wunderlich ausgeschaut? Weiß man doch aus der Geschichte, daß der berühmte Suworow gelegentlich wie ein Hahn krähte ... Nun ja, das war bei ihm natürlich Politik; sogar die großen

Heerführer ... was ist das übrigens – ein Heerführer? Ich bin ein Mensch für sich, und damit hat sich's, will von niemand etwas wissen und unterschätze in meiner Unschuld den Feind. Ich bin kein Intrigant, und ich bin stolz darauf. Ich bin rein, sauber, geradsinnig, von angenehmer Art und nicht nachtragend ...

Herr Goljadkin hielt plötzlich inne und zitterte wie Espenlaub, ja, er schloß im ersten Moment sogar die Augen. Übrigens öffnete er sie wieder in der Hoffnung, der Gegenstand seines Schreckens sei weiter nichts als Einbildung, und schielte behutsam nach rechts. Nein, es war keine Einbildung! Neben ihm trippelte sein Bekannter von heute früh einher, lächelte, schaute ihm hier und da ins Gesicht und schien auf eine Gelegenheit zu warten, ein Gespräch mit ihm anzuknüpfen. Das Gespräch wollte nicht zustande kommen. Auf diese Weise legten sie wohl fünfzig Schritte zurück. Alle Bemühungen Herrn Goljadkins waren darauf gerichtet, sich möglichst fest einzumummen, in seinem Mantel zu verbergen und den Hut so tief wie möglich in die Stirn zu ziehen. Zu seinem Ärger waren sogar der Mantel und der Hut seines Weggefährten von den seinen kaum zu unterscheiden; sie hätten geradezu von ihm sein können.

„Mein Herr", stieß endlich unser Held hervor, wobei er sich bemühte, gedämpft zu sprechen und den Weggenossen nicht anzuschauen, „mir scheint, wir gehen verschiedene Wege ... Ich bin sogar davon überzeugt", fuhr er nach einem kurzen Schweigen fort. „Ich bin schließlich auch überzeugt, daß Sie mich jetzt völlig verstanden haben", setzte er zum Schluß mit ziemlichem Nachdruck hinzu.

„Ich wünschte mir", entgegnete darauf Herrn Goljadkins Gefährte, „ich wünschte mir ... daß Sie mir vielleicht großmütig verzeihen ... ich weiß nicht, an wen ich mich hier wenden soll ... meine Umstände ... ich hoffe, Sie tragen mir die Kühnheit nicht nach – mir schien sogar, Sie hätten heute vormittag, von Mitleid bewegt, einigen Anteil an mir genommen. Ich für meine Person fühlte mich vom ersten Augenblick an zu Ihnen hingezogen ..." Hier wünschte sich Herr Goljadkin, die Erde möge seinen neuen Amtsbruder verschlingen. „Wenn ich hoffen dürfte, daß Sie, Jakow Petrowitsch, bereit wären, mich mit einiger Nachsicht anzuhören ..."

„Hier ... hier ist wohl nicht ... gehen wir lieber zu mir", erwiderte Herr Goljadkin, „überqueren wir den Newski-Prospekt und halten wir uns, so wird es wohl am passendsten für uns sein, an die Seitengassen ... wir halten uns am besten an die Seitengassen."

„Gut! Halten wir uns an die Seitengassen", stimmte Herrn Goljadkins gehorsamer Weggefährte schüchtern zu, als wolle er schon durch seinen Ton darauf anspielen, er, in seiner Lage, habe keine andere Wahl und sei durchaus bereit, sich auch mit Seitengassen abzufinden. Was aber Herrn Goljadkin betraf, so verstand er einfach nicht, was sich mit ihm tat. Er traute sich selber nicht. Er hatte sich von seinem Erstaunen noch nicht erholt.

Siebentes Kapitel

Er kam erst auf der Treppe, vor seiner Wohnungstür, einigermaßen zu sich. Ach, ich Schafskopf! schalt er in Gedanken mit sich selbst, wo führe ich ihn hin? Ich stecke den Kopf freiwillig in die Schlinge. Was soll Petruschka dazu sagen, wenn er uns nebeneinander sieht? Was wird sich der Hundsfott dabei denken? Und er ist mißtrauisch ... Aber die Reue kam zu spät; Herr Goljadkin klopfte, die Tür öffnete sich, und Petruschka half dem Gast und seinem Herrn aus dem Mantel. Herr Goljadkin sah mit einem flüchtigen Blick zu Petruschka hin und versuchte in seinem Gesichtsausdruck zu lesen und seine Gedanken zu erraten. Doch er stellte zu seinem größten Erstaunen fest, daß sein Bedienter gar nicht daran dachte, sich zu wundern, daß er im Gegenteil wohl etwas Ähnliches erwartet hatte. Natürlich blickte er auch jetzt wie ein Wolf drein und schielte zur Seite, als wolle er jemand fressen. Ja, sind sie heute alle behext, hat irgendein Teufel sie in einen Zauberkreis gebannt? fragte sich unser Held. Bestimmt ist heute etwas

Besonderes in all diese Leute gefahren. So eine Qual, hol's der Teufel! Während Herr Goljadkin in dieser Weise über alles nachsann, führte er den Gast in sein Zimmer und bat ihn höflich, Platz zu nehmen. Der Gast war offenbar äußerst verwirrt und sehr eingeschüchtert, folgte ergeben jeder Bewegung des Hausherrn, haschte nach dessen Blicken und schien bemüht, daraus dessen Gedanken zu erraten. Etwas wie Erniedrigung, Unterdrückung und Verschüchterung kam in jeder seiner Gebärden zum Ausdruck, und er erinnerte in diesem Augenblick, wenn der Vergleich erlaubt ist, beinahe an einen Mann, der in Ermangelung eigener Kleider fremde angelegt hat: die Ärmel stehen ab, die Taille sitzt fast im Nacken, und er selbst zupft alle Augenblicke bald die zu kurze Weste zurecht, bald wendet er sich zur Seite und macht jemand Platz, bald schaut er allen in die Augen und horcht, ob sich die Leute nicht über seine Verhältnisse unterhalten, über ihn lachen oder sich seiner genieren – und der Mann wird rot, er gerät in Verwirrung, sein Selbstbewußtsein leidet ... Herr Goljadkin legte den steifen Hut auf das Fensterbrett, fegte ihn jedoch durch eine unvorsichtige Bewegung herunter. Der Gast sprang sofort auf, stürzte hinzu, um ihn aufzuheben, klopfte den Staub von ihm ab und tat ihn sorgsam an seinen früheren Platz, während er den seinen auf den Fußboden legte, neben den Stuhl, auf dessen äußerster Kante er sich demütig niederließ. Dieser kleine Umstand öffnete Herrn Goljadkin bis zu einem gewissen Grade die Augen; er begriff, daß sich sein Gast in ziemlicher Not befand, machte sich keine Sorgen mehr, wo er anknüpfen solle, und überließ alles ihm selber, wie sich das auch gehörte. Der Gast blieb jedoch ebenfalls stumm, sei es aus Schüchternheit, sei es, weil er sich ein wenig schämte oder aus Höflichkeit darauf wartete, daß der Hausherr beginne – schwer zu sagen, warum. In diesem Augenblick trat Petruschka ein, blieb in der Tür stehen und blickte in eine Richtung, die derjenigen, in der sich sein Herr und der Gast befanden, genau entgegengesetzt war.

„Befehlen Sie, zwei Portionen vom Mittagessen?" fragte er obenhin mit etwas heiserer Stimme.

„Ich, ich weiß nicht ... würden Sie ... ja, Bester, bring uns zwei Portionen."

Petruschka ging. Herr Goljadkin sah seinen Gast an. Der Gast wurde rot bis über beide Ohren. Herr Goljadkin war ein gutmütiger Mensch und legte sich in seiner Herzensgüte sogleich eine Theorie zurecht: Ein mittelloser Mann, dachte er bei sich, und obendrein erst einen Tag in einer neuen Stellung; hat vorher wahrscheinlich einiges ausgestanden; wer weiß, ob dieses anständige Mäntelchen nicht sein ganzer Besitz ist und er sich ein Mittagessen gar nicht leisten kann. Da, wie bedrückt er dreinschaut! Nun, macht nichts; so ist es in gewisser Hinsicht sogar besser ...

„Entschuldigen Sie, wenn ich ...", begann Herr Goljadkin, „gestatten Sie übrigens, wie darf ich Sie anreden?"

„Ich ... ich ... ich heiße Jakow Petrowitsch", erwiderte der Gast beinah im Flüsterton, als schäme er sich, als habe er Gewissensbisse und bitte um Verzeihung, daß auch er sich Jakow Petrowitsch nenne.

„Jakow Petrowitsch!" wiederholte unser Held, außerstande, seine Verwirrung zu verbergen.

„Jawohl, genauso ist es ... ein Namensvetter von Ihnen", entgegnete Herrn Goljadkins verschüchterter Gast, indem er sich zu lächeln und etwas halbwegs Scherzhaftes hervorzubringen erkühnte. Er blies jedoch sogleich wieder zum Rückzug und nahm einen sehr ernsten und auch ein wenig verlegenen Ausdruck an, da er bemerkte, daß dem Herrn des Hauses zur Zeit nicht nach Scherzen war.

„Sie ... Sie gestatten also wohl, daß ich mich erkundige, aus welchem Anlaß ich die Ehre habe ..."

„Da ich von Ihrer Großmut und Ihrer Güte unterrichtet war", fiel ihm der Gast, der sich ein wenig vom Stuhl erhob, rasch, aber mit schüchterner Stimme ins Wort, „habe ich mich erdreistet, mich an Sie zu wenden und Sie um Ihre ... Bekanntschaft und Fürsprache zu bitten ...", schloß er, wobei er offenbar einige Schwierigkeiten mit der Wahl seiner Worte hatte; sie sollten nicht allzu schmeichlerisch und für ihn erniedrigend oder kompromittierend, andererseits aber auch nicht zu kühn und nach unangebrachter Gleichsetzung klingen. Überhaupt kann man sagen, daß sich Herrn Goljadkins Gast wie ein Bettler besserer Herkunft benahm, in geflicktem Frack und mit höchst anständigem Paß in der Tasche, aber in der Praxis des Handausstreckens noch nicht genügend geübt.

„Sie bringen mich in Verlegenheit", erwiderte Herr Goljadkin und besah sich selbst, seine vier Wände und den Gast, „womit kann ich Ihnen ... mit einem Wort, ich will damit sagen, in welcher Weise kann ich Ihnen denn nun eigentlich dienen?"

„Ich habe mich, Jakow Petrowitsch, auf den ersten Blick zu Ihnen hingezogen gefühlt und – ich bitte großmütig zu verzeihen – meine Hoffnung in Sie gesetzt, in Sie zu setzen gewagt, Jakow Petrowitsch. Ich ... ich fühle mich hier verloren, ich habe sehr viel erduldet, Jakow Petrowitsch, ich bin arm und hier noch neu. Als ich erfuhr, daß Sie bei den natürlichen, Ihrer schönen Seele angeborenen Eigenschaften auch noch mein Namensvetter sind ..."

Herr Goljadkin verzog das Gesicht.

„... mein Namensvetter sind und aus denselben Gegenden stammen wie ich, beschloß ich, mich an Sie zu wenden und Ihnen meine schwierige Lage auseinanderzusetzen."

„Nun gut, gut; nur weiß ich wirklich nicht, was ich Ihnen darauf sagen soll", erwiderte Herr Goljadkin verlegen, „unterhalten wir uns nach dem Mittagessen davon ..."

Der Gast verneigte sich; das Mittagessen kam. Petruschka deckte den Tisch, und Gast und Hausherr machten sich daran, ihren Hunger zu stillen. Das dauerte nicht lange; beide beeilten sich – der Hausherr, weil ihm nicht allzu wohl zumute war, darüber hinaus auch, weil das Essen nichts taugte; er schämte sich – einerseits, weil er dem Gast gern etwas Gutes vorgesetzt hätte, andererseits, weil er beweisen wollte, daß er kein Habenichts war. Der Gast selbst befand sich in äußerster Verlegenheit und fühlte sich in höchstem Grade gehemmt. Nachdem er eine Scheibe Brot genommen und sie aufgegessen hatte, traute er sich nicht, die Hand nach einer zweiten auszustrecken, genierte sich auch, nach einem guten Happen zu greifen, und versicherte alle Augenblicke, er habe wirklich keinen Hunger mehr, das Mittagessen sei vorzüglich gewesen, er für seine Person sei durchaus befriedigt und werde dem Hausherrn dankbar bleiben bis an sein Grab. Nach beendetem Mahl entzündete Herr Goljadkin sein Pfeifchen und bot dem Gast ein zweites, eigens für solche Zwecke erworbenes an; sie ließen sich einander gegenüber nieder, und der Gast begann mit der Schilderung seiner Abenteuer.

Der Bericht des Herrn Goljadkin des Jüngeren dauerte drei oder vier Stunden. Die Geschichte seiner Abenteuer setzte sich im übrigen aus lauter nichtssagenden, ja wenn man will, aus lauter armseligen Bewandtnissen zusammen. sie handelte von seinem Dienst an irgendeinem Gouvernementsgericht, von Staatsanwälten und Vorsitzenden, von gewissen Kanzleiintrigen, von der seelischen Verdorbenheit eines der Gerichtsbeamten, von einem Revisor, von der plötzlichen Ablösung der Obrigkeit und davon, wic Herr Goljadkin der Zweite völlig schuldlos davon betroffen wurde; von seiner bejahrten Tante Pelageja Semjonowna; dann davon, wie er infolge gewisser Intrigen seiner Feinde die Stelle verlor und zu Fuß nach Petersburg kam; wie er sich hier, in Petersburg, abquälte und Not litt, wie er lange vergeblich nach einer Stelle suchte, sich völlig verausgabte und durchhungern mußte, so gut wie auf der Straße lebte und trocken Brot aß, das er mit seinen Tränen netzte, wie er auf dem nackten Fußboden schlief und wie sich schließlich ein guter Mensch fand, der sich großmütig für ihn einsetzte, ihn empfahl und ihm eine neue Stelle verschaffte. Herrn Goljadkins Gast weinte, während er das erzählte, und wischte sich mit einem blaukarierten Taschentuch, das stark an Wachstuch erinnerte, die Tränen aus dem Gesicht. Zum Schluß vertraute er sich Herrn Goljadkin restlos an und gestand, er habe zur Zeit nicht nur keinerlei Mittel, zu leben und sich anständig einzurichten, er sei nicht einmal in der Lage, sich vorschriftsmäßig einzukleiden; er habe, setzte er hinzu, nicht mal so viel zusammenkratzen können, um ein Paar Schuhe zu kaufen, und der Uniformrock, den er trage, sei für kurze Zeit entliehen.

Herr Goljadkin war gerührt, war ehrlich bewegt. Im übrigen senkten sich, obzwar die Geschichte seines Gastes eine denkbar belanglose Geschichte war, die Worte dieser Geschichte wie himmlische Manna auf sein Herz. Die Sache war die, daß Herr Goljadkin seine letzten Zweifel vergaß, seinem Herzen frei und freudig zu schlagen erlaubte und sich in Gedanken zu einem Dummkopf beförderte. Alles war so natürlich! Und sich deswegen Sorgen zu machen und Alarm zu schlagen! Nun gut, es gab tatsächlich einen kitzligen Umstand – doch das bedeutete ja noch kein Unglück: das konnte einen Menschen nicht beschmutzen, weder seine Ehre beflecken noch seine Karriere verderben, da ja der andere keine Schuld daran trug, da sich hier die Natur selber eingeschaltet hatte. Zudem bat der Gast um Protektion, weinte, klagte das Schicksal an, er schien so treuherzig, so arglos und ohne Hinterhalt, so klein und bedauernswert; und offenbar schämte er sich jetzt selber, wenn auch vielleicht in anderem Zusammenhang, der seltsamen Ähnlichkeit seines Gesichts mit dem Gesicht des Hausherrn. Er benahm sich unüberbietbar vertrauenerweckend, achtete darauf, es seinem Gastgeber recht zu machen, und blickte drein wie jemand, den Gewissensbisse quälen und der sich vor dem anderen schuldig fühlt. Wenn zum Beispiel die Rede auf eine umstrittene Sache kam, pflichtete der Gast sogleich Herrn Goljadkins Meinung bei. Äußerte er aber aus Versehen eine Meinung, die der des Herrn Goljadkin widersprach, dann berichtigte er, sobald er merkte, daß er von der Linie abgekommen war, seine Worte, erklärte sich näher und ließ unverzüglich erkennen, daß er alles genauso ansehe wie der Hausherr, genauso denke wie er und alles mit denselben Augen betrachte wie er. Mit einem Wort – der Gast gab sich alle Mühe, Herrn Goljadkin für sich einzunehmen, und Herr Goljadkin entschied schließlich, sein Gast müsse ein in jeder Beziehung liebenswürdiger Mensch sein. Zwischendurch wurde Tee gereicht; die Uhr ging auf neun. Herr Goljadkin war in bester Stimmung, er wurde immer vergnügter, heiterer, ging immer mehr aus sich heraus und ließ sich zu guter Letzt auf eine höchst lebhafte und fesselnde Unterhaltung mit seinem Gast ein. Herr Goljadkin gab gelegentlich, wenn er guter Laune war, gern etwas Interessantes zum besten. So auch jetzt: er erzählte dem Gast von dem und jenem, von der Hauptstadt, von ihren Vergnügungen und ihrer Schönheit, vom Theater, von den Klubs und von dem Brjullowschen Bild; auch davon, wie zwei Engländer eigens nach Petersburg gekommen seien, um sich das Gitter des Sommergartens anzusehen, worauf sie gleich wieder abreisten; dann vom Dienst, von Olsufi Iwanowitsch und von Andrej Filippowitsch; auch davon, daß sich Rußland Schritt für Schritt der Vollkommenheit nähere und daß allhier

Die Kunst des Worts aufs schönste blühet schier;

von einer Anekdote, die er vor kurzem in der „Sewernaja ptschela“ gelesen habe, und daß es in Indien eine Schlange von ungewöhnlicher Muskelkraft gebe, die Boa; schließlich auch noch von dem Baron Brambeus und so weiter und so fort. Kurz und gut, Herr Goljadkin war vollauf zufrieden; erstens, weil er sich völlig beruhigt hatte; zweitens, weil er seine Feinde nicht mehr fürchtete, sondern sogar bereit war, sie alle zur entscheidenden Schlacht in die Schranken zu fordern; drittens, weil jetzt er in eigener Person jemandem Protektion erwies und letzten Endes – ein gutes Werk damit tat. Doch gestand er sich ein, daß er in diesem Augenblick noch nicht ganz glücklich war, daß es da einen – wenn auch ganz kleinen – Wurm gab, der auch jetzt an seinem Herzen nagte. Ihn quälte die Erinnerung an den gestrigen Abend bei Olsufi Iwanowitsch. Er hätte viel dafür gegeben, wäre dies und das von dem gestern Geschehenen nicht wahr gewesen. Im übrigen ist alles das nicht so schlimm! meinte schließlich unser Held und faßte im Herzen den festen Entschluß, sich in Zukunft gut aufzuführen und nicht mehr in dieser Weise danebenzuhauen. Da Herr Goljadkin jetzt richtig in Fahrt gekommen und plötzlich ganz glücklich war, verfiel er sogar auf den Gedanken, des Lebens Freuden auszukosten. Petruschka holte Rum, und man braute einen Punsch. Der Gast und der Herr des Hauses tranken je ein Glas und wohl gar zwei. Der Gast zeigte sich noch liebenswürdiger als zuvor und erbrachte wiederholt den Beweis seiner Offenherzigkeit und seines angenehmen Charakters, nahm den regsten Anteil an Herrn Goljadkins Vergnügtheit, freute sich mit derselben Freude wie er und schien ihn als seinen wahren und einzigen Wohltäter anzusehen. Er griff nach der Feder, nahm sich ein Blättchen Papier und bat Herrn Goljadkin, nicht hinzuschauen, wenn er jetzt schreiben werde, gab aber, als er fertig war, das Niedergeschriebene seinem Gastgeber zu lesen. Es erwies sich als ein gefühlvoller, in schönstem Stil und schönster Handschrift verfaßter Vierzeiler und stammte offenbar von dem liebenswürdigen Gast in Person. Die Verse lauteten wie folgt:

Wenn du mich vergessen solltest,
Ich gedenke dennoch dein;
Vielerlei gibt es im Leben,
Doch vergiß auch du nicht mein!

Herr Goljadkin, dem die Tränen kamen, umarmte seinen Gast und weihte ihn, endgültig von Rührung überwältigt, in einige seiner Geheimnisse ein, wobei es ihm vor allem auf Andrej Filippowitsch und Klara Olsufjewna ankam. „Nun, du und ich, Jakow Petrowitsch, werden zueinander finden", sagte unser Held zu seinem Gast, „du und ich, Jakow Petrowitsch, werden eins sein wie der Fisch mit dem Wasser, eins sein, wie leibliche Brüder; wir, mein Freund, werden unsere List gebrauchen, aber gemeinsam, nur noch gemeinsam; wir werden intrigieren, ihnen zum Trotz ... ja, ihnen zum Trotz! Und du – vertrau dich niemand von ihnen an! Ich kenne dich doch, Jakow Petrowitsch, und verstehe deinen Charakter; du würdest ihnen am liebsten alles brühwarm erzählen, du ehrliche Seele! Aber nein, mein Bester, halte dich von ihnen fern." Der Gast ging auf alles ein und bedankte sich bei Herrn Goljadkin; auch ihm kamen schließlich die Tränen. „Weißt du, Jascha", fuhr Herr Goljadkin mit zitternder, matter Stimme fort, „du, Jascha, ziehst für eine Weile oder am besten für immer zu mir. Wir werden uns gut verstehen. Was willst du mehr, mein Lieber? Nur laß dich nicht beirren und murre nicht, daß ein so seltsamer

Umstand zwischen uns steht: murren, mein Lieber, ist Sünde; hier handelt es sich um die Natur! Und die Mutter Natur ist freigebig, Bruder Jascha, da hast du's! Ich liebe dich, liebe dich brüderlich, sage ich dir. Wir werden intrigieren, Jascha, und unsererseits Minen legen." Inzwischen waren sie beim dritten, dann beim vierten Glas Punsch angelangt, und nun fühlte Herr Goljadkin nur noch zweierlei: erstens, daß er ungewöhnlich glücklich war, und zweitens, daß er sich nicht mehr auf den Beinen halten konnte. Der Gast wurde selbstverständlich eingeladen zu übernachten. Man baute eine halbwegs brauchbare Bettstatt aus zwei Reihen von Stühlen zusammen. Herr Goljadkin der Jüngere erklärte, unter einem Freundesdach schlafe man selbst auf dem Fußboden weich; er für seinen Teil werde gut schlafen, wo auch immer es sei, ergeben und voller Dankbarkeit; er fühle sich in diesem Augenblick wie im Paradies, er habe schließlich in seinem Leben mancherlei Leid und Ungemach erduldet, sich allerlei ansehen und überwinden müssen, was ihm vielleicht auch weiterhin bevorstehe – wer kenne schon die Zukunft? Herr Goljadkin der Ältere protestierte und bemühte sich, zu beweisen, daß man seine ganze Hoffnung auf Gott setzen müsse. Der Gast pflichtete ihm vollinhaltlich bei und meinte, es gäbe selbstverständlich niemanden, der Gott gleiche. Hier bemerkte Herr Goljadkin der Ältere, daß die Türken in gewissem Sinne recht hätten, wenn sie Gott auch im Schlafe anriefen. Dann kam Herr Goljadkin, der im übrigen mit manchen Gelehrten hinsichtlich gewisser Verleumdungen des türkischen Propheten Mohammed nicht einverstanden war und ihn als einen auf seine Art großen Politiker ansah, auf eine höchst interessante Beschreibung einer algerischen Barbierstube zu sprechen, von der er in irgendeinem Buch unter „Vermischtes" gelesen hatte. Gast und Hausherr amüsierten sich lange über die Naivität der Türken, konnten jedoch nicht umhin, auch ihrem durch den Opiumgenuß hervorgerufenen Fanatismus die gebührende Bewunderung zu zollen. Der Gast begann sich auszuziehen, und Herr Goljadkin verschwand hinter der Trennwand, teils aus Herzensgüte, will sagen, um den ohnehin vom Schicksal geprüften Mann nicht in Verlegenheit zu bringen, da er vielleicht nicht mal ein anständiges Hemd auf dem Leibe hatte, teils auch, um sich Petruschkas zu versichern, ihm auf den Zahn zu fühlen, ihn – wenn möglich – fröhlich zu stimmen und ihm freundlich entgegenzukommen, damit alle glücklich seien und kein verschüttetes Salz auf dem Tisch liegenbleibe. Hier muß bemerkt werden, daß Petruschka Herrn Goljadkin immer noch einige Kopfschmerzen bereitete.

„Leg dich jetzt schlafen, Pjotr", sagte Herr Goljadkin mit sanfter Stimme und betrat den Verschlag seines Bedienten. „Leg dich jetzt schlafen, und morgen um acht weckst du mich. Hast du verstanden, Petruschka?"

Herr Goljadkin hatte ungewöhnlich weich und freundlich gesprochen. Doch Petruschka schwieg. Er machte sich in diesem Augenblick neben seinem Bett zu schaffen und wandte sich nicht einmal um, was er allein aus Achtung vor seinem Herrn hätte tun müssen.

„Hast du's gehört, Pjotr?" fuhr Herr Goljadkin fort. „Leg dich also schlafen, und morgen um acht weckst du mich, Petruschka; verstehst du?"

„Ja doch, was ist da schon zu verstehen!" brummte Petruschka vor sich hin.

„Na also, Petruschka; ich sage es doch nur, damit auch du beruhigt und glücklich bist. Wir sind jetzt alle glücklich; damit also auch du beruhigt und glücklich bist. Und nun wünsche ich dir eine gute Nacht. Schlaf wohl, Petruschka, schlaf wohl; arbeiten müssen wir alle ... Du, mein Bester, darfst dir, weißt du, nicht irgend etwas bei dir ..."

Herr Goljadkin hatte kaum begonnen, und schon hielt er inne. Ist das nicht zuviel des Guten, fragte er sich, gehe ich nicht zu weit? So ist das immer bei mir; immer muß ich übertreiben. Unser Held verließ Petruschka äußerst unzufrieden mit sich selbst. Außerdem fühlte er sich durch Petruschkas Grobheit und mangelndes Entgegenkommen etwas gekränkt. Man geht dem Spitzbuben um den Bart, der Herr erweist ihm die Ehre, und er fühlt es nicht, sagte sich Herr Goljadkin. Im übrigen ist bei diesem Volk eine solche niederträchtige Tendenz nun einmal selbstverständlich. Er kehrte, hin und wieder leicht schwankend, ins Zimmer zurück, sah, daß sich der Gast bereits ausgestreckt hatte, und setzte sich zu ihm auf den Bettrand. „Gib schon zu, Jascha", begann er im Flüsterton, wobei ihm in einem fort der Kopf vornüber fiel, „du bist doch vor mir schuldig, Halunke! Du, Namensvetter, hast mir, weißt du, Dingsda ...", fuhr er fort, indem er sich mit seinem Gast auf recht familiäre Art anzubiedern versuchte. Nachdem Herr Goljadkin sich schließlich freundschaftlich von ihm verabschiedet hatte, machte er sich ans Zubettgehen. Der Gast schnarchte bereits. Herr Goljadkin begann sich auszuziehen, wobei er zwischendurch in sich hineinlachte und vor sich hin murmelte: „Bist ja doch angesäuselt, bester Jakow Petrowitsch, Schlingel, verdammter, du ... du Goljadkin! Und das soll ein Familienname sein! Worüber freust du dich eigentlich? Kriegst doch gleich morgen das Heulen, du Jammerlappen; was fang ich nur mit dir an?" Hier machte sich bei Herrn Goljadkin ein ziemlich sonderbares Gefühl bemerkbar, das an Zweifel oder Reue erinnerte. Bin ganz schön in Fahrt gekommen, dachte er, und jetzt rumort es in meinem Kopf, und ich hab einen in der Krone; hast dich nicht beherrschen können, Dummkopf, verdammter! Hast einen Haufen Unsinn verzapft, wolltest dabei auch noch besonders schlau sein, du Halunke! Gewiß, das Vergeben und Vergessen ist eine ganz große Tugend, und dennoch war alles Unfug! Da hast du's! Hier erhob sich Herr Goljadkin vom Bett, ergriff die Kerze und schlich auf Zehenspitzen zu seinem schlafenden Gast, um nochmals einen Blick auf ihn zu werfen. Er beugte sich über ihn und stand lange, in tiefes Nachdenken versunken. Ein unangenehmer Anblick! Schmählich, geradezu schmählich, und damit fertig!

Schließlich legte sich Herr Goljadkin endgültig ins Bett. In seinem Kopf rumorte es, dröhnte es. Nach und nach schwand ihm das Bewußtsein ... er versuchte zwar, noch über etwas nachzudenken, sich auf etwas äußerst Interessantes zu besinnen, über eine sehr wichtige und kitzlige

Angelegenheit zu entscheiden, vermochte es aber nicht. Der Schlaf übermannte sein armseliges Haupt, und er schlief ein, wie eben Leute einschlafen, die, ohne es gewöhnt zu sein, bei einem abendlichen Zusammensein mit Freunden fünf Glas Punsch geleert haben.

Achtes Kapitel

Den Tag darauf erwachte Herr Goljadkin wie gewöhnlich um acht Uhr; kaum war er munter, entsann er sich der Begebenheiten des vorangegangenen Abends, entsann sich und verzog das Gesicht. Was habe ich gestern für einen Dummkopf abgegeben! dachte er bei sich, richtete sich halb auf und blickte zum Bett seines Gastes hinüber. Wie groß aber war sein Erstaunen, als er weder den Gast noch das Bett, in dem er geschlafen hatte, im Zimmer vorfand! „Was denn?" schrie Herr Goljadkin beinahe auf. „Was soll das heißen? Was hat dieser neue Umstand zu bedeuten?" Während Herr Goljadkin ratlos und mit offenem Mund auf die leere Stelle starrte, knarrte die Tür, und Petruschka trat mit dem Frühstückstablett ein. „Ja, wo ist er, wo ist er denn?" brachte unser Held kaum hörbar hervor und zeigte mit dem Finger auf den Platz, den man dem Gast gestern zugewiesen hatte. Petruschka gab zunächst keine Antwort und schaute den Herrn nicht einmal an, sondern richtete den Blick auf die rechte Ecke; Herr Goljadkin fühlte sich genötigt, ihm mit den Augen in die rechte Ecke zu folgen. Ansonsten erklärte Petruschka nach einigem Schweigen mit etwas heiserer und rauher Stimme, der Herr sei nicht zu Hause.

„Ein Dummkopf bist du; dein Herr, Petruschka, bin doch ich", entgegnete Herr Goljadkin mit stockender Stimme und starrte unverwandt seinen Bedienten an.

Petruschka schwieg sich aus, sah aber Herrn Goljadkin so an, daß der bis über beide Ohren errötete, sah ihn derart beleidigend und vorwurfsvoll an, daß dies einer Beschimpfung gleichkam. Schließlich erklärte Petruschka, *der andere* habe nicht warten wollen und sei bereits vor etwa anderthalb Stunden gegangen. Die Antwort war natürlich glaubwürdig und stimmte wohl mit der Wahrheit überein; man merkte, daß Petruschka nicht log, daß sein beleidigender Blick und der von ihm gebrauchte Ausdruck *der andere* nur die Folge des ihm bekannten Umstands waren; und dennoch wurde Herrn Goljadkin, wenn auch nicht allzu deutlich, klar, daß irgend etwas nicht stimmte und das Schicksal eine weitere, nicht eben angenehme Bescherung für ihn bereithielt. Gut, wir werden ja sehen, dachte er bei sich, wir werden sehen und zu gegebener Zeit der Sache auf den Grund kommen ... Ach, du mein lieber Gott! stöhnte er zum Schluß mit nun schon völlig veränderter Stimme, warum nur habe ich ihn zu mir eingeladen, wozu habe ich all das getan? Wahrhaftig, ich stecke selber den Kopf in ihre gemeine Schlinge, ich helfe ihnen, mir den Strick zu drehen. Ach, du Köpfchen, Köpfchen! Kannst nicht anders, mußt dich unbedingt verplappern wie ein dummer Junge, wie ein Kanzlist ohne Rang und Namen, wie so ein halbverfaulter Waschlappen, du Schandmaul, du Klatschweib, verdammtes! Ihr Heiligen alle! Selbst Verse hat dieser Spitzbube geschrieben und mir eine Liebeserklärung gemacht! Wie deichsle ich's ... Dingsda ... am besten? Wie weise ich dem Halunken auf anständige Art die Tür, falls er zurückkehrt? Es gibt natürlich vielerlei Möglichkeiten und Kniffe. Zum Beispiel – so und so, bei meinem bescheidenen Gehalt ... Oder man schüchtert ihn ein und erklärt, man sehe sich, nachdem man dies und jenes in Betracht gezogen habe, genötigt, zu erklären ... er müsse die Hälfte der Miete und der Beköstigung auf sich nehmen und im voraus bezahlen. Hm ... nein, hol's der Teufel, das geht nicht, das würde mich blamieren. Das wäre nicht eben feinfühlig! Aber vielleicht macht man es so: man stiftet Petruschka an, ihm die Suppe zu versalzen, ihn von oben herab zu behandeln, ihm grob zu kommen, um ihn auf diese Weise aus dem Haus zu ekeln? Man hetzt sie einfach aufeinander ... Nein, hol's der Teufel, nein! Das ist erstens gefährlich und andererseits, von einem gewissen Blickpunkt aus betrachtet, nun ja – nicht eben schön! Keineswegs schön! Und wenn er nun nicht zurückkehrt? Auch das wäre nicht gut. Ich habe gestern abend allerlei zusammengeschwatzt; steht schlecht! Unsere Sache steht reichlich schlecht! Oh, du verdammter Dummkopf! Kannst dir nicht einhämmern, worauf es ankommt, vermagst in all das keine Ordnung zu bringen! Und wenn er nun kommt und ablehnt? Geb Gott, daß er kommt! Ich wäre froh, wenn er es täte; ich gäbe viel dafür, wenn er käme ... So dachte Herr Goljadkin, während er seinen Tee schlürfte und immerfort zur Wanduhr blickte. Drei Viertel neun; schon Zeit, sich auf den Weg zu machen. Was es wohl geben wird? Was wird es geben? Ich würde gerne wissen, was sich dahinter verbirgt – welches Ziel, welche Richtung und was es sonst an allerlei Haken gibt. Wär gut, herauszufinden, worauf es all diese Leute abgesehen haben und wie ihr erster Schritt ausschauen wird. Herr Goljadkin hielt es nicht länger aus, warf die Pfeife, ohne sie zu Ende zu rauchen, auf den Tisch, zog sich an, machte sich auf den Weg zu seiner Dienststelle, in der Absicht, die Gefahr, wenn möglich, zu erkennen und sich von allem persönlich zu überzeugen. Und Gefahr war im Anzug: er wußte selbst, daß sie im Anzug war. Nein, das werden wir gleich haben, sagte sich Herr Goljadkin, während er im Vestibül Mantel und Galoschen ablegte, wir werden gleich all diese Angelegenheiten erkunden. Nachdem unser Held beschlossen hatte, auf diese Weise vorzugehen, strich er den Rock glatt, nahm eine anständige, ein wenig förmliche Haltung an und wollte gerade in den nächsten Raum vordringen, als er plötzlich in der Tür mit seinem gestrigen Bekannten, Freund und Vertrauten zusammenstieß. Herr Goljadkin der Jüngere schien Herrn Goljadkin den Älteren, obwohl er ihm Auge in Auge gegenüberstand, nicht zu bemerken. Herr Goljadkin der Jüngere war offenbar beschäftigt, hatte es eilig und rang sogar nach Luft; er trug dabei eine so offizielle, geschäftliche Miene zur Schau, daß wohl jedermann an ihr ablesen konnte: Ich bin mit einem Sonderauftrag betraut ...

„Da! Sie – Jakow Petrowitsch!“ sagte unser Held und griff nach der Hand seines gestrigen Gastes.

„Später, später, entschuldigen Sie mich, das werden Sie mir später erzählen", rief Herr Goljadkin der Jüngere und drängte weiter.

„Gestatten Sie! Sie, Jakow Petrowitsch, wollten doch wohl ... Dingsda ..."

„Was wollte ich? Erklären Sie sich bitte möglichst kurz!" Hier mußte sich Herrn Goljadkins gestriger Gast gleichsam überwinden, blieb widerwillig stehen und hielt sein Ohr direkt an Herrn Goljadkins Nase.

„Ich muß schon sagen, Jakow Petrowitsch, ich kann mich über die Art, in der Sie mir begegnen, nur wundern ... das hätte ich wirklich nicht erwartet."

„Es gibt für alles eine bestimmte Form. Melden Sie sich beim Sekretär Seiner Exzellenz und wenden Sie sich danach, wie sich's gehört, an den Herrn Kanzleivorsteher. Es handelt sich doch um eine Bittschrift?"

„Ich weiß nicht, was ich davon halten soll, Jakow Petrowitsch! Sie, Jakow Petrowitsch, setzen mich in Erstaunen! Vermutlich erkennen Sie mich nicht, oder Sie scherzen – kraft angeborener Fröhlichkeit des Temperaments."

„Ach, Sie sind es!" sagte Herr Goljadkin der Jüngere, als habe er Herrn Goljadkin den Älteren erst jetzt erkannt. „Sie sind es? Nun, haben Sie gut geschlafen?" Hier lächelte Herr Goljadkin der Jüngere ein wenig – offiziell und förmlich und keineswegs so, wie es sich gehört hätte (da er Herrn Goljadkin dem Älteren auf jeden Fall zu Dank verpflichtet war) –, er lächelte also offiziell und förmlich und fügte hinzu, er für seine Person sei sehr erfreut, daß Herr Goljadkin gut geschlafen habe; darauf neigte er sich ein wenig vor, trat rasch hintereinander von einem Fuß auf den anderen, sah nach rechts, dann nach links, senkte den Blick, wandte sich zur Seitentür, murmelte hastig etwas von einem besonderen Auftrag und entschlüpfte ins Zimmer nebenan. Fort war er!

„Das ist ein Ding!" flüsterte unser Held und stand einen Augenblick wie versteinert da. „Das ist ein Ding! So also verhält sich das!" Hier fühlte Herr Goljadkin, wie ihm ein Schauer über den Rücken lief. „Im übrigen", fuhr er für sich fort und strebte in seine Abteilung, „im übrigen habe ich schon lange von diesem Umstand gesprochen; ich habe schon längst geahnt, daß er in besonderem Auftrage hier ist; erst gestern habe ich mir gesagt, der Mann ist unbedingt in irgendwessen besonderem Auftrag eingesetzt ..."

„Haben Sie Ihr gestriges Papier fertiggestellt, Jakow Petrowitsch?" erkundigte sich Anton Antonowitsch Setotschkin bei Herrn Goljadkin, der neben ihm Platz genommen hatte. „Haben Sie es hier?"

„Ja, habe ich", murmelte Herr Goljadkin und sah seinen Gruppenvorsteher einigermaßen verwirrt an.

„Na also! Ich frage nur, weil sich Andrej Filippowitsch schon zweimal danach erkundigt hat. Seine Exzellenz kann das Papier jeden Augenblick anfordern."

„Nein, es ist fertig..."

„Nun, nun, desto besser..."

„Ich, Anton Antonowitsch, glaube meine dienstlichen Pflichten jederzeit erfüllt und mich um die mir von der Obrigkeit anvertrauten Akten aufs eifrigste bemüht zu haben."

„Ja, sicher. Aber was wollen Sie damit sagen?"

„Nichts, Anton Antonowitsch. Ich, Anton Antonowitsch, will damit nur erklären, daß ich ... das heißt, ich wollte damit nur sagen, daß Mißgunst und Neid auf der Suche nach ihrer widerwärtigen täglichen Nahrung mitunter ohne Rücksicht auf die Person vorgehen und niemanden verschonen ..."

„Entschuldigen Sie, ich verstehe Sie nicht ganz. Das heißt – auf welche Person spielen Sie jetzt an?"

„Ich, Anton Antonowitsch, will damit nur sagen, ich gehe den geraden Weg und verschmähe es, auf Schleichwegen zu wandeln; ich bin kein Intrigant und kann, wenn ich mich so ausdrücken darf, mit gutem Recht stolz darauf sein."

„Nun, ja! Das alles stimmt zwar, und ich muß Ihre Überlegungen nach bestem Wissen und Gewissen als völlig zutreffend anerkennen; gestatten Sie indessen, Jakow Petrowitsch, daß ich bemerke – anzüglich zu werden, ist in guter Gesellschaft nicht ganz erlaubt; was man zum Beispiel hinter meinem Rücken von mir sagt, bin ich bereit zu ertragen – denn über wen wird nicht hinter dem Rücken gelästert! –, ins Gesicht jedoch, mein Herr, ins Gesicht lasse ich mir keine Frechheiten sagen. Ich, mein Herr, bin im Staatsdienst ergraut und dulde nicht, daß man mir in meinem Alter Frechheiten sagt."

„Nein, Anton Antonowitsch, ich ... Sie haben mich, schauen Sie, wie mir scheint, nicht recht verstanden, Anton Antonowitsch. Und dabei ... ich bitte Sie, Anton Antonowitsch, dabei kann ich es mir nur zur Ehre anrechnen ..."

„Nun, dann entschuldigen Sie bitte auch uns! Wir sind alle auf alte Art erzogen. Und sich auf eure, auf die neue Art umzustellen, ist es für unsereinen zu spät. Zum Dienst fürs Vaterland hat unser Verstand bisher, wie es scheint, gereicht. Ich, mein Herr, bin, wie Sie wissen, Träger der Verdienstmedaille für zwanzigjährigen einwandfreien Dienst."

„Mir ist das klar, Anton Antonowitsch, mir für meine Person ist all das durchaus klar. Aber das habe ich nicht gemeint, ich hatte die Maske gemeint, Anton Antonowitsch."

„Die Maske?"

„Das heißt, Sie werden ... ich fürchte, Sie werden den Sinn, das heißt den Sinn meiner Rede, Ihren Worten nach zu urteilen, aufs neue mißdeuten, Anton Antonowitsch. Ich entwickle nur ein Thema, das heißt, ich halte mir und Ihnen, Anton Antonowitsch, die Idee vor, daß Menschen, die eine Maske tragen, keine Seltenheit mehr sind und daß es allmählich schwerfällt, den Menschen hinter der Maske zu erkennen ..."

„Na, wissen Sie, so schwer ist das nun wiederum nicht. Manchmal sogar recht leicht, da braucht man sich mitunter gar nicht sehr weit zu bemühen."

„Nein, ich, Anton Antonowitsch, will damit, wissen Sie, sagen, von mir selber sagen, daß ich zum Beispiel, im wörtlichen Sinne, eine Maske nur anlege, wenn es erforderlich ist, das heißt zum Karneval oder zu irgendwelchen fröhlichen

Gesellschaften, daß ich, in einem anderen, mehr übertragenen Sinne, mich aber alltags nicht vor den Leuten maskiere. Das ist es, was ich sagen wollte, Anton Antonowitsch."

„Nun, lassen wir das vorerst beiseite; außerdem habe ich keine Zeit", entgegnete Anton Antonowitsch, erhob sich von seinem Platz und raffte einige Papiere zusammen, um Seiner Exzellenz Bericht zu erstatten. „Ihre Angelegenheit aber wird sich, so meine ich, zu gegebener Zeit klären. Sie werden selber sehen, wem Sie etwas vorzuwerfen und wen Sie anzuklagen haben; ansonsten aber bitte ich ergebenst, mir weitere private, dem Dienst nur abträgliche Erklärungen und Spekulationen zu ersparen."

„Nein, Sie, Anton Antonowitsch", ereiferte sich der etwas blaß gewordene Herr Goljadkin hinter dem sich entfernenden Anton Antonowitsch her, „ich, Anton Antonowitsch, habe ... Dingsda ... nicht im geringsten daran gedacht." Ja, was denn? fuhr unser Held, allein geblieben, im stillen fort. Was weht hier für ein Wind, und was bedeutet diese neue Finte? Im gleichen Augenblick, da unser verwirrter, wie vor den Kopf gestoßener Held die neue Frage zu lösen versuchte, wurde es nebenan laut; es schien um eine dienstliche Angelegenheit zu gehen, und Andrej Filippowitsch, der sich gerade erst in dienstlichen Angelegenheiten in den Arbeitsraum Seiner Exzellenz begeben hatte, erschien atemlos in der Tür und rief nach Herrn Goljadkin. Herr Goljadkin, der sogleich wußte, worum es sich handelte, und Andrej Filippowitsch nicht warten lassen wollte, sprang von seinem Platz auf und hastete, wie sich das auch gehörte, wie ein Irrer umher; er nahm die gewünschte Akte, strich sie endgültig glatt und rückte auch sich selbst zurecht, um der Akte sowie Andrej Filippowitsch in den Arbeitsraum Seiner Exzellenz zu folgen. Plötzlich schlüpfte, gleichsam unter der Achsel Andrej Filippowitschs, der in diesem Augenblick genau in der Tür stand, Herr Goljadkin der Jüngere ins Zimmer, aufgeregt und außer Atem, abgehetzt von seinen dienstlichen Obliegenheiten, und strebte wichtigtuerisch, mit entschlossen-förmlicher Miene geradeswegs auf Herrn Goljadkin den Älteren zu, der einen solchen Überfall am allerwenigsten erwartet hatte.

„Die Papiere, Jakow Petrowitsch, die Papiere ... Seine Exzellenz haben beliebt, sich zu erkundigen, ob Sie sie fertig haben?“ plapperte rasch und mit gedämpfter Stimme der Freund des Herrn Goljadkin des Älteren drauflos. „Andrej Filippowitsch wartet.“

„Das weiß ich auch ohne Sie“, entgegnete Herr Goljadkin der Ältere, auch er sehr rasch und mit gedämpfter Stimme.

„Nein, Jakow Petrowitsch, so meine ich das nicht; ich, Jakow Petrowitsch, nehme an alledem Anteil und bin von Mitgefühl bewegt ...“

„Mit dem mich zu verschonen ich Sie ergebenst bitte. Gestatten Sie, gestatten Sie ...“

„Sie werden die Papiere natürlich in einen hübschen Aktendeckel tun, Jakow Petrowitsch, und zu Seite drei ein Lesezeichen einlegen. Gestatten Sie, Jakow Petrowitsch ...“

„Nein, gestatten Sie endlich, daß ich selber ...“

„Aber da ist doch ein kleiner Tintenklecks, Jakow Petrowitsch, haben Sie ihn übersehen?“

Hier rief Andrej Filippowitsch zum zweitenmal nach Herrn Goljadkin.

„Sofort, Andrej Filippowitsch; ich muß da nur noch eine ganze Kleinigkeit ... Mein Herr, verstehen Sie denn nicht, was man Ihnen sagt?“

„Am besten, Jakow Petrowitsch, macht man es mit dem Federmesser, und da verlassen Sie sich lieber auf mich; Sie, Jakow Petrowitsch, sollten es gar nicht erst versuchen, sondern sich ganz auf mich verlassen – ich gehe nur so ein bißchen mit dem Federmesser darüber hin ...“

Andrej Filippowitsch rief zum drittenmal nach Herrn Goljadkin.

„Aber ich bitte Sie, wo sehen Sie einen Tintenklecks? Hier ist doch gar keiner, wie mir scheint ...“

„Sogar ein riesengroßer! Da ist er! Gestatten Sie, hier habe ich ihn gesehen; da, gestatten Sie ... Sie brauchen mir nur zu gestatten, daß ich ein bißchen mit dem Federmesser darüber hingehe, ich tu es nur aus Mitgefühl, Jakow Petrowitsch, und greife reinen Herzens zum Messer ... ja, so, das werden wir im Handumdrehen haben ..."

Hier überwand Herr Goljadkin der Jüngere völlig überraschend Herrn Goljadkin den Älteren in einem mir nichts, dir nichts zwischen ihnen entbrannten Ringen, bemächtigte sich, gewiß gegen dessen Willen, des von der Obrigkeit verlangten Papiers und schob es unter den Arm, statt reinen Herzens mit dem Federmesser darüber hinzugehen, wie er Herrn Goljadkin dem Älteren verräterischerweise versichert hatte; im Handumdrehen befand er sich neben Andrej Filippowitsch, der nicht das mindeste von seinen Kniffen bemerkt hatte, und eilte in den Arbeitsraum des Direktors. Herr Goljadkin der Ältere stand wie angewurzelt da und hielt das Federmesser in der Hand, als wolle er etwas damit ausradieren.

Unser Held hatte seine neue Lage noch nicht ganz erkannt. Er war noch nicht zu sich gekommen. Er fühlte zwar den Schlag, glaubte aber, das habe nicht allzuviel zu bedeuten. Schließlich sprang er in unbeschreiblicher, furchtbarer Unruhe von seinem Platz auf und stürzte geradeswegs zum Arbeitsraum des Direktors, wobei er im übrigen zum Himmel flehte, es möge sich alles zum Guten wenden und einigermaßen glimpflich abgehen ... Im letzten Zimmer vor dem Arbeitsraum des Direktors prallte er mit Andrej Filippowitsch und seinem Namensvetter zusammen. Die beiden kamen bereits zurück; Herr Goljadkin machte ihnen Platz. Andrej Filippowitsch plauderte vergnügt und lächelte. Auch der Namensvetter Herrn Goljadkins des Älteren lächelte, scharwenzelte um Andrej Filippowitsch herum, trippelte in respektvollem Abstand neben ihm her und flüsterte ihm mit verzückter Miene etwas zu, worauf Andrej Filippowitsch äußerst wohlwollend nickte. Unser Held erfaßte im Nu, wie die Dinge lagen. Die Sache war die, daß seine Arbeit (wie er später erfuhr) die Erwartungen Seiner Exzellenz beinahe übertroffen hatte und auch fristgemäß, genau im richtigen Augenblick abgeliefert worden war. Seine Exzellenz war äußerst zufrieden. Man erzählte sich sogar, er habe sich bei Herrn Goljadkin dem Jüngeren bedankt, aufrichtig bedankt und hinzugefügt, das würde er auf keinen Fall vergessen und sich bei gegebener Gelegenheit daran erinnern ... Der erste Gedanke Herrn Goljadkins war natürlich, dagegen müsse er protestieren, mit allem Nachdruck und bis zum äußersten protestieren. Er stürzte leichenblaß und kaum noch seiner Sinne mächtig auf Andrej Filippowitsch zu. Als Andrej Filippowitsch jedoch erfuhr, Herrn Goljadkins Angelegenheit sei privater Natur, lehnte er es ab, ihn anzuhören, und bemerkte mit aller Entschiedenheit, er habe keinen Augenblick Zeit, nicht mal für seine eigenen Belange.

Der trockene Ton und die strikte Weigerung, ihn anzuhören, machten Herrn Goljadkin stutzig. Vielleicht sollte ich's auf anderem Wege versuchen ... sagen wir, über Anton Antonowitsch. Zu Herrn Goljadkins Pech erwies sich, daß auch Anton Antonowitsch nicht greifbar war: auch der war irgendwo mit irgend etwas beschäftigt. Er hat also mit Vorbedacht darum gebeten, ich möge ihn mit weiteren Erklärungen und Redereien verschonen! dachte sich unser Held. Da sieht man, worauf der alte Gauner aus war! In solchem Fall werd ich mich einfach erkühnen, Seine Exzellenz persönlich um Gerechtigkeit anzuflehen.

Herr Goljadkin, der immer noch blaß und völlig wirr im Kopf war und nicht im geringsten wußte, wozu er sich nun entschließen sollte, ließ sich auf seinem Stuhl nieder. Das beste wäre schon, all das hätte weiter nichts zu bedeuten, grübelte er immerfort vor sich hin. In der Tat, eine solche Durchtriebenheit war geradezu undenkbar. Erstens war das einfach Unsinn, und zweitens konnte es das gar nicht geben. Es mußte wohl nur ein Hirngespinst von ihm gewesen sein, oder er hatte alles ganz anders gesehen, als es in Wirklichkeit gewesen war; wahrscheinlich war er selber beim Direktor gewesen und hatte sich aus irgendeinem Grunde für einen anderen gehalten ... mit einem Wort, die ganze Geschichte schien völlig unmöglich.

Kaum hatte Herr Goljadkin entschieden, die ganze Geschichte sei völlig unmöglich, als Herr Goljadkin der Jüngere mit Papieren in beiden Händen und unter den Armen ins Zimmer geeilt kam. Er wandte sich im Vorübergehen mit ein paar notwendigen Worten an Andrej Filippowitsch, tauschte ein paar Worte mit dem und jenem von den anderen, sagte dem und jenem eine Liebenswürdigkeit, tat mit dem und jenem familiär und wollte, da er offenbar keine Zeit zu verlieren hatte, das Zimmer wohl schon verlassen, blieb aber zum Glück für Herrn Goljadkin den Älteren an der Türschwelle stehen und ließ sich auf einen kleinen Plausch mit zwei, drei jungen Beamten ein, die zufällig daherkamen. Herr Goljadkin der Ältere stürzte geradeswegs auf ihn zu. Kaum hatte Herr Goljadkin der Jüngere das Manöver des Herrn Goljadkin des Älteren durchschaut, als er sich schleunigst und äußerst beunruhigt danach umsah, wohin er entwischen konnte. Inzwischen hatte unser Held seinen gestrigen Gast jedoch schon am Ärmel. Die Beamten, die die beiden Titularräte umgaben, traten auseinander und warteten neugierig, was weiter kommen würde. Der ältere Titularrat war sich sehr wohl bewußt, daß die Sympathien nicht auf seiner Seite lagen und daß man gegen ihn intrigierte; desto mehr mußte er sich jetzt zusammennehmen. Es war ein entscheidender Augenblick.

„Nun?“ fragte Herr Goljadkin der Jüngere und sah Herrn Goljadkin dem Älteren ziemlich frech in die Augen.

Herr Goljadkin der Ältere rang nach Atem.

„Ich weiß nicht, mein Herr“, begann er, „wie ich mir Ihr sonderbares Benehmen mir gegenüber erklären soll.“

„Nun, nun, fahren Sie fort!“ Hier blickte sich Herr Goljadkin der Jüngere im Kreise der sie umgebenden Beamten um und zwinkerte ihnen zu, als wolle er darauf hinweisen, jetzt fange die Komödie an.

„Die Frechheit und Unverschämtheit Ihres Gebarens mir gegenüber, mein Herr, zumal in diesem Fall, entlarven Sie mehr, als meine Worte es könnten. Hoffen Sie nicht auf Ihre Schauspielerei: die ist recht mäßig ...“

„Nun, Jakow Petrowitsch, verraten Sie mir lieber, wie Sie diese Nacht geschlafen haben!“ entgegnete Goljadkin der

Jüngere und blickte Herrn Goljadkin dem Älteren unverwandt in die Augen.

„Sie vergessen sich, mein Herr“, sagte der völlig fassungslose Titularrat, der nicht mehr wußte, wie ihm geschah, „ich hoffe, Sie ändern Ihren Ton ...“

„Mein Herzchen!“ gab Herr Goljadkin der Jüngere zur Antwort, wobei er Herrn Goljadkin dem Älteren eine recht ungezogene Grimasse schnitt und ihn mir nichts, dir nichts unter dem Anschein einer Liebkosung mit zwei Fingern in die ziemlich wohlgerundete rechte Wange kniff. Unser Held wurde feuerrot ... Kaum merkte der Freund des Herrn Goljadkin des Älteren, daß sein Gegenspieler an allen Gliedern zitterte, sprachlos vor Wut und rot wie ein Krebs war und, bis zum äußersten gereizt, sich gar zu einer regelrechten Tätlichkeit entschließen konnte, als er ihm sogleich, und zwar in unverschämtester Weise, zuvorkam. Er tätschelte ihm noch ein-, zweimal die Wange, kitzelte ihn da und dort, spielte zum größten Vergnügen der sie umgebenden jungen Leute mit dem vor Wut Erstarrten und nicht mehr Zurechnungsfähigen wie die Katze mit der Maus, klatschte ihm schließlich mit empörender Schamlosigkeit auf den prallen Bauch und sagte mit giftigem, anzüglichem und gezieltem Lächeln: „Hast du dir so gedacht, Jakow Petrowitsch, mein Freund, hast du dir so gedacht! Wir beiden, Jakow Petrowitsch, werden intrigieren, jawohl, das werden wir!“ Noch bevor unser Held von dieser letzten Attacke einigermaßen zu sich gekommen war, nahm Herr Goljadkin der Jüngere (nachdem er die sie umgebenden Zuschauer mit einem flüchtigen Lächeln entlassen hatte) eine äußerst geschäftige, sachliche, förmliche Miene an, senkte den Blick, wurde klein und häßlich, murmelte rasch etwas von einem „besonderen Auftrag“, deutete mit seinem kurzen Bein einen Kratzfuß an und entwich in das Zimmer nebenan. Unser Held traute den eigenen Augen nicht und vermochte noch immer nicht zur Besinnung zu kommen.

Schließlich kam er zu sich. Nachdem Herr Goljadkin im Nu begriffen hatte, daß er verloren, gewissermaßen vernichtet war, daß er sich selbst und seine Ehre beschmutzt hatte, daß er in Anwesenheit von Leuten, die ihn nichts angingen, verhöhnt und bespien, verräterisch beschimpft worden war von jemand, den er noch gestern als seinen besten, zuverlässigsten Freund betrachtet hatte, daß er in schändlichster Weise danebengehauen hatte, stürzte er seinem Feind nach, um ihn zu stellen. An die Zeugen seiner Beschimpfung mochte er in diesem Augenblick gar nicht erst denken. Alles das ist abgekartetes Spiel, sagte er zu sich selbst, die halten alle zusammen und hetzen einander gegen mich auf. Nachdem unser Held jedoch ein Dutzend Schritte zurückgelegt hatte, erkannte er mit aller Bestimmtheit, daß sämtliche Verfolgungen nutzlos und vergeblich waren, und kehrte um. Du entgehst mir nicht, dachte er bei sich selbst, ich steche dich schon noch aus, und der Wolf wird Lammstränen weinen. Herr Goljadkin erreichte mit grimmiger Kaltblütigkeit und äußerster Entschlossenheit seinen Stuhl und ließ sich auf ihm nieder. Nein, mir entwischst du nicht! sagte er zu sich selbst. Jetzt handelte es sich nicht mehr um eine Art passiven Widerstands; es roch nach einem entscheidenden Gegenangriff, und wer Herrn Goljadkin in diesem Augenblick anschaute, wer sah, wie er, rot angelaufen und kaum noch seiner Erregung mächtig, die Schreibfeder in das Tintenfaß stieß und mit welchem Ingrimm er Zeile um Zeile zu Papier brachte, der mußte sich im voraus sagen, diese Angelegenheit konnte nicht ohne Folgen bleiben und ausgehen wie ein gewöhnliches Weibergezänk. Tief in seinem Innern kam er zu einem Entschluß, den auszuführen er sich feierlich gelobte. Ehrlich gesagt, wußte er noch nicht so ganz genau, wie er vorgehen sollte, oder besser – er wußte es überhaupt nicht; aber einerlei, was machte das schon aus! Mit Usurpation und Unverschämtheit, mein Herr, kommt man heutzutage nicht weiter. Usurpation und Unverschämtheit, mein Herr, führen nicht zum Guten, sondern zum Galgen. Nur Grischka Otrepjew, mein Herr, setzte sich durch, indem er das unwissende Volk betrog, aber auch das währte nicht lange. Trotz dieses letzten Umstands beschloß Herr Goljadkin, zu warten, bis die Maske von gewissen

Leuten abgefallen und dies und das ans Tageslicht gekommen war. Dazu machte sich vor allem erforderlich, daß recht bald Dienstschluß war; bis dahin beabsichtigte unser Held nichts zu unternehmen. Dann jedoch, nach Dienstschluß, war er entschlossen, eine bestimmte Maßnahme zu ergreifen. Er wußte, wie er – hatte er diese Maßnahme ergriffen – handeln, wie der Plan seines Vorgehens aussehen mußte, auf daß der Stachel des Hochmuts zertreten werde mitsamt der Schlange, die in Verachtung der Ohnmacht seines Fleisches an ihm nagte. Sich beschmutzen zu lassen wie einen alten Fußabtreter, an dem man seine Schuhe abtritt, gedachte Herr Goljadkin nicht. Damit konnte er sich nicht abfinden, zumal in dem gegebenen Fall. Wäre nicht diese letzte Beschimpfung gewesen, er hätte sich, wenn auch schweren Herzens, vielleicht entschlossen, zu schweigen, sich zu fügen und nicht zu hartnäckig zu protestieren; gewiß, er hätte sich ein wenig gewehrt, einiges eingewandt und ihnen bewiesen, daß er im Recht sei, danach aber klein beigegeben, vielleicht sogar mehr als das, sich mit allem einverstanden erklärt und schließlich – besonders wenn die Gegenseite feierlich anerkannt hätte, er sei im Recht – sogar mit allen versöhnt und wäre vielleicht sogar ein bißchen gerührt gewesen; wer weiß, ob sich die alte Freundschaft nicht erneuert und in eine neue, feste, noch herzlichere und umfassendere verwandelt hätte als die von gestern, in eine Freundschaft, die am Ende sogar in der Lage gewesen wäre, die Peinlichkeit der immerhin recht ungehörigen Ähnlichkeit der beiden Personen zu übertünchen, worüber die beiden Titularräte in höchstem Grade erfreut gewesen und hundert Jahre alt geworden wären ... und so weiter. Sprechen wir es ruhig aus: Herr Goljadkin bereute sogar ein wenig, für sich selbst und für seine Belange eingetreten zu sein, und er hatte auch sogleich Verdruß geerntet. Würde er nachgeben, dachte Herr Goljadkin, würde er sagen, er habe nur gescherzt, ich würde ihm verzeihen und sogar mehr als das, nur müßte er es vor allen Leuten bekennen. Aber mich wie einen alten Fußabtreter zu behandeln – das erlaube ich nicht! Das habe ich ganz anderen Leuten nicht erlaubt und lasse es mir erst recht nicht seitens eines Menschen ohne jede Moral gefallen. Ich bin kein alter Fußabtreter; nein, mein Herr, das bin ich nicht! Mit einem Wort – unser Held hatte sich entschlossen. Die Schuld daran, mein Herr, müssen Sie sich selber zuschreiben! Sein Entschluß aber bestand darin, daß er sich zur Wehr setzen, mit allen Kräften und bis zur äußersten Möglichkeit zur Wehr setzen wollte. Das war nun einmal seine Art! Er war auf keinen Fall bereit, sich eine Kränkung gefallen zu lassen, erst recht nicht, sich wie einen alten Fußabtreter beschmutzen zu lassen, am wenigsten von einem Menschen ohne Moral. Nun, wir widersprechen ihm nicht, nein, das tun wir nicht. Mag sein, daß jemand, der Herrn Goljadkin unbedingt zum Beispiel als Fußabtreter hätte benutzen wollen, es auch geschafft hätte, widerstandslos und ungestraft (das fühlte Herr Goljadkin manchmal selber), und wir hätten keinen Herrn Goljadkin, sondern einen Fußabtreter vor uns, so einen ganz gemeinen, schmutzigen Fußabtreter, der aber dennoch kein gewöhnlicher Fußabtreter wäre, sondern einer mit Ambitionen, mit Seele und – wenn auch stummen – Gefühlen, die sich tief in den schmutzigen Falten dieses Fußabtreters verbergen, aber immerhin mit Gefühlen …

Die Zeit verging unwahrscheinlich langsam; schließlich schlug es vier Uhr. Man ließ ein paar Minuten verstreichen, erhob sich und machte sich, dem Bürovorsteher folgend, auf den Heimweg. Herr Goljadkin mischte sich unter die Menge. Er paßte auf und verlor den, auf den es ihm ankam, nicht aus den Augen. Schließlich sah unser Held, wie sein Freund auf die Kanzleidiener zueilte, die die Mäntel herausgaben, und in seiner anrüchigen Art mit ihnen schöntat, während er auf den seinen wartete. Der entscheidende Augenblick war da. Herr Goljadkin drängte sich, so gut es ging, vor und bemühte sich gleichfalls um seinen Mantel, in dem Wunsch, nicht hinter dem anderen zurückzustehen. Doch der Mantel seines Freundes und guten Bekannten wurde zuerst gereicht, weil der auch hier verstanden hatte, sich einzuschmeicheln, schönzutun, den Leuten dies und das ins Ohr zu flüstern und allerlei kleine Gemeinheiten zu begehen.

Herr Goljadkin der Jüngere zog den Mantel an, maß Herrn Goljadkin den Älteren mit einem ironischen Blick, womit er offen und frech bewies, daß er ihn herausfordern wollte, blickte sich mit der ihm eigenen Unverschämtheit um und scharwenzelte – vermutlich, um einen vorteilhaften Eindruck zu hinterlassen – um die Beamten herum; dem einen erzählte er ein Bonmot, mit dem zweiten tuschelte er, mit dem dritten tauschte er einen respektvollen Kuß, dem vierten lächelte er zu, und dem fünften schüttelte er die Hand, worauf er vergnügt die Treppe hinunterhuschte. Herr Goljadkin der Ältere folgte ihm; zu seiner unbeschreiblichen Befriedigung holte er ihn auch wirklich auf der untersten Treppenstufe ein und packte ihn am Mantelkragen. Herr Goljadkin der Jüngere schien ein wenig verdutzt und sah sich ratlos nach allen Seiten um.

„Wie soll ich das auffassen?“ murmelte er schließlich mit gedämpfter Stimme.

„Mein Herr, ich hoffe, Sie werden sich, sofern Sie überhaupt ein anständiger Mensch sind, an unser freundschaftliches Einvernehmen von gestern erinnern“, sagte unser Held.

„Ach ja! Nun, haben Sie gut geschlafen?“

Die Wut verschlug Herrn Goljadkin dem Älteren für einen Augenblick die Sprache.

„Ich für meinen Teil ja ... Gestatten Sie mir indessen, zu bemerken, mein Herr – Ihr Spiel ist äußerst undurchsichtig ...“

„Wer sagt das? Das sagen meine Feinde“, entgegnete abgehackt jener, der sich Herr Goljadkin nannte, und befreite sich im gleichen Augenblick aus den schwachen Händen des echten Herrn Goljadkin. Dann stürzte er zum Treppenflur hinaus, sah sich um, erblickte eine Mietdroschke, eilte auf sie zu, stieg ein und war im Nu den Augen von Herrn Goljadkin dem Älteren entschwunden. Der verzweifelte, von allen verlassene Titularrat schaute sich um, doch eine zweite Droschke war nicht aufzutreiben. Er versuchte zwar hinterherzurennen, aber die Beine versagten ihm. Da sank er in sich zusammen, lehnte sich mit trostlosem Gesicht und offenem Mund erschöpft an einen Laternenpfahl und stand so mehrere Minuten auf dem Bürgersteig. Für Herrn Goljadkin war offenbar alles verloren...

Neuntes Kapitel

Alles, selbst die Natur, schien sich gegen Herrn Goljadkin verschworen zu haben; aber noch stand er auf den Beinen und war keineswegs unterlegen; das fühlte er. Er war bereit, sich zu stellen. Und in einem solchen Gefühl rieb er sich, nachdem er sich von der ersten Bestürzung erholt hatte, so energisch die Hände, daß man allein aus seiner Miene ersehen konnte, er werde nicht nachgeben. Im übrigen war die Gefahr offensichtlich – sie lag auf der Hand; auch das fühlte Herr Goljadkin; aber wie sollte er dieser Gefahr begegnen? Das war die Frage. Für einen Augenblick blitzte in Herrn Goljadkins Kopf sogar der Gedanke auf, ob er all das nicht auf sich beruhen lassen, einfach verzichten sollte. Was ist schon dabei? Gar nichts! Ich existiere für mich, tu aber so, als wäre ich gar nicht da, und überhöre alles, dachte Herr Goljadkin; ich bin es nicht, und damit fertig; er wiederum zieht sich ebenfalls zurück und läßt vielleicht von mir ab; er wird eine Weile herumscharwenzeln, der Spitzbube, wird sich winden, sich im Kreise drehen und schließlich von mir ablassen. So stehn die Dinge! Ich schaffe es – durch Fügsamkeit. Worin besteht denn überhaupt die Gefahr? Was für eine Gefahr? Ich würde mich gern darüber belehren lassen, wo sich in dieser Angelegenheit eine Gefahr verbirgt! Eine ganz gewöhnliche, belanglose Angelegenheit! Hier stockte Herr Goljadkin. Die Worte erstarben auf seinen Lippen; er schalt sogar dieses Gedankens wegen mit sich selbst; er hatte sich bei einer Feigheit, bei einer Gemeinheit ertappt; doch seine Angelegenheit kam dadurch keinen Schritt weiter. Er fühlte, daß er sich sofort zu etwas entschließen mußte, daß das für ihn unbedingt notwendig war; er fühlte sogar, daß er viel dafür geben würde, wenn ihm jemand sagen könnte, wozu er sich entscheiden mußte. Wie sollte er denn das herausfinden? Im übrigen blieb auch gar keine Zeit dazu, es herauszufinden. Er mietete, um keine Minute zu verlieren, für alle Fälle eine Droschke und jagte nach Hause. Nun? Wie fühlst du dich jetzt? fragte er sich. Wie belieben Sie sich jetzt zu fühlen, Jakow Petrowitsch? Was gedenkst du zu tun? Wie gedenkst du nunmehr vorzugehen, du Schuft, du durchtriebener Bursche, du? Bringst dich an den Rand des Abgrunds, weinst und schluchzst hinterher! So stachelte Herr Goljadkin sich selber auf und schnellte in der holpernden Mietdroschke auf und nieder. Sich selbst zu reizen und seine Wunden auf diese Weise wieder aufzureißen bedeutete für Herrn Goljadkin in diesem Augenblick einen Hochgenuß, ja geradezu eine Wollust. Nun ja, dachte er bei sich, wenn jetzt irgendein Zauberer oder meinetwegen, wenn sich's so trifft, irgendeine offizielle Stelle sagen würde: Hör zu, Goljadkin, gib einen Finger von deiner rechten Hand her, und wir sind quitt; den anderen Goljadkin soll es nicht mehr geben, und du wirst glücklich sein, nur wird dir eben ein Finger fehlen. Ich würde den Finger hergeben, das täte ich, und sogar ohne mit der Wimper zu zucken. „Hol mich der Teufel!" rief schließlich der verzweifelte Titularrat. „Wozu das alles? Mußte es wirklich so kommen? Warum gerade so, ausgerechnet so, und nicht anders! Zuerst war doch alles gut, alle waren zufrieden und glücklich; aber nein, es mußte wie zum Trotz ganz anders kommen! Im übrigen läßt sich mit Worten nichts ausrichten. Man muß handeln!"

Herr Goljadkin betrat also, nachdem er sich fast zu etwas entschlossen hatte, seine Wohnung, griff stehenden Fußes nach der Tabakpfeife, zog aus Leibeskräften an ihr und nahm, nach rechts und links Rauchwölkchen ausstoßend, in äußerster Erregung einen Dauerlauf durch das Zimmer auf – immer hin und zurück. Petruschka deckte inzwischen den Tisch. Schließlich hatte sich Herr Goljadkin durchgerungen, warf die Tabakpfeife auf den Tisch, streifte sich den Mantel über, erklärte, er habe nicht die Absicht, zu Hause Mittag zu essen, und verließ schnurstracks die

Wohnung. Auf der Treppe wurde er von dem atemlosen Petruschka eingeholt, der den von Herrn Goljadkin vergessenen Hut in der Hand hielt. Herr Goljadkin nahm den Hut, wollte sich schon so nebenbei in Petruschkas Augen rechtfertigen, damit der sich nicht Gott weiß was dabei denke, zum Beispiel – immerhin ein einigermaßen sonderbarer Umstand, einfach den Hut zu vergessen, und was dergleichen mehr ist –, setzte aber dann, da Petruschka seinen Herrn keines Blickes würdigte und gleich wieder ging, ohne weitere Erläuterungen den Hut auf, eilte die Treppe hinunter und betrat die Straße, wobei er sich einzureden versuchte, alles werde sich möglicherweise zum besten wenden und die ganze Geschichte sich irgendwie arrangieren, obzwar er, beiläufig bemerkt, geradezu ein kaltes Kribbeln in den Füßen verspürte; er betrat also die Straße, nahm eine Mietdroschke und jagte zu Andrej Filippowitsch. Ob es nicht besser wäre – morgen? überlegte Herr Goljadkin, während er nach der Klingelschnur an Andrej Filippowitschs Wohnungstür griff. Was habe ich schon so Besonderes zu sagen? Es ist nichts Besonderes dran – die ganze Angelegenheit ist so belanglos, ja, schließlich wirklich belanglos und nicht der Rede wert, das heißt fast nicht der Rede wert ... so und nicht anders verhält es sich mit diesem Umstand ... Plötzlich zog Herr Goljadkin an der Klingelschnur; die Klingel schellte, und man hörte innen Schritte ... Hier verwünschte Herr Goljadkin sich selbst, vor allem seiner Übereiltheit und Dreistigkeit wegen. Die kürzlichen Unannehmlichkeiten, die Herr Goljadkin über den Dienstgeschäften beinah vergessen hatte, und die Meinungsverschiedenheiten mit Andrej Filippowitsch kamen ihm auf der Stelle in Erinnerung. Doch zum Flüchten war es bereits zu spät; die Tür öffnete sich. Herr Goljadkin erfuhr zu seinem Glück, Andrej Filippowitsch sei vom Dienst gar nicht erst nach Hause gekommen und speise auswärts zu Mittag. Ich weiß, wo er zu Mittag speist – an der Ismailowski-Brücke, dachte sich unser Held und freute sich wie ein Schneekönig. Auf die Frage des Dieners, von wessen Besuch er berichten dürfe, entgegnete er: „Schon gut, mein Freund, ich, weißt du, komme ein andermal vorbei“ und eilte sogar einigermaßen munter die Treppe hinunter. Auf der Straße angelangt, beschloß er, die Droschke zu entlassen und den Kutscher zu entlohnen. Als der um ein Aufgeld bat – ich, Herr, habe lange gewartet und meinen Traber, um es Euer Gnaden recht zu machen, nicht geschont –, legte er ein Fünfkopekenstück dazu, und sogar mit dem größten Vergnügen; worauf er zu Fuß weiterging.

Nun ja, sagte sich Herr Goljadkin, es handelt sich zwar um eine Angelegenheit, die man nicht einfach auf sich beruhen lassen kann; bedenkt man es jedoch so richtig, mit gesundem Menschenverstand – wozu plagt man sich im Grunde eigentlich ab? Doch nein, will ich mich gar damit begnügen, in einem fort zu fragen, wozu ich mich abmühe? Warum ich mich plage, mich damit abquäle und herumschlage; warum ich mich martere? Erstens ist es nun mal geschehen, und man kann es nicht rückgängig machen ... nein, kann man nicht! Führen wir uns vor Augen: Da taucht jemand auf, der eine ausreichende Empfehlung vorweist, angeblich ein fähiger Beamter ist und von guter Führung, aber arm – er hat allerlei Unangenehmes durchgemacht (Intrigen und so weiter) und sitzt in der Klemme – aber Armut ist schließlich keine Schande; ich habe also nichts damit zu tun. Und in der Tat, was für ein Unsinn! Nun gut, er wurde für geeignet befunden und richtete sich bei uns ein, von der Natur selber so eingerichtet, daß er einem anderen Menschen wie ein Ei dem anderen gleicht, geradezu eine Kopie dieses anderen ist; ja, sollte man ihn deswegen im Departement nicht einstellen? Wenn das Schicksal, wenn nur das Schicksal, nur die blinde Fortuna daran schuld war – sollte man ihn da sogleich wie einen Abtreter behandeln und ihm die Aufnahme in den Dienst verweigern? Wo bliebe da die Gerechtigkeit? Er ist ein armer, verlorener, verschüchterter Mensch; da krampft sich einem das Herz zusammen, da befiehlt einem das Mitgefühl, ihm ein Asyl zu gewähren. Ja! In der Tat, was wären das für Vorgesetzte, würden sie so denken wie ich Tollbregen! So was von Köpfchen! Da reicht die Dummheit manchmal für ein ganzes

Dutzend! Nein, nein! Sie haben nur gut daran getan, und man muß es ihnen danken, daß sie den armen Teufel bei sich aufgenommen haben. Nun ja, nehmen wir zum Beispiel an, wir wären Zwillinge, wir wären nun mal als Zwillinge zur Welt gekommen, und damit hat sich's! Und was folgt daraus? Gar nichts! Die Beamten werden sich daran gewöhnen ... betritt aber ein Fremder unsere Behörde – er wird an diesem Umstand bestimmt nichts Unpassendes oder Verletzendes finden. Es liegt sogar etwas Rührendes darin: Da hat, so könnte der Fremde denken, da hat die Vorsehung Gottes zwei völlig gleiche Individuen erschaffen und die mildtätige Obrigkeit, Gottes Willen erkennend, die Zwillinge bei sich untergebracht. „Natürlich", fuhr Herr Goljadkin fort, indem er Atem holte und die Stimme senkte, „es wäre natürlich ... es wäre natürlich besser, wenn es all das nicht gegeben hätte, weder irgendwelche Zwillinge noch das Rührende daran. Hol's der Teufel! Wozu war das nötig? Aus welchem besonderen, keinerlei Aufschub duldenden Anlaß? Du lieber Gott! Da haben uns die bösen Geister aber was eingerührt! Immerhin hat er doch so einen Charakter, so eine häßliche, zweideutige Sinnesart – dieser Schuft, dieser durchtriebene Schmeichler und Speichellecker, dieser arme Teufel Goljadkin! Womöglich führt er sich auch noch schlecht auf und befleckt meinen Namen, der Schurke! Da kann ich jetzt auf ihn aufpassen und mich seinetwegen bemühen! Die reinste Strafe Gottes! Im übrigen – was ist schon dabei? Was geht mich das an? Gut, er ist ein Schuft, soll er ruhig ein Schuft sein, während ich, der andere, ehrlich bleibe. Er ist ein Schuft, während ich ehrlich bleibe; und die Leute werden sagen – dieser Goljadkin ist ein Schuft, nach dem dürft ihr nicht urteilen, den dürft ihr nicht mit dem anderen verwechseln; denn der ist ehrlich, tugendhaft, sanft, gutherzig, äußerst zuverlässig im Dienst und einer Rangerhöhung würdig; so ist das alles! Nun gut ... wenn sie uns nun aber ... wenn sie uns nun aber einfach ... Dingsda ... verwechseln? Er ist zu allem fähig! Ach, du lieber Gott! Er schiebt den einen an Stelle des anderen unter, der verdammte Schuft, schiebt ihn unter wie einen Fußabtreter und bedenkt nicht, daß ein Mensch kein Fußabtreter ist. Ach, du mein lieber Gott! Das reinste Unglück!

Während Herr Goljadkin auf diese Weise mit sich selber zu Rate ging und klagte, eilte er, ohne auf den Weg zu achten, dahin; wohin – wußte er wohl selber nicht. Er kam erst auf dem Newski-Prospekt zu sich, aber auch das nur, weil er mit jemand, der auf ihn zuschritt, so wohlgezielt und kräftig zusammenstieß, daß gleichsam die Funken sprühten. Herr Goljadkin murmelte, ohne den Kopf zu heben, eine Entschuldigung, blickte erst auf, als der Passant, der einiges nicht allzu Schmeichelhafte vor sich hin brummte, bereits ein ziemliches Stück von ihm entfernt war, und sah sich danach um, wo er sich denn eigentlich befand. Als er feststellte, daß er genau vor jenem Restaurant stand, in dem er, in Vorbereitung auf das Mittagessen bei Olsufi Iwanowitsch, eine Ruhepause eingelegt hatte, verspürte unser Held plötzlich ein Kneifen und Grimmen im Magen und besann sich darauf, daß er nicht zu Mittag gegessen hatte und auch nirgends zu einem Mittagessen eingeladen war; er strebte also, ohne seine kostbare Zeit zu verlieren, die Treppe zum Restaurant hinauf, um einen Happen zu sich zu nehmen, ohne sich lange dabei aufzuhalten. Und obwohl alles im Restaurant ganz schön teuer war, ließ sich Herr Goljadkin in diesem Fall nicht davon beeindrucken; und sich von solchen Kleinigkeiten beeindrucken zu lassen, blieb auch keine Zeit. Im hell erleuchteten Raum drängte sich eine ziemliche Menge Besucher vor dem Büfett, auf dem man einen ganzen Berg von alledem sah, was anständige Leute als Imbiß zu sich zu nehmen pflegen. Der Büfettier hatte alle Hände voll damit zu tun, einzuschenken, das Gewünschte hinüberzureichen, das Geld in Empfang zu nehmen und den Rest herauszugeben. Herr Goljadkin wartete, bis er dran war, und streckte die Hand bescheiden nach einem Fischpastetchen aus. Er verzog sich in eine Ecke, wandte den Anwesenden den Rücken zu und aß mit Appetit. Dann kehrte er zum Büfettier zurück, stellte den Teller auf das Büfett, holte, da er den Preis kannte, ein silbernes Zehnkopekenstück hervor und legte es auf die Theke, wobei er nach dem Blick des Büfettiers haschte, um ihn darauf hinzuweisen: Hier, bitte, zehn Kopeken; für ein Fischpastetchen.

„Ich bekomme einen Rubel und zehn Kopeken von Ihnen", brummte der Büfettier.

Herr Goljadkin war nicht wenig verwundert.

„Meinen Sie mich? Ich habe ... wie mir scheint ... nur ein Pastetchen gehabt."

„Sie haben elf genommen", entgegnete selbstsicher der Büfettier.

„Ich glaube ... Sie ... Sie scheinen sich zu irren ... Ich habe wirklich nur ein Pastetchen gehabt, wie mir scheint."

„Ich habe sie gezählt; Sie haben elf Stück genommen. Und was man sich genommen hat, muß man auch bezahlen; unentgeltlich ist bei uns nichts zu haben."

Herr Goljadkin war wie vor den Kopf gestoßen. Ja, was denn, ist das Hexerei, was geht hier mit mir vor? fragte er sich. Der Büfettier wartete inzwischen auf Herrn Goljadkins Entscheidung; Herr Goljadkin wurde umringt; Herr Goljadkin wollte schon in die Tasche greifen, um einen Silberrubel hervorzuholen, auf der Stelle zu bezahlen und alle weiteren Unannehmlichkeiten los zu sein. Also gut, sollen es von mir aus elf gewesen sein, dachte er bei sich und wurde krebsrot, was ist schon dabei, wenn einer gleich elf Pastetchen hintereinander verzehrt? Der Mann ist eben hungrig gewesen und hat elf Stück verzehrt; soll er doch, wohl bekomm's! Da gibt es weiter nichts zum Wundern und auch nichts zum Lachen ... Plötzlich verspürte Herr Goljadkin etwas wie einen Stich; er blickte auf und – hatte sogleich des Rätsels Lösung, erkannte sogleich die ganze Hexerei; im Nu waren alle Probleme hinweggefegt. In der Tür zum benachbarten Raum, fast genau hinter dem Rücken des Büfettiers und mit dem Gesicht zu Herrn Goljadkin gewandt, in dieser Tür also, die unser Held zunächst für einen Spiegel gehalten hatte, stand jemand, stand Herr Goljadkin in Person – nicht Herr Goljadkin der Ältere, der Held unserer Erzählung, sondern der andere Herr Goljadkin, Herr Goljadkin der Jüngere. Dieser andere Herr Goljadkin befand sich offenbar bei bester Laune. Er lächelte und nickte Herrn Goljadkin Nummer eins zu, zwinkerte, trat, wenn auch unauffällig, von einem Fuß auf den anderen und schaute drein, als würde er sich bei dem geringsten Anzeichen einer Gefahr aus dem Staube machen; zunächst in den Raum nebenan und von da gegebenenfalls über die Hintertreppe – und aus ... alle Verfolgungen wären vergeblich gewesen. Er hielt den letzten Rest des zehnten Fischpastetchens in der Hand, schob es vor Herrn Goljadkins Augen in den Mund und schmatzte vor Vergnügen. Er hat erreicht, daß man uns verwechselt, der Schuft, dachte Herr Goljadkin und wurde feuerrot vor Scham, er scheut nicht mal die Öffentlichkeit! Ob die Leute ihn sehen? Nein, offenbar niemand ... Herr Goljadkin warf den Silberrubel hin, als hätte er sich die Finger an ihm verbrannt, drängte sich, ohne das vielsagend-unverschämte Lächeln des Büfettiers, ein Lächeln des Triumphes und der unerschütterlichen Macht, zu beachten, durch die Menge und stürzte davon, so rasch ihn die Beine trugen. Vielen Dank, daß er einen wenigstens nicht endgültig kompromittiert hat! dachte Herr Goljadkin der Ältere. Vielen Dank ihm, dem Halunken, ihm und dem Schicksal, daß alles noch einigermaßen glimpflich abgegangen ist. Nur war der Büfettier immerhin reichlich unverschämt gewesen, aber er bestand schließlich nur auf seinem Recht. Er hatte einen Rubel und zehn Kopeken zu bekommen und war also im Recht. „Unentgeltlich ist bei uns nichts zu haben!“ Konnte der Nichtsnutz nicht ein bißchen höflicher sein?

All das sagte sich Herr Goljadkin, während er die Treppe zum Ausgang hinunterstrebte. Auf der letzten Stufe jedoch blieb er wie angewurzelt stehen und wurde plötzlich so rot, daß ihm aus lauter Gekränktheit über die Verletzung seines Ehrgefühls sogar die Tränen in die Augen traten. Er erstarrte für eine halbe Minute zu Stein, stampfte plötzlich entschlossen mit dem Fuß, war mit einem Satz auf der Straße und rannte, so rasch ihn die Beine trugen, zu sich nach Haus, in die Schestilawotschnaja, schwer atmend, aber ohne die geringste Müdigkeit zu verspüren. Zu Hause legte er entgegen seiner Gewohnheit, es sich innerhalb seiner vier Wände bequem zu machen, nicht mal die Oberbekleidung ab, ja, er griff nicht einmal nach der Pfeife, sondern ließ sich unverzüglich auf dem Sofa nieder, zog das Tintenfaß zu sich heran, nahm die Feder in die Hand, holte einen Bogen Papier hervor und begann mit vor innerer Erregung zitternder Hand mit der Niederschrift folgender Botschaft:

„Sehr geehrter Herr Jakow Petrowitsch!
Ich hätte auf keinen Fall zur Feder gegriffen, hätten mich nicht die Umstände und Sie selbst, mein Herr, dazu gezwungen. Glauben Sie mir, daß nur die Notwendigkeit mich dazu veranlaßt, mich auf diesem Wege in eine Auseinandersetzung mit Ihnen einzulassen, und bitte Sie, mein Herr, diese meine Maßnahme auf keinen Fall als beabsichtigte Kränkung anzusehen, vielmehr als die unvermeidliche Folge der uns nunmehr miteinander verbindenden Umstände."

Scheint doch ganz gut, anständig und höflich zu sein und dabei ziemlich deutlich und bestimmt ... Er braucht sich wohl in keiner Weise gekränkt zu fühlen. Außerdem bin ich im Recht, sagte sich Herr Goljadkin, während er das Niedergeschriebene überlas.

„Ihr überraschendes und seltsames Auftauchen, mein Herr, in jener stürmischen Nacht, gleich nach der groben und unanständigen Behandlung, die mir seitens meiner Feinde zuteil geworden war – ich verschweige aus Verachtung ihre Namen –, bildete den Keim all der Mißverständnisse, die zur Zeit zwischen uns bestehen. Indessen übersteigt Ihr Wunsch, auf Ihrem Willen zu beharren und gewaltsam in den Bereich meiner privaten Sphäre und aller Umstände meines praktischen Lebens einzudringen, die Grenzen, die allein schon durch die Höflichkeit und ein normales menschliches Zusammenleben geboten sind. Ich glaube, ich brauche hier nicht auf die gewaltsame Aneignung der Papiere und meines ehrlichen Namens einzugehen, den Sie, mein Herr, dazu benutzen, das Wohlwollen der Obrigkeit zu erwerben – eines

Wohlwollens, das Sie nicht verdient haben. Ihr vorsätzliches und für mich ärgerliches Ausweichen vor den in diesem Zusammenhang erforderlichen Klarstellungen brauche ich gar nicht erst zu erwähnen. Und schließlich will ich, um alles auszusprechen, auch nicht auf Ihr jüngstes, sonderbares, man kann schon sagen, unverständliches Verhalten mir gegenüber in einem gewissen Kaffeehaus eingehen. Ich bin weit davon entfernt, mich über den Verlust des nutzlos ausgegebenen Silberrubels zu beklagen, kann es mir aber nicht versagen, meiner Empörung Luft zu machen bei der Erinnerung an Ihren offensichtlichen Anschlag auf meine Ehre, mein Herr, und das auch noch in Gegenwart einiger Personen, die ich zwar nicht kenne, die aber immerhin Personen von bestem Benehmen waren ..."

Gehe ich nicht zu weit? fragte sich Herr Goljadkin. Ist es des Guten nicht zuviel? Ist beispielsweise diese Anspielung nicht zu kränkend? Nun, macht nichts! Ich muß ihm gegenüber Charakterfestigkeit beweisen. Im übrigen kann ich ihm ja zum Schluß zwecks Abschwächung entgegenkommen und ein wenig schmeicheln. Sehen wir zu, was sich machen läßt!

„Dennoch würde ich Sie, mein Herr, nicht mit diesem Schreiben behelligen, wäre ich nicht fest davon überzeugt, daß der Adel Ihrer Gefühle und Ansichten und Ihr offenherziger Charakter Ihnen den Weg weisen werden, das Versäumte nachzuholen und alles so herzustellen, wie es war.

In der festen Hoffnung, daß Sie meinen Brief nicht als für Sie kränkend auffassen, zugleich aber auch nicht ablehnen werden, sich schriftlich dazu zu äußern, und mir die Antwort über meinen Bedienten zukommen lassen, verbleibe ich, mein Herr, Ihr gehorsamer Diener

J. Goljadkin"

Na also, das hätten wir! Das wäre geschafft; immerhin mußte es zu einem Schriftwechsel kommen. Aber wer ist daran schuld? Er selber; er zwingt einen, schriftliche Dokumente von ihm zu fordern. Und dabei bin ich im Recht ...

Nachdem Herr Goljadkin den Brief ein letztes Mal überlesen hatte, faltete er ihn zusammen, versiegelte ihn und rief nach Petruschka. Petruschka erschien – wie gewöhnlich mit verschlafenen Augen und über irgend etwas äußerst verärgert.

„So, mein Bester, du nimmst jetzt diesen Brief ... hast du verstanden?"

Petruschka schwieg.

„Du nimmst also diesen Brief und bringst ihn in das Departement; dort machst du den Wachhabenden, Gouvernementssekretär Wachramejew, ausfindig. Wachramejew hat heute den Nachtdienst. Hast du verstanden?"

„Habe ich."

„Habe ich! Kannst du nicht sagen: Jawohl? Du fragst also nach dem Beamten Wachramejew und sagst zu ihm: So und so, sagst du, der Herr läßt Sie grüßen und ergebenst bitten, Sie möchten im Adreßbuch unserer Behörde nachschlagen, wo der Titularrat Goljadkin wohnt."

Petruschka schwieg dazu und griente, wie es Herrn Goljadkin vorkam.

„Ja, also, Pjotr, du erkundigst dich nach der Adresse und bringst in Erfahrung, wo der neueingestellte Beamte Goljadkin wohnt."

„Jawohl!"

„Du erkundigst dich nach der Adresse und trägst diesen Brief zu ihm hin. Hast du verstanden?"

„Ja, habe ich."

„Wenn du dort ... wohin du den Brief tragen sollst, von jenem Herrn, dem du diesen Brief zu übergeben hast, dem Goljadkin nämlich ... Was lachst du, Dummkopf?"

„Worüber sollte ich lachen? Mir ist das einerlei! Ich lache gar nicht. Unsereins hat nichts zu lachen ..."

„Ja, also ... wenn dieser Herr dich fragen sollte: Was ist mit deinem Herrn, was macht er so, hat er nicht ...

Dingsda ... mit einem Wort, wenn er dich auszufragen versucht, dann geh nicht darauf ein, sondern sage: Meinem Herrn geht es danke schön, nur bittet er Sie, so sagst du, um eine eigenhändige Antwort. Hast du verstanden?"

„Jawohl, habe ich."

„Nun ja, du sagst also, meinem Herrn geht es ganz gut, er befindet sich bei bester Gesundheit und macht sich gerade fertig, um zu Besuch zu gehen; nur erbittet er von Ihnen, sagst du, eine schriftliche Antwort. Hast du verstanden?"

„Ja, habe ich."

„Gut, dann geh!"

Was man mit diesem Klotz aber auch für Umstände hat! Lacht sich eins, und fertig. Worüber lacht er eigentlich? Da hat man mir was eingebrockt, da hat man mir auf diese Art was Schönes eingebrockt! Im übrigen wendet sich alles vielleicht noch zum Guten ... Dieser Spitzbube wird jetzt seine zwei Stunden fortbleiben und sich irgendwo herumtreiben. Man kann ihn nirgends hinschicken. Das reinste Unglück! Womit habe ich das verdient?

Unser Held, der sein Unglück, wie man sieht, durchaus fühlte, machte sich darauf gefaßt, in Erwartung Petruschkas zwei Stunden lang eine passive Rolle zu spielen. Eine Stunde lang ging er auf und ab und rauchte, dann warf er die Tabakpfeife hin und setzte sich, um ein Buch zu lesen; danach streckte er sich auf dem Sofa aus; dann griff er wieder nach der Pfeife und hastete aufs neue im Zimmer umher. Er wollte nachdenken, fand aber entschieden nicht heraus, worüber. Die Agonie seines passiven Zustands steigerte sich schließlich, und Herr Goljadkin entschloß sich, eine Maßnahme zu ergreifen. Petruschka wird eine weitere Stunde auf sich warten lassen, dachte er, ich kann den Schlüssel beim Hausknecht abgeben und der Angelegenheit inzwischen ... selber auf den Grund gehen ... ihr meinerseits auf den Grund gehen. Herr Goljadkin griff in dem Wunsch, der Angelegenheit möglichst rasch auf den Grund zu kommen, ohne Zeit zu verlieren, nach dem Hut, verließ sein Zimmer, schloß die Wohnung ab, händigte den Schlüssel zugleich mit einem Zehnkopekenstück dem Hausknecht ein – Herr Goljadkin war ungewöhnlich freigebig geworden – und machte sich auf den Weg, der ihm der richtige dünkte. Er ging zu Fuß, und zwar zunächst zur Ismailowski-Brücke. Dazu benötigte er rund eine halbe Stunde. Am Ziel seiner Wanderung angelangt, betrat er geradeswegs den Hof des ihm bekannten Hauses und blickte zu der Wohnung des Staatsrats Berendejew hinauf. Die Fenster waren alle dunkel – bis auf drei, die rot verhängt waren. Olsufi Iwanowitsch hat heute offenbar keine Gäste, sagte sich Herr Goljadkin, sie scheinen heute allein zu Hause zu sitzen. Unser Held stand eine Weile auf dem Hof herum und wollte sich schon zu etwas entschließen. Doch diesem Entschluß war offenbar kein Erfolg beschieden. Herr Goljadkin überlegte sich's, winkte ab und kehrte auf die Straße zurück. Nein, hierher hätte ich nicht zu kommen brauchen. Was soll ich hier? Ich wende mich lieber zum ... Dingsda ... und gehe der Angelegenheit persönlich nach. Nachdem Herr Goljadkin diesen Entschluß gefaßt hatte, machte er sich zu seinem Departement auf. Der Weg dahin war ziemlich weit, und obendrein herrschte ein schauderhaftes Schlackerwetter; nasser Schnee fiel in dichten Flocken herab. Doch für unseren Helden schien es in diesem Augenblick keine Schwierigkeiten zu geben. Nun ja, er wurde zwar naß bis auf die Knochen und beschmutzte sich auch ganz schön, aber „wennschon, dafür bin ich am Ziel". Und tatsächlich näherte sich Herr Goljadkin seinem Ziel. Schon tauchte das dunkle Massiv eines riesigen Amtsgebäudes in der Ferne auf. Halt! dachte er bei sich. Wo geh ich hin, und was will ich hier? Also gut, ich bringe in Erfahrung, wo er wohnt; aber inzwischen ist Petruschka sicherlich schon zurückgekehrt und hat mir die Antwort gebracht. Ich verliere doch nur meine kostbare Zeit, verschwende sie ganz umsonst. Nun, macht nichts; all das läßt sich noch einrenken. Aber sollte ich nicht wirklich zu Wachramejew hineingehen? Nicht doch! Das mache ich ein andermal ... Hach! Ich hätte gar nicht erst aus dem Hause gehen sollen! Aber nein, das liegt nun einmal in meinem Charakter! Es ist eben meine Art – ob es nötig ist oder nicht, ich bin immer bestrebt, den Dingen vorzugreifen ... Hm ... wie spät mag es sein? Sicher schon neun. Petruschka kann zurückgekommen sein und mich nicht angetroffen haben. War eine ausgemachte Dummheit von mir, noch einmal auszugehen ... Hach, wahrhaftig, wenn das kein Einfall war!

Nachdem sich unser Held auf diese Weise ehrlich eingestanden hatte, er habe eine ausgemachte Dummheit begangen, hastete er zurück in seine Schestilawotschnaja. Er kam dort müde und abgehetzt an. Gleich beim Hausknecht erfuhr er, daß Petruschka nicht daran gedacht hatte zurückzukehren. Da hat man's! Hab ich's doch geahnt, sagte sich unser Held, und dabei ist es schon neun! So was von Niedertracht! Immer muß er sich irgendwo betrinken! Herrgott im Himmel! Ist das ein Tag, den das Schicksal mir armem Teufel beschert hat! Auf diese Weise nachsinnend und sich über sein Los beklagend, schloß Herr Goljadkin die Wohnungstür auf, zündete eine Kerze an, zog sich aus, rauchte eine Pfeife und streckte sich, erschöpft, übermüdet, hungrig und an allen Gliedern wie zerschlagen, in Erwartung Petruschkas auf dem Sofa aus. Die Kerze brannte allmählich herunter, ihr mattes Licht flackerte an den Wänden ... Herr Goljadkin sah zu ihr hin, überlegte in einem fort und schlief am Ende ein wie ein Toter.

Als er erwachte, war es schon ziemlich spät. Die Kerze war fast heruntergebrannt, qualmte und drohte jeden Augenblick endgültig zu erlöschen. Herr Goljadkin sprang auf, schreckte zusammen, erinnerte sich an alles, buchstäblich an alles. Hinter der Trennwand hörte man das sonore Schnarchen Petruschkas. Herr Goljadkin stürzte zum Fenster – nirgends auch nur ein Schimmer von Licht. Er öffnete die Lüftungsklappe – alles still; die Stadt war wie ausgestorben; sie schlief. Es mußte also zwei oder drei Uhr sein; und tatsächlich, so war es auch: die Uhr hinter der Trennwand nahm alle Kräfte zusammen und schlug zwei. Herr Goljadkin stürzte hinter die Trennwand.

Es gelang ihm, wenn auch mit vieler Mühe, Petruschka wachzurütteln und ihn auf seinem Bett aufzurichten. Die Kerze verlosch in diesem Augenblick endgültig. Es dauerte wohl zehn Minuten, bevor Herr Goljadkin eine neue hervorgekramt und angezündet hatte. Petruschka war inzwischen längst wieder eingeschlafen. „Schuft, Nichtsnutz verdammter", brummte Herr Goljadkin vor sich hin und versuchte, ihn aufs neue wachzurütteln. „Stehst du nun endlich auf, wirst du endlich wach?" Nach einer halben Stunde redlichen Bemühens hatte Herr Goljadkin dann doch Erfolg; es gelang ihm, seinen Bedienten völlig wach zu machen und hinter der Trennwand hervorzuzerren. Erst hier bemerkte unser Held, daß Petruschka sternhagelvoll war, wie man zu sagen pflegt, und sich gerade noch auf den Beinen hielt.

„Du Nichtsnutz!" schrie Herr Goljadkin ihn an. „Mein Gott, wo mag er meinen Brief gelassen haben? Ach, du mein Schöpfer, und wenn er nun ... Wozu habe ich ihn geschrieben? Mußte das sein? Ich Dummkopf habe mich von meinem Ehrgefühl verleiten lassen! Ausgerechnet von meinem Ehrgefühl! Das hast du nun davon, du Schuft, das hast du von deinem Ehrgefühl! ... He, du! Wo hast du meinen Brief gelassen, Bandit? Wem hast du ihn ausgehändigt?"

„Ich habe ihn niemand ausgehändigt; und ich habe auch gar keinen Brief gehabt ... so, jetzt wissen Sie es!"

Herr Goljadkin rang vor Verzweiflung die Hände.

„Hör zu, Pjotr ... hör zu, hör doch mal zu ..."

„Tu ich ja ..."

„Wo bist du gewesen? Antworte mir!"

„Wo ich gewesen bin? Bei guten Leuten! Was geht mich das alles an?"

„Ach, du lieber Gott! Wo bist du vorher gewesen? Warst du im Departement? Hör zu, Pjotr, bist du vielleicht betrunken?"

„Ich – und betrunken? Ich will auf der Stelle zu Stein erstarren, wenn ich nicht völlig, vö... völlig ... jawohl doch ..."

„Nein, nein, macht nichts, daß du betrunken bist ... Das habe ich nur nebenher gefragt; es ist sogar gut, daß du betrunken bist; ich, Petruschka, habe ... ich habe nichts dagegen ... Dir ist vielleicht nur dies und das entfallen, aber du wirst dich an alles erinnern. Nun, denk doch mal nach, warst du bei dem Beamten Wachramejew? Bist du bei ihm gewesen oder nicht?"

„Ich bin weder bei ihm gewesen, noch hat es je so einen Beamten gegeben. Das könnte ich auf der Stelle ..."

„Nicht doch, nicht doch, Pjotr! Nein, Petruschka, ich wende ja nichts dagegen ein. Du siehst doch, daß ich nichts dagegen einwende ... Was ist schon dabei? Draußen ist es kalt und naß, und da hebt man eben einen; ich sage nichts dagegen ... Ich bin dir nicht böse. Ich, mein Bester, habe mir heute selber einen genehmigt ... Gib doch mal zu, erinnere dich, mein Lieber: Du warst doch bei dem Beamten Wachramejew?"

„Nun ja, wenn ich mir das jetzt so richtig bedenke, dann bin ich, Ehrenwort, bei ihm gewesen, das könnte ich auf der Stelle ..."

„Schon gut, Petruschka; gut, daß du da warst. Du siehst, ich bin dir nicht böse ... Nun, nun", fuhr unser Held fort, wobei er seinem Bedienten immer mehr um den Bart ging, ihn auf die Schulter klopfte und ihm zulächelte. „Also gut, du Halunke hast eine Kleinigkeit hinter die Binde gegossen ... für zehn Kopeken oder so, nicht wahr? Spitzbube! Nun, macht nichts; du siehst, daß ich mich nicht darüber ärgere, daß ich dir nicht böse bin, daß ich dir, mein Bester, nicht böse bin ..."

„Nein, wie Sie wollen, aber ein Spitzbube bin ich nicht ... Ich bin nur bei guten Freunden vorbeigekommen, aber ein Spitzbube bin ich nicht und bin ich auch nie gewesen ..."

„Aber nein, nicht doch, Petruschka! Hör zu, Pjotr! Ich schelte doch nicht mit dir, ich mein es doch nicht im Ernst; wenn ich dich einen Spitzbuben nenne! Das sag ich doch nur, um dich zu trösten, in edler Absicht. Das, Petruschka, bedeutet doch nur, daß man einem Menschen schmeicheln will, daß man ihm, wenn man ihn einen Spitzbuben, einen durchtriebenen Burschen nennt, nur sagen will, er ist nicht von Pappe und läßt sich von niemand hereinlegen. Mancher hört das ganz gern ... Aber schon gut! Nur sage mir jetzt, Petruschka, offen und ohne etwas zu verschweigen, wie zu einem Freund, ob du nun bei dem Beamten Wachramejew gewesen bist und ob er dir die Adresse gegeben hat?"

„Ja, auch das, er hat mir auch die Adresse gegeben. Ein brauchbarer Beamter! Auch dein Herr, hat er gesagt, ist ein guter, sogar sehr guter Mensch, hat er gesagt; sage ihm, ich lasse ihn grüßen und bedanke mich bei ihm; und sag ihm auch, daß ich ihn, deinen Herrn, liebe und bis sonsthinaus achte! Weil dein Herr, Petruschka, hat er gesagt, ein guter Mensch ist; und auch du, Petruschka, bist ein guter Mensch ... so war das ..."

„Ach, du lieber Gott! Und die Adresse, die Adresse, du Judas, verdammter?" Die letzten Worte stieß Herr Goljadkin beinah im Flüsterton hervor.

„Auch die Adresse ... auch die Adresse hat er mir gegeben."

„Ja? Und wo wohnt er denn nun, dieser Beamte, das heißt der Titularrat Goljadkin?"

„Nun, der Goljadkin, hat er gesagt, wohnt in der Schestilawotschnaja. Du hältst dich, wenn du in die Schestilawotschnaja kommst, so hat er gesagt, auf der rechten Seite und steigst die Treppe hinauf, zum dritten Stock. Ebenda, hat er gesagt, findest du den Goljadkin ..."

„Schuft, verdammter!" polterte schließlich unser Held, dem der Geduldsfaden gerissen war, drauflos. „Bandit! Damit bin doch ich gemeint; das bezieht sich auf mich! Es gibt nämlich noch einen anderen Goljadkin, und von dem spreche ich jetzt, du Spitzbube, verdammter!"

„Nun, wie Sie meinen! Von mir aus! Ganz wie Sie meinen – so!"

„Und der Brief, der Brief?"

„Was für ein Brief? Es war doch gar keiner da; ich habe keinen gesehen."

„Ja, wo hast du ihn denn gelassen, du Spitzbube?"

„Ich habe ihn abgegeben, ja doch, abgegeben. Grüß deinen Herrn, hat er gesagt, und ich bedanke mich bei ihm; du hast einen guten Herrn. Bestell deinem Herrn einen Gruß, hat er gesagt ..."

„Ja, wer denn nun, wer hat das gesagt? Der Goljadkin?“

Petruschka schwieg eine Weile, griente über das ganze Gesicht und blickte seinem Herrn geradeswegs in die Augen.

„Hör zu, du Galgenstrick!“ begann Herr Goljadkin, wobei er nach Atem rang und vor lauter Wut den Faden verlor. „Was hast du aus mir gemacht? Sage mir, was du aus mir gemacht hast! Fertiggemacht hast du mich, du Bösewicht! Erledigt hast du mich, du Judas!“

„Nun, wie Sie wollen! Was schert's mich!“ entgegnete Petruschka entschlossen und wollte hinter der Trennwand verschwinden.

„Zurück, zurück, du Galgenstrick!“

„Ich denke nicht daran! Was soll ich hier bei Ihnen? Ich gehe zu meinen guten Leuten ... Die guten Leute leben nämlich auf ehrliche Art, verstellen sich nicht und kommen einem nicht doppelt vor die Augen ...“

Herrn Goljadkin erstarrten Arme und Beine zu Eis, und es verschlug ihm den Atem ...

„Jawohl“, fuhr Petruschka fort, „die zeigen sich nicht gleich doppelt und fordern weder Gott noch ehrliche Menschen heraus ...“

„Du Nichtsnutz bist ja besoffen! Schlaf dich erst mal aus, verdammter Galgenstrick! Und morgen kriegst du's von mir“, entgegnete Herr Goljadkin mit kaum noch hörbarer Stimme, Petruschka aber murmelte noch etwas vor sich hin; dann hörte man, wie er sich auf sein Bett warf, daß es nur so krachte, anhaltend gähnte, sich streckte und schließlich schnarchend in den Schlaf des Gerechten sank, wie man zu sagen pflegt. Herr Goljadkin war mehr tot als lebendig. Petruschkas Auftreten, seine höchst sonderbaren, wenn auch verschwommenen Andeutungen, über die man sich infolgedessen nicht zu ärgern brauchte, zumal sie von einem Betrunkenen vorgebracht wurden, und schließlich die ganze fatale Wendung, die die Angelegenheit genommen hatte, all das erschütterte Herrn Goljadkin bis auf den Grund der Seele. „Wozu mußte ich ihn mir auch mitten in der Nacht vornehmen?“ fragte sich unser Held, und ein krankhaftes Zittern überlief seinen ganzen Körper. „Sich mit einem Betrunkenen auseinandersetzen! Was kann man von einem Betrunkenen schon erwarten? Jedes Wort ist Unsinn! Worauf hat er da übrigens angespielt, der Halunke? Ach, du lieber Gott! Wozu nur habe ich all diese Briefe geschrieben, ich Ungeheuer, ich Selbstmörder! Aber nein, ich konnte nicht den Mund halten! Ich mußte mich bloßstellen! Ja, was denn? Da geht man zugrunde, erinnert immer mehr an einen Fußabtreter, aber kommt den Leuten auch noch mit seinem Ehrgefühl; ich fühle mich, bitte schön, gekränkt und muß meine Ehre verteidigen! Ich Selbstmörder!“

So räsonierte Herr Goljadkin, während er auf seinem Sofa saß und sich vor lauter Schrecken nicht zu rühren wagte. Plötzlich blieb sein Blick auf einem Gegenstand haften, der seine ganze Aufmerksamkeit auf sich zog. Voller Angst, es könne sich um eine Sinnestäuschung handeln und der Gegenstand, der seine Aufmerksamkeit erregte, sei nur ein Spiel der Phantasie, streckte er die Hand danach aus, zwar schüchtern, aber auch hoffend und mit unbeschreiblicher Neugier. Nein, es war keine Täuschung, keine Illusion! Ein Brief, tatsächlich ein Brief, unbedingt ein Brief, und an ihn adressiert ... Herr Goljadkin nahm ihn vom Tisch. Er hatte schreckliches Herzklopfen. Den hat vermutlich dieser Halunke mitgebracht, dachte er bei sich, und hier hingelegt, aber dann einfach vergessen; so wird es gewesen sein, so und nicht anders. Der Brief war von Wachramejew, einem jungen Amtskollegen und einstigen guten Freund von Herrn Goljadkin. Im übrigen habe ich all das schon geahnt, dachte unser Held, auch das, was in dem Brief geschrieben steht ... Der Brief lautete wie folgt:

„Sehr geehrter Herr Jakow Petrowitsch!
Ihr Bedienter ist betrunken, und etwas Vernünftiges ist von ihm nicht zu erwarten; aus diesem Grunde ziehe ich es vor, Ihnen schriftlich zu antworten. Ich beeile mich, Ihnen mitzuteilen, daß ich bereit bin, den mir von Ihnen auferlegten Auftrag, der in der Weiterleitung eines Briefes an die Ihnen

bekannte Person besteht, genauestens und gewissenhaftestens zu erfüllen. Diese Ihnen wohlbekannte Person, die mir jetzt einen anderen Freund ersetzt und deren Namen ich verschweige (weil ich den Ruf eines völlig schuldlosen Menschen nicht beflecken möchte), wohnt – nicht anders als ich – bei Karolina Iwanowna, und zwar in dem Zimmer, in dem zu Ihrer Zeit der aus Tambow zugereiste Infanterieoffizier Quartier bezogen hatte. Im übrigen können Sie besagte Person überall unter ehrlichen und offenherzigen Menschen antreffen, was man von manchem anderen nicht sagen kann. Ich habe die Absicht, meine Beziehungen zu Ihnen mit dem heutigen Datum abzubrechen; bei dem bisherigen freundschaftlichen Ton und kameradschaftlichen Verhältnis zwischen uns kann es nicht bleiben; ich ersuche Sie darum, mein Herr, mir nach Erhalt dieses offenherzigen Briefes unverzüglich die mir geschuldeten zwei Rubel für die ausländischen Rasiermesser zu schicken, die ich Ihnen – ich hoffe, Sie erinnern sich daran – vor sieben Monaten geliehen habe, während unseres gemeinsamen Logierens bei Karolina Iwanowna, die ich von ganzem Herzen verehre. Ich gehe so vor, weil Sie – nach den Schilderungen gescheiter Leute – Ihr Ehrgefühl und Ihren guten Ruf verloren haben und zu einer Gefahr für moralisch unschuldige und nicht infizierte Menschen geworden sind, denn es gibt da eben gewisse Personen, deren Leben nicht auf Grundsatzfestigkeit beruht, deren Worte Heuchelei sind und deren regierungsgetreues Gebaren verdächtig ist. In diesem Brief aber für Karolina Iwanowna einzutreten, die sich immer höchst sittsam aufgeführt hat und zweitens eine ehrsame Frau und obendrein Jungfer ist, zwar nicht mehr zu den Jüngsten zählt, dafür aber aus gutem ausländischem Hause stammt – befähigte Menschen findet man eben immer und überall –, dazu bewogen mich gewisse Personen, wenn auch nur nebenher und in meinem eigenen Namen gesprochen. Auf jeden Fall werden Sie alles zu gegebener Zeit erfahren, sofern Sie nicht schon jetzt davon unterrichtet sind, obwohl Sie sich – nach den Schilderungen vernünftiger Leute – bereits an allen Ecken und Enden der Hauptstadt in Verruf gebracht haben und demzufolge, mein Herr, gewisse, Sie betreffende Meinungen über sich selbst erfahren haben dürften. Zum Schluß meines Briefes an Sie, mein Herr, erkläre ich Ihnen, daß die Ihnen bekannte Person, deren Namen ich aus gewissen Gründen nicht erwähne, bei wohlgesonnenen Leuten sehr geachtet ist; darüber hinaus hat sie, dank ihrem fröhlichen und angenehmen Temperament, sowohl im Dienst als auch bei vernünftig denkenden Menschen Erfolg, bleibt ihrem Wort und ihren Freunden treu und verleumdet nicht jemand hinter dem Rücken, mit dem sie – nach außen hin – freundschaftliche Beziehungen unterhält.

Damit verbleibe ich auf jeden Fall Ihr ergebener Diener

N. Wachramejew

PS. Ihren Bedienten werfen Sie am besten hinaus: er ist ein Säufer und macht Ihnen aller Wahrscheinlichkeit nach viel Scherereien; nehmen Sie statt seiner den Jewstafi, der früher bei uns in Diensten stand und zur Zeit stellungslos ist. Ihr jetziger Bedienter aber ist nicht nur ein Säufer, sondern auch ein Dieb, denn er hat erst vorige Woche Karolina Iwanowna ein Pfund Stückzucker zu ermäßigtem Preis verkauft, was er meines Erachtens nur tun konnte, weil er Sie heimtückisch bestohlen hat, nach und nach zu verschiedenen Zeiten. Das schreibe ich Ihnen, weil ich auf Ihr Wohl bedacht bin, obzwar gewisse Personen nur darauf aus sind, andere Leute, vor allem die ehrlichen und die von gutem Charakter, zu kränken und zu hintergehen; darüber hinaus machen sie sie hinter dem Rücken schlecht und stellen alles in entgegengesetztem Sinne dar, einzig und allein aus Neid und weil sie sich selbst nicht als solche bezeichnen können.

W."

Unser Held blieb, nachdem er Wachramejews Brief gelesen hatte, noch lange unbeweglich auf dem Sofa sitzen. Etwas wie ein neues Licht ging ihm auf, in diesem verwirrenden und rätselhaften Nebel, der ihn seit nun schon zwei Tagen umgab. Er versuchte, vom Sofa aufzustehen und ein paarmal auf und ab zu gehen, um sich zu erfrischen, einigermaßen die zerfahrenen Gedanken zu ordnen, sie auf einen gewissen Gegenstand zu richten und, halbwegs zu sich gekommen, seine Lage gründlich zu überdenken. Aber kaum wollte er sich erheben, als er gleich wieder erschöpft und entkräftet zurücksank. Ich habe all das natürlich schon geahnt; indessen – wie schreibt er, und was ist der eigentliche Sinn seiner Worte? Zugegeben, ihren Sinn kenne ich; aber was bezweckt er damit? Würde er offen sagen: So und so, man erwartet von Ihnen, daß Sie dies und jenes tun, dann würde ich es machen. Nur will mir die tournure, die Wendung, die die Angelegenheit nimmt, ganz und gar nicht gefallen! Ach, wenn es doch schon morgen wäre, damit man der Sache möglichst bald auf den Grund kommt! Aber immerhin weiß ich jetzt, was ich zu tun habe. So und so, werde ich sagen, auf vernünftige Gründe gehe ich gerne ein, meine Ehre jedoch verkaufe ich nicht, sondern ... vielleicht sogar im Gegenteil; was hat übrigens diese, diese gewisse, mir wenig wohlmeinende Person damit zu tun? Und wieso gerade damit? Ach, wenn es doch möglichst bald morgen wäre! Sie werden mich bis dahin ganz schön blamieren! Sie intrigieren gegen mich, sie arbeiten mir entgegen! Ich darf vor allem keine Zeit verlieren, sondern sollte zum Beispiel wenigstens gleich den Brief beantworten, dabei aber auch einflechten, daß ich – so und so – bereit wäre, auf dies und jenes einzugehen. Und ihn, den Brief, gleich morgen, sobald es dämmert, abschicken und mich möglichst früh ... hm ... um ihnen, den Guten, Paroli zu bieten und zuvorzukommen ... Sonst bin ich einfach erledigt, und damit aus!

Herr Goljadkin legte den Briefbogen zurecht, ergriff die Feder und brachte in Beantwortung des Schreibens des Gouvernementssekretärs Wachramejew die folgende Botschaft zu Papier:

„Sehr geehrter Herr Nestor Ignatjewitsch!

Mit mein Herz betrübender Verwunderung las ich Ihren für mich kränkenden Brief, aus dem ich deutlich erkenne, daß mit dem Ausdruck ‚gewisse Personen von ungehöriger

Führung' oder ‚Leute von vorgetäuschter guter Gesinnung' nur ich gemeint bin. Ich sehe zu meinem aufrichtigen Kummer, wie rasch, mit welchem Erfolg und wie weit die Verleumdung ihre Wurzeln vorantreibt, zum Schaden meines Wohlergehens, meiner Ehre und meines guten Namens. Das ist um so bedauerlicher und verletzender, weil selbst ehrliche Menschen, Menschen von wirklich vornehmer Denkungsart und vor allem von geradem und offenem Charakter, sich von den Interessen wohlgesinnter Leute lossagen und sich mit den besten Eigenschaften ihres Herzens der verderblichen Fäulnis verschreiben, die sich – ein wahres Unglück – in unserer schweren und unmoralischen Zeit so rasch und äußerst schadenbringend ausgebreitet hat. Ich bemerke schließlich, daß ich es als meine heilige Pflicht betrachte, die von Ihnen angemahnte Schuld in Höhe von zwei Silberrubeln voll zu begleichen.

Was aber Ihre Anspielungen, mein Herr, auf eine gewisse Person weiblichen Geschlechts betrifft, und zwar in Hinsicht auf deren Absichten, Berechnungen und Pläne, so muß ich gestehen, mein Herr, daß mir all diese Andeutungen recht unklar und unverständlich geblieben sind. Gestatten Sie mir indessen, mein Herr, darauf zu dringen, daß meine anständige Gesinnung und mein guter Name unbefleckt erhalten bleiben. Ich bin jedenfalls bereit, mich zu einer persönlichen Aussprache herabzulassen – ich ziehe die mündliche Auseinandersetzung der schriftlichen vor –, überdies bin ich auch bereit, zu einer friedlichen – natürlich beiderseits friedlichen – Verständigung zu kommen. Zu diesem Behufe, mein Herr, bitte ich Sie, der bewußten Person meine Bereitschaft zu einer persönlichen Verständigung mitzuteilen und sie darüber hinaus zu ersuchen, Ort und Zeit dieses Stelldicheins festzusetzen. Es kam mich bitter an, mein Herr, Ihre Anspielungen zu lesen, ich hätte Sie angeblich gekränkt, unserer ursprünglichen Freundschaft abgeschworen und mich abfällig über Sie geäußert. Ich schreibe all das einem Mißverständnis, einer niederträchtigen Verleumdung, dem Neid und dem Übelwollen derjenigen zu, die ich mit gutem Recht meine erbitterten

Feinde nennen darf. Aber sie, meine Feinde, wissen vermutlich nicht, daß die Unschuld schon aus sich selbst heraus stark ist, daß die Schamlosigkeit, die Unverschämtheit und die empörende Ungeniertheit gewisser Personen ihnen früher oder später das Brandmal der allgemeinen Verachtung aufdrücken werden und sie an ihrer eigenen Ruchlosigkeit, an der Verderbtheit ihres Herzens zugrunde gehen müssen. Zum Schluß, mein Herr, bitte ich Sie, selbigen Personen mitzuteilen, daß ihr seltsamer Anspruch und wunderliches, nicht eben vornehmes Bestreben, andere von dem Platz zu verdrängen, den sie zufolge ihrer Existenz auf dieser Welt einnehmen, um ihn ihrerseits einzunehmen, nur Befremden, Verachtung, Bedauern, ja obendrein das Irrenhaus verdienen; daß darüber hinaus ein solches Verhalten durch die Gesetze aufs strengste geahndet wird, was meines Erachtens durchaus gerechtfertigt ist, da jedermann mit der Stellung, die er einnimmt, zufrieden zu sein hat. Alles hat seine Grenzen, und wenn das ein Scherz war, so jedenfalls ein ungehöriger, ja, ich würde sogar sagen, ein völlig unmoralischer, denn ich darf Ihnen versichern, mein Herr, daß meine weiter oben dargelegten Gedanken über die dem oder jenem *zukommende Stellung* absolut moralischer Natur sind.

Ich habe auf jeden Fall die Ehre zu verbleiben Ihr ergebener Diener

J. Goljadkin"

Zehntes Kapitel

Alles in allem kann man sagen, daß die Begebenheiten des vorangegangenen Tages Herrn Goljadkin aufs tiefste erschüttert hatten. Unser Held verbrachte eine äußerst schlimme Nacht, das heißt, er fand kaum fünf Minuten hintereinander richtigen Schlaf: es war, als hätte ihm ein Spaßvogel Schweineborsten aufs Bett gestreut. Die ganze Nacht lag er in einer Art Halbschlaf, wälzte sich hin und her, drehte sich von einer Seite auf die andere, ächzte, krächzte, schlief für einen Augenblick ein, wachte im nächsten Augenblick wieder auf, und all das war von einer sonderbaren Bedrücktheit, von undeutlichen Erinnerungen und widerwärtigen Traumgesichten begleitet – mit einem Wort von allem, was es an Unangenehmem gab ... Bald erschien in einem seltsamen, ja rätselhaften Halblicht Andrej Filippowitsch vor ihm – dürr und gallig, mit nüchternem, kaltem Blick und trocken-höflichem Rüffelton ... Aber kaum ging Herr Goljadkin auf Andrej Filippowitsch zu, um sich so oder anders vor ihm zu rechtfertigen und ihm auseinanderzusetzen, daß er durchaus nicht sei, wie seine Feinde ihn darstellten, vielmehr ganz anders, und zwar so und so, und sogar über gewisse Eigenschaften verfüge, die über die gewöhnlichen, ihm angeborenen hinausgingen, und zwar die und die, als sogleich auch jene durch ihre ruchlose Gesinnung bekannte Person auftauchte und Herrn Goljadkin mit empörenden Mitteln unterbrach, auf der Stelle, sozusagen vor den Augen des Herrn Goljadkin, seiner Reputation den Todesstoß versetzte und sein Ehrgefühl in den Staub trat, um unverzüglich seinen Platz im Dienst sowie in der Gesellschaft einzunehmen. Oder Herrn Goljadkin juckte auf einmal der Kopf von einem Wischer, den er vor nicht allzu langer Zeit verdientermaßen empfangen und demütig hingenommen hatte, sei es nun in der Wohngemeinschaft oder ... nun ja, im Dienst, aber jedenfalls verdientermaßen, so daß es nicht gut anging, sich dagegen aufzulehnen ... Und während Herr Goljadkin sich den Kopf darüber zerbrach, warum es denn nun eigentlich nicht anging, sich wenigstens gegen einen solchen Wischer aufzulehnen, nahm ebendiese Frage nach dem Wischer unmerklich eine ganz andere Form an – die Form einer kleinen oder auch ziemlich bedeutenden Gemeinheit, deren Zeuge er gewesen war, von der er gehört oder die er selber begangen hatte, die oft genug nicht einmal aus Niedertracht, aus einem selbstsüchtigen Motiv heraus begangen worden war, sondern einfach so, zum Beispiel durch Zufall oder aus Rücksicht, ein andermal aus völliger Hilflosigkeit und schließlich darum ... darum ... mit einem Wort – Herr Goljadkin wußte sehr gut, *warum*. Hier wurde er mitten im Traum rot, bemühte sich, sein Erröten zu bezwingen, und murmelte vor sich hin, gerade da zum Beispiel könnte man doch Charakterstärke beweisen, eine ganz gehörige Portion Charakterstärke ... worauf er aber zu dem Ergebnis kam: Charakterstärke – was ist das schon! Wozu gerade jetzt darauf zurückkommen? Am meisten aber reizte und ärgerte Herrn Goljadkin, daß in einem solchen Augenblick – ob nun gebeten oder nicht – jene für die Häßlichkeit und Schmählichkeit ihrer Gesinnung bekannte Person auftauchte und, obwohl die Frage doch wohl schon längst beantwortet war, ihrerseits mit einem höchst unpassenden, giftigen Lächeln murmelte: „Was heißt hier schon Charakterstärke! Du, Jakow Petrowitsch, und ich – und Charakterstärke!" Oder es träumte Herrn Goljadkin, er befinde sich in einer ausgezeichneten Gesellschaft, bekannt für den Witz und den liebenswürdigen Ton aller ihr angehörenden Personen; auch er, Herr Goljadkin, habe sich durch Witz und Liebenswürdigkeit hervorgetan und alle, selbst einige seiner anwesenden Feinde, hätten ihn in ihr Herz geschlossen, was Herrn Goljadkin äußerst angenehm war; ihm sei einstimmig die Palme zuerkannt worden, und schließlich habe er, Herr Goljadkin, mit Vergnügen erlauscht, wie der Herr des Hauses jemanden von den Gästen beiseite nahm und Herrn Goljadkin lobte ... und plötzlich erschien mir nichts, dir nichts wieder diese für ihre üble Gesinnung und ihre unmenschlichen Regungen bekannte Person und machte in Gestalt des Herrn Goljadkin des Jüngeren sogleich, auf der Stelle, in einem Nu durch ihr bloßes Erscheinen den ganzen Triumph, den ganzen Ruhm des Herrn Goljadkin des Älteren zunichte, stellte ihn in den Schatten, trat ihn in den Staub und bewies am Ende klipp und klar, daß Herr Goljadkin der Ältere, das heißt der eigentliche Herr Goljadkin, gar nicht der eigentliche, sondern ein nachgemachter war, wogegen er der echte sei, daß Herr Goljadkin der Ältere schließlich und endlich keineswegs das darstelle, als was er erscheine, sondern nur dies und das sei und infolgedessen nicht das geringste Recht besitze, einer Gesellschaft von Menschen so edler Gesinnung und so guten Tones anzugehören. All das vollzog sich dermaßen schnell, daß Herr Goljadkin der Ältere nicht einmal dazu kam, den Mund zu öffnen, und alle sich schleunigst mit Leib und Seele dem widerwärtigen, nachgemachten Herrn Goljadkin zuwandten und ihm, dem unschuldigen, echten Herrn Goljadkin, voller Verachtung den Rücken kehrten. Es gab niemand, den der widerwärtige Herr Goljadkin der Jüngere nicht im Nu umgestimmt hätte. Es gab niemand, selbst nicht den Unbefugtesten in der ganzen Gesellschaft, an den sich der unnütze, falsche Herr Goljadkin nicht auf seine honigsüße Art herangemacht und dem er nicht geschmeichelt hätte, dem er nicht nach seiner Gewohnheit aufs angenehmste um den Bart gegangen wäre, so daß die von ihm beweihräucherte Person zum Zeichen ihres großen Behagens nur schnupperte und auf das wohligste nieste. Vor allem vollzog sich das alles im Handumdrehen: die Schnelligkeit, mit der der unnütze und verdächtige Herr Goljadkin zu Werke ging, war erstaunlich! Kaum hatte er einen herumgekriegt, sich mit ihm abgeküßt, war er, ehe man mit der Wimper zu zucken vermochte, beim zweiten. Küßte so nebenbei auch den zweiten ab, heimste ein wohlwollendes kleines Lächeln ein, kratzfüßelte mit seinen kurzen, runden, übrigens ziemlich plumpen Beinen, und schon war er beim dritten, machte auch ihm den Hof und wechselte auch mit ihm ein freundschaftliches Küßchen; bevor man dazu kam, den Mund aufzusperren und darüber zu staunen, befand er sich schon beim vierten und stand auch mit dem auf allerbestem Fuß; schauderhaft, geradezu Zauberei! Und alle freuten sich über ihn, und alle hatten ihn in ihr Herz geschlossen und hoben ihn in den Himmel, und alle verkündeten im Chor, seine Liebenswürdigkeit und die satirische Richtung seines Geistes ständen bei weitem über der Liebenswürdigkeit und der satirischen Geistesrichtung des echten Herrn Goljadkin, und sie beschämten damit den echten und unschuldigen Herrn Goljadkin, und sie lehnten den wahrheitsliebenden Herrn Goljadkin ab; ja sie drängten ihn, den Wohlgesinnten, sogar unter Handgreiflichkeiten zur Tür und überschütteten ihn, den für seine Nächstenliebe bekannten, mit Püffen! ... Der vielgeprüfte Herr Goljadkin stürzte bekümmert, entsetzt, ja außer sich auf die Straße hinaus, um eine Droschke zu mieten und schnurstracks zu Seiner Exzellenz zu fahren, und wenn nicht gleich zu Seiner Exzellenz, so wenigstens zu Andrej Filippowitsch, aber – o Schreck! – die Droschkenkutscher lehnten entschieden ab, ihn zu fahren. „Es geht nicht an, Herr", so hieß es, „zwei völlig gleiche Personen auf einmal zu fahren; ein anständiger Mensch, Euer Wohlgeboren, ist darauf aus, ehrlich und nicht irgendwie sonst zu leben, und kommt auf keinen Fall doppelt vor." Der völlig gleiche Herr Goljadkin blickte sich, außer sich vor Scham, nach allen Seiten um und mußte sich mit eigenen Augen davon überzeugen, daß die Droschkenkutscher und der offenbar in heimlichem Einvernehmen mit ihnen stehende Petruschka auf ihre Art recht hatten; denn der andere, der sittlich verkommene Herr Goljadkin befand sich tatsächlich neben ihm, jedenfalls in seiner unmittelbaren Nähe, und stand, wie bei seiner niederträchtigen Veranlagung nicht anders zu erwarten war, auf dem Sprung, irgend etwas höchst Ungehöriges zu unternehmen, das keineswegs jenen besonderen Charakteradel verriet, den man erst durch Erziehung erwirbt, mit dem der widerwärtige Herr Goljadkin zwei jedoch bei jeder Gelegenheit so großtat. Der auf verlorenem Posten stehende, aber unbedingt im Recht befindliche Herr Goljadkin stürzte, überwältigt von Scham und Verzweiflung, davon, einerlei, wohin, ganz wie das Schicksal wollte; doch bei jedem Schritt, bei jedem Auftreten auf den granitenen Bürgersteig schossen, gleichsam unter der Erde hervor, neue Goljadkins empor, die alle dem durch seine Herzensverderbtheit so widerwärtigen Herrn Goljadkin zwei aufs Haar glichen. Und all diese absolut Gleichen machten sich sofort nach ihrem Auftauchen auf den Weg und watschelten im Gänsemarsch in langer Kette hinter Herrn Goljadkin dem Älteren einher; dem in jeder Hinsicht bedauernswerten Herrn Goljadkin verschlug es vor Schreck den Atem; eine grauenerregende Menge von völlig Gleichen fand sich zusammen; und schließlich überschwemmten all diese völlig Gleichen die ganze Hauptstadt, und ein Polizeibeamter, der diese Verletzung des öffentlichen Anstandes bemerkte, sah sich genötigt, all diese völlig Gleichen am Schlafittich zu nehmen und sie in der zufällig ganz in der Nähe befindlichen Wachstube einzuliefern. Unser Held erwachte, eiskalt vor Schrecken und wie gelähmt, und fühlte, eiskalt und wie gelähmt, daß die Zeit auch im Wachen kaum angenehmer verging ... Er war bedrückt, zerquält ... als nagte jemand an seinem Herzen ...

Herr Goljadkin hielt es schließlich nicht länger aus. „Nein, das wird es nicht geben!" rief er, richtete sich entschlossen in seinem Bett auf und wurde endgültig wach.

Es war offenbar längst Tag. Das Zimmer erschien ungewöhnlich hell; durch die mit Reif überzogenen Fensterscheiben sickerten gebündelt die Sonnenstrahlen, was Herrn Goljadkin in ziemliches Erstaunen versetzte; sonst schaute die Sonne auf ihrer Bahn allenfalls mittags bei ihm herein; solche Abweichungen vom Orbit hatte es früher bei der Himmelsleuchte fast nie gegeben; jedenfalls nicht, soweit sich Herr Goljadkin erinnern konnte. Kaum hatte unser Held darüber gestaunt, als die Wanduhr hinter der Trennwand zu summen begann und sich somit vorbereitete zu schlagen. Aha, jetzt kommt's, dachte Herr Goljadkin und horchte mit bekümmerter Erwartung auf. Doch die Uhr schlug, obwohl sie sich sehr anstrengte, nur ein einziges Mal. „Was ist denn das wieder für eine Geschichte?" rief unser Held und war mit einem Satz aus dem Bett. Er stürzte, so wie er war, seinen Ohren nicht trauend, hinter die Trennwand. Wahrhaftig, die Uhr zeigte eins! Herr Goljadkin warf einen Blick auf Petruschkas Bett; doch von Petruschka – keine Spur; sein Bett war offenbar längst verlassen und gemacht; auch seine Stiefel waren nirgends zu sehen – ein sicheres Zeichen dafür, daß Petruschka das Haus verlassen hatte. Herr Goljadkin stürzte zur Wohnungstür: sie war verschlossen. „Ja, wo steckt er nur, der Petruschka?" fuhr er, äußerst erregt und ziemlich stark an allen Gliedern zitternd, im Flüsterton fort. Plötzlich durchzuckte ihn ein Gedanke. Herr Goljadkin stürzte zu seinem Tisch, besah ihn und betastete ihn von allen Seiten; und wirklich, Wachramejews gestriger Brief war fort ... Auch Petruschka blieb hinter seiner Trennwand unauffindbar; die Wanduhr zeigte eins, und in Wachramejews gestrigem Brief waren gewisse neue, auf den ersten Blick im übrigen recht unklare Punkte angeführt, die sich jetzt restlos deuten ließen. Dazu dieser Petruschka, dieser offensichtlich bestochene Petruschka! Ja, ja doch, so verhielt sich das!

„Da also ist dieser ganze Knoten geknüpft worden", rief Herr Goljadkin, schlug sich an die Stirn und riß die Augen immer weiter auf, „dort also, im Nest dieser garstigen Deutschen, verbirgt sich jetzt die ganze Teufelsmacht! Sie also war es, die mich strategisch überlistet und auf die Ismailowski-Brücke hingelenkt hat, nur um mich irrezuführen und zu verwirren (die nichtsnutzige Hexe); auf diese Weise grub sie ihre unterirdischen Gänge! Ja, so ist es! Sobald man die Angelegenheit von dieser Seite betrachtet, sieht das alles so und nicht anders aus! Auch das Auftauchen dieses nichtsnutzigen Schurken erscheint jetzt völlig geklärt: Da paßt eins zum anderen. Sie hatten sich seiner längst versichert, bereiteten ihn darauf vor und sparten ihn für den Notfall auf. Ha, so schaut das alles aus, wie sich jetzt herausstellt! Das also ist des Rätsels Lösung! Gut, macht nichts! Es ist noch nicht zu spät!" Hier erinnerte sich Herr Goljadkin mit Schrecken, daß es bereits auf zwei Uhr mittags ging. Und wenn sie das Ihre inzwischen schon erreicht haben? Ein Stöhnen entrang sich seiner Brust. Aber nein, habt ihr euch so gedacht! Warten wir ab! Er nahm sich, so gut es ging, zusammen, legte Papier und Feder zurecht und schrieb die folgende Epistel:

„Sehr geehrter Herr Jakow Petrowitsch!

Entweder Sie oder ich, etwas anderes gibt es nicht! Und darum erkläre ich Ihnen, daß Ihr seltsamer, lächerlicher und zugleich unerfüllbarer Wunsch, sich als mein Zwilling aufzuspielen und sich als solchen auszugeben, zu weiter nichts als Ihrer restlosen Blamage und Entehrung führen muß. Aus diesem Grunde ersuche ich Sie, von alledem um Ihres eigenen Vorteils willen abzulassen und Menschen von wahrhaft ehrlicher Gesinnung und einwandfreier Zielsetzung den Weg freizugeben. Anderenfalls bin ich zum Äußersten, entschlossen. Ich lege die Feder aus der Hand und warte ...

Im übrigen verbleibe ich Ihr zu allen Diensten – gegebenenfalls auch zu dem mit der Pistole – bereiter

J. Goljadkin"

Nachdem unser Held diesen Zettel geschrieben hatte, rieb er sich energisch die Hände. Dann zog er den Mantel an, setzte den Hut auf, schloß mit dem zweiten, dem Reserveschlüssel, die Wohnungstür auf und eilte zum Departement. Er kam auch vor dem Departement an, konnte sich aber nicht entschließen einzutreten; dazu war es denn doch wahrhaftig zu spät; Herrn Goljadkins Uhr zeigte halb drei. Plötzlich half ihm ein scheinbar völlig belangloser Umstand über gewisse Bedenken hinweg: An der Ecke des Departementsgebäudes tauchte unvermutet – atemlos und feuerrot – eine Gestalt auf, die auf Rattenart die Stufen vor dem Eingang hinauf und gleich darauf in den Hausflur huschte. Es war der Herrn Goljadkin bestens bekannte Schreiber Ostafjew, ein Mann, der hier und da gebraucht wurde und für einen Groschen zu allem bereit war. Unser Held, der von Ostafjews Schwäche wußte und sich sogleich sagte, er müsse nach seiner Abwesenheit vom Departement, die sicherlich dringend erforderlich gewesen war, noch mehr als sonst auf ein paar Groschen begierig sein, beschloß, mit seinen Groschen nicht zu geizen, und schlüpfte gleich hinter Ostafjew über die Stufen vor dem Eingang in den Flur, rief ihn an und lud ihn mit geheimnisvoller Miene ein, ihm in die verschwiegenste Ecke, hinter den riesigen eisernen Ofen, zu folgen. Als sie dort angelangt waren, machte sich unser Held daran, ihn auszufragen.

„Nun, was ist, mein Freund, wie ist das ... da drinnen ... du verstehst mich doch?"

„Zu Befehl, Euer Wohlgeboren, wünsche Euer Wohlgeboren Gesundheit!"

„Gut, mein Freund, sehr gut; ich werde mich dir auch dankbar erweisen. Nun, siehst du, wie also steht es da, mein Bester?"

„Wonach belieben Sie sich zu erkundigen?" Hier drückte Ostafjew mit der Hand seinen von allein aufgegangenen Mund ein wenig zu.

„Ich, mein Freund, habe da ... Dingsda ... du darfst dir aber nichts dabei denken ... Ja also, ist Andrej Filippowitsch im Hause?"

„Jawohl."

„Und die Beamten auch?"

„Jawohl, auch die Beamten, wie sich das gehört."

„Und Seine Exzellenz ebenfalls?"

„Jawohl, Seine Exzellenz ebenfalls." Hier drückte der Schreiber den wieder aufgegangenen Mund aufs neue mit der Hand zu und sah Herrn Goljadkin neugierig und sonderbar an. So jedenfalls erschien es unserem Helden.

„Und es hat sich auch nichts Besonderes getan, mein Freund?"

„Nein, wenn's recht ist."

„Gibt es nicht etwas ... so irgend etwas über mich zu hören, mein Freund, wie? Ich frage nur nebenbei danach, verstehst du, mein Freund?"

„Nein, bisher noch nicht." Hier drückte der Schreiber zum drittenmal mit der Hand seinen Mund zu und sah Herrn Goljadkin aufs neue seltsam an. Es handelte sich darum, daß unser Held jetzt bemüht war, Ostafjews Gesichtsausdruck zu ergründen und daran abzulesen, ob sich nicht dies und das dahinter verbarg; Ostafjew wurde immer barscher und trockener und ging nicht mit derselben Anteilnahme auf Herrn Goljadkins Interessen ein, wie das zu Beginn des Gesprächs der Fall gewesen war. Er hat ja bis zu einem gewissen Grade recht, dachte Herr Goljadkin, wer bin ich eigentlich für ihn? Womöglich hat er schon einiges von der anderen Seite eingenommen und ist vielleicht gerade darum so dringlich unterwegs gewesen. Dann muß ich ihm eben ... Herr Goljadkin verstand, daß nun die Zehnkopekenstücke nachhelfen mußten.

„Hier hast du was, mein Bester ..."
„Empfindsamsten Dank, Euer Wohlgeboren!"
„Du bekommst noch mehr."
„Zu Befehl, Euer Wohlgeboren!"
„Ich gebe dir gleich, auf der Stelle, noch mehr und, wenn die Angelegenheit geklärt ist, denselben Betrag noch einmal. Hast du verstanden?"

Der Schreiber stand da, die Hände an der Hosennaht, und starrte Herrn Goljadkin regungslos an.

„So, und jetzt erzählst du mir, wird da nicht dies und das über mich geflüstert?"

„Bisher ... wohl Dingsda ... noch nicht ... bisher nichts." Ostafjew brachte seine Antworten nur zögernd hervor und behielt – genauso wie Herr Goljadkin – einen einigermaßen geheimnisvollen Ausdruck bei: er zuckte hier und da mit den Brauen und blickte, bemüht, den richtigen Ton zu treffen, zu Boden; mit einem Wort, er war nach Kräften bemüht, sich das Versprochene zu sichern, zumal er das Erhaltene als endgültig erworben und damit als sein Eigentum betrachtete.

„Es ist also weiter nichts zu hören?"
„Bisher noch nicht."
„Hm ... paß auf ... wird es vielleicht später bekannt werden?"
„Später natürlich vielleicht."
Steht schlecht, sagte sich unser Held.
„Hör zu, hier hast du noch was, mein Bester!"
„Zutiefst empfundenen Dank, Euer Wohlgeboren!"
„Ist Wachramejew gestern hiergewesen?"
„Jawohl."
„Und außer ihm vielleicht noch jemand? Denk doch mal nach, mein Bester!"

Der Schreiber kramte ein Weilchen in seinem Gedächtnis, aber es fiel ihm nichts Passendes ein.

„Nein, es ist sonst niemand dagewesen."

„Hm! ..." Schweigen folgte. „Hör zu, mein Bester, ich lege noch was dazu; heraus mit der Sprache, erzähle alles, was du davon weißt!"

„Zu Befehl!" Ostafjew war auf einmal seidenweich; das war es auch, was Herr Goljadkin brauchte.

„Erkläre mir, mein Bester, wie steht er sich jetzt mit ihnen?"

„Nun, recht gut", entgegnete der Schreiber und starrte Herrn Goljadkin ins Gesicht.

„Was heißt – recht gut?"

„Nun, das heißt – es geht." Hier zuckte Ostafjew vielsagend mit den Augenbrauen. Im übrigen war er entschieden in eine Sackgasse geraten und wußte nicht, was er weiter sagen sollte. Steht schlecht! dachte Herr Goljadkin.

„Ist da nicht etwas Neues zwischen ihnen und Wachramejew im Gange?"

„Nein, das ist alles wie zuvor."

„Denk doch mal nach!"

„Doch, da soll was dran sein, sagen die Leute."

„Und das wäre?"

Ostafjew drückte aufs neue den Mund mit der Hand zu.

„Ist da nicht ein Brief an mich von ihnen gekommen?"

„Nun, der Nachtwächter Michejew war heute bei Wachramejew, in der Wohnung dieser ihrer Deutschen. Gut, ich gehe also hin und erkundige mich, wenn es erforderlich ist."

„Tu mir den Gefallen, Verehrter, um Christi willen! Das heißt, ich meine das nur so ... Du, mein Bester, darfst dir nichts dabei denken; hat weiter nichts zu sagen. Aber erkundige dich dort, Verehrter, bring in Erfahrung, ob da nicht etwas gegen mich im Gange ist. Wie er zum Beispiel vorgeht? Das ist es, worauf es mir ankommt; das, mein Freund, mußt du klären; ich werde mich dafür dankbar zeigen, mein Bester ..."

„Zu Befehl, Euer Wohlgeboren. Ihren Platz hat heute übrigens Iwan Semjonytsch eingenommen."

„Iwan Semjonytsch? Ach was! Wahrhaftig?"

„Andrej Filippowitsch hat ihm den Platz zugewiesen ..."

„Nein wirklich? Ja, aus welchem Anlaß denn? Erkundige dich danach, mein Bester, um Christi willen erkundige dich!

Bring alles in Erfahrung, und ich, mein Bester, werde mich nicht lumpen lassen; genau das ist es, worauf es mir ankommt ... Im übrigen brauchst du dir weiter nichts dabei zu denken, Verehrter ..."

„Zu Befehl, zu Befehl, ich mache mich sogleich auf den Weg. Aber wollen Euer Wohlgeboren heute denn nicht eintreten?"

„Nein, mein Freund, ich bin doch nur so, nur zufällig vorbeigekommen, nur, um mich umzuschauen, mein Freund, und werde mich dir dankbar erweisen, mein Bester."

„Zu Befehl!" Der Schreiber eilte dienstbeflissen die Treppe hinauf, und Herr Goljadkin blieb allein.

Steht schlecht, sagte er sich. Schlecht, schlecht! Ach, wie schlecht die Sache steht! Was hat das alles zu bedeuten? Was zum Beispiel bedeuten gewisse Anspielungen dieses Trunkenbolds, und wer steckt dahinter? Ha, jetzt weiß ich, wer dahintersteckt! Die Sache verhält sich so: sie haben vermutlich alles erfahren und ihn an meinen Platz versetzt. Was heißt im übrigen versetzt? Andrej Filippowitsch hat diesem Iwan Semjonowitsch meinen Platz zugewiesen; aber weshalb und zu welchem Zweck? Vermutlich haben sie dies und das erfahren ... Das ist das Werk Wachramejews, oder nein, nicht seins, denn er ist dumm wie Bohnenstroh, der Wachramejew; das ist ihr Werk, sie alle setzen sich für ihn ein und haben auch diesen Spitzbuben gegen mich aufgehetzt; dazu beschwert sich auch noch diese einäugige Deutsche über mich. Ich hatte schon immer den Verdacht, die ganze Intrige kommt nicht von ungefähr und hinter all diesem Altweibergetratsch muß unbedingt etwas stecken; so habe ich mich auch zu Krestjan Iwanowitsch geäußert – man hat sich eben verschworen, einem Menschen im übertragenen Sinn das Genick zu brechen, und diese Karolina Iwanowna eingespannt. Nein, hier sind offenbar Meister ihres Faches am Werk! Meister, mein Herr, und nicht irgendein Wachramejew! Ich habe schon gesagt, daß Wachramejew ein Dummkopf ist, während hier ... ich weiß jetzt, wer hier die Hand im Spiele hat: dieser Halunke, dieser Usurpator! Und darauf stützt er sich, was bis zu einem gewissen Grade auch seine Erfolge in der guten Gesellschaft beweisen. Es wäre in der Tat recht wissenswert, zu erfahren, auf welchem Fuße er mit ihnen steht ... was er so bei ihnen darstellt. Aber wieso haben sie diesen Iwan Semjonowitsch auf meinen Platz versetzt? Als gäbe es keinen anderen! Im übrigen – wen sie da auch hinsetzen, es bleibt immer dasselbe; ich weiß nur eins – daß er, dieser Iwan Semjonowitsch, mir schon seit langem verdächtig erschien: ein unangenehmer, widerwärtiger alter Knaster; man behauptet, er verleiht Geld und streicht dafür jüdische Zinsen ein! Und dabei ist doch all das das Werk des Bären! Er hat sich eingeschaltet. Wie fing es denn an? Es fing an der Ismailowski-Brücke an; jawohl, so war es ... Hier verzog Herr Goljadkin das Gesicht, als hätte er in eine Zitrone gebissen; vermutlich war ihm etwas äußerst Unangenehmes in Erinnerung gekommen. Nun, macht nichts, hat weiter nichts zu sagen! dachte er sich. Ich habe da immer das Meine im Auge. Wo bleibt nur dieser Ostafjew? Vermutlich ist er irgendwo klebengeblieben, oder er ist vielleicht von jemand aufgehalten worden. Nun, daß ich intrigiere und meinerseits unterirdische Gräben ziehe, ist ja auch ganz gut. Ostafjew braucht man nur ein Zehnkopekenstück zu geben, und schon ist er ... Dingsda ... auf meiner Seite. Die Frage ist nur die: Steht er auch wirklich auf meiner Seite? Vielleicht haben sie ihn ... vielleicht haben sie sich mit ihm geeinigt und spinnen bereits ihrerseits die Intrige fort. Er schaut doch drein wie ein Verbrecher, der Schurke, wie ein regelrechter Verbrecher! Er verstellt sich, der Halunke! „Nein, da gibt es nichts Besonderes. Und ich bin Ihnen, Euer Wohlgeboren, zutiefst verpflichtet", hat er gesagt. Ach, du Gauner!

Man hörte ein Geräusch ... Herr Goljadkin schrumpfte in sich zusammen und war mit einem Satz hinter dem Ofen. Jemand ging die Treppe hinunter und betrat die Straße. Wer mag da um diese Stunde das Haus verlassen? fragte sich unser Held. Wenig später hörte er aufs neue Schritte ... Hier hielt es Herr Goljadkin nicht länger aus und streckte die äußerste, nicht mehr als die äußerste Nasenspitze hinter seiner Brustwehr hervor – tat es und prallte sogleich zurück, als habe ihn der Hafer gestochen. Klar, wer da vorüberging! Es war der Galgenstrick, der Intrigant und Liederling; er kam mit seinen gewohnten, gemeinen Trippelschritten daher, wobei er die kurzen Beine so warf, als schlüge er nach jemand aus. Im übrigen vermochte Herr Goljadkin nicht zu übersehen, daß der Gauner eine riesige grüne Aktentasche unter dem Arm hielt, die Seiner Exzellenz gehörte. Er ist also wieder in besonderem Auftrag unterwegs, dachte Herr Goljadkin, lief rot an und schrumpfte vor Ärger noch mehr in sich zusammen als zuvor. Kaum war Herr Goljadkin der Jüngere an Herrn Goljadkin dem Älteren vorbeigehuscht, ohne ihn zu bemerken, als man zum drittenmal Schritte hörte, und dieses Mal erriet Herr Goljadkin, es müsse der Schreiber sein. Und tatsächlich sah eine geleckte Schreibergestalt zu ihm hinter den Ofen; es war allerdings nicht Ostafjew, sondern ein anderer Schreiber mit Namen Pissarenko. Das nahm Herrn Goljadkin einigermaßen wunder. Warum zieht er andere in das Geheimnis hinein? fragte sich unser Held. Diese Barbaren! Es gibt einfach nichts, was ihnen heilig wäre!

„Nun, mein Freund, was ist?“ wandte er sich an Pissarenko. „Wer schickt dich zu mir?“

„Ja, also, ich komme in Ihrer Angelegenheit. Bisher keinerlei Nachricht für Sie; von keiner Seite. Sobald aber welche da sind, werden wir Sie benachrichtigen.“

„Und was ist mit Ostafjew?“

„Nun, Euer Wohlgeboren, er konnte sich einfach nicht frei machen. Seine Exzellenz war schon zweimal durch die Abteilung gekommen, und auch ich habe keine Zeit.“

„Danke, mein Bester, ich danke dir! Nur sage mir ...“

„Bei Gott, ich habe keine Zeit ... Nach unsereinem wird alle Augenblicke verlangt ... Immerhin sollten Sie, wenn's recht ist, hier eine Weile ausharren, damit wir Sie benachrichtigen können, sobald etwas hinsichtlich Ihrer Angelegenheit bekannt wird ...“

„Nein, mein Freund, sage mir erst mal ...“

„Gestatten Sie, ich habe keine Zeit“, entgegnete Pissarenko und versuchte, von Herrn Goljadkin loszukommen, während der ihn am Rockschoß festhielt. „Es geht beim besten Willen nicht. Belieben Sie hier noch ein bißchen zu warten, und wir benachrichtigen Sie."

„Gleich, gleich, mein Freund! Gleich, lieber Freund! Folgendes: Hier hast du einen Brief, ich werde mich dankbar zeigen, mein Lieber."

„Zu Diensten!"

„Bemüh dich darum, ihn Herrn Goljadkin persönlich zu übergeben."

„Herrn Goljadkin?"

„Ja, mein Bester, Herrn Goljadkin!"

„Also gut; ich bringe ihm den Brief, sobald ich alles andere geschafft habe. Bleiben Sie vorerst hier stehen. Hier sieht Sie niemand ..."

„Nein, mein Freund, das glaube nicht ... ich stehe doch nicht hier, damit mich niemand sieht. Ich, mein Bester, bleibe auch nicht hier, ich warte drüben in der Seitengasse. Da gibt es ein Café, und dort warte ich auf dich. Und du benachrichtigst mich, sobald es etwas Neues gibt, und hältst mich über alles auf dem laufenden. Hast du verstanden?"

„Ja, habe ich. Nur lassen Sie mich jetzt gehen. Ich habe verstanden ..."

„Ich werde mich dankbar zeigen, mein Bester!" rief Herr Goljadkin Pissarenko nach, als der sich endlich frei gemacht hatte. Der Spitzbube ist, wie mir scheint, zum Schluß ein bißchen unhöflich geworden, dachte unser Held und kam zögernd hinter dem Ofen hervor. Da gibt es noch einen Haken. Das ist klar. Zuerst ging er auf dies und jenes ein ... wobei er es im übrigen tatsächlich eilig hatte; möglicherweise gibt es viel zu tun. Außerdem war Seine Exzellenz zweimal durch die Abteilung gekommen ... Aus welchem Anlaß wohl? Ach, verdammt, aber macht nichts! Hat vielleicht weiter nichts zu besagen; nun, man wird ja sehen ...

Hier öffnete Herr Goljadkin schon die Tür, um auf die Straße hinauszutreten, aber im gleichen Augenblick fuhr donnernd die Kutsche Seiner Exzellenz am Eingang vor. Herr Goljadkin war kaum zur Besinnung gekommen, als sich die Tür der Kutsche öffnete und der Herr, der in ihr gesessen hatte, auf die Treppe vor dem Eingang sprang. Es war niemand anders als immer derselbe Herr Goljadkin der Jüngere, der sich erst zehn Minuten zuvor aus dem Hause entfernt hatte. Herr Goljadkin der Ältere besann sich, daß die Wohnung Seiner Exzellenz nur wenige Schritte entfernt lag. Der kommt „in besonderem Auftrag", sagte sich unser Held. Währenddessen nahm Herr Goljadkin der Jüngere die dicke grüne Aktentasche und irgendwelche anderen Papiere aus der Kutsche, gab dem Kutscher einen Befehl und riß die Eingangstür auf, wobei er Herrn Goljadkin den Älteren beinahe gestoßen hätte, und eilte, indem er absichtlich keine Notiz von ihm nahm und ihn somit herauszufordern wünschte, die Treppe zum Departement hinauf. Steht schlecht, dachte Herr Goljadkin, ach, was jetzt aus unserer Angelegenheit geworden ist! Schau einer an, Herrgott im Himmel! Unser Held stand wohl noch eine halbe Minute regungslos da; dann hatte er sich entschlossen. Er eilte, ohne lange zu überlegen, wenn auch mit ziemlichem Herzklopfen und Zittern in allen Gliedern, hinter seinem Bekannten die Treppe hinauf. Ach was! Frisch gewagt ist halb gewonnen; was kann mir schon passieren? Mein Name ist Hase! dachte unser Held und legte in der Garderobe Hut, Mantel und Überschuhe ab.

Als Herr Goljadkin seine Abteilung betrat, dämmerte es bereits. Weder Andrej Filippowitsch noch Anton Antonowitsch waren anwesend. Beide befanden sich zur Berichterstattung im Arbeitsraum des Direktors; der Direktor seinerseits war, wie man hörte, auf dem Sprung, bei Seiner Exzellenz vorzusprechen. Zufolge dieser Umstände, aber andererseits auch darum, weil es schon dämmerte und die Dienstzeit zu Ende ging, gaben sich manche von den Beamten, vor allen Dingen die Jugend, im Augenblick, da unser Held eintrat, einer Art Zeitvertreib hin: sie bildeten Grüppchen, unterhielten sich, palaverten und lachten; ja, einige von den Jüngsten, das heißt von den Beamten, die noch keinerlei Beamtentitel hatten, ließen sich bei dem allgemeinen Geraune in aller Stille in der Fensterecke auf ein „Kopf-oder-Schrift-Spielchen" ein. Herr Goljadkin, der wußte, was sich gehörte, und in diesem Augenblick ein besonderes Bedürfnis verspürte, sich anzulehnen und die anderen für sich einzunehmen, trat unverzüglich auf den oder jenen zu, mit dem er sich einigermaßen verstand, und wünschte ihm einen guten Tag und was dergleichen mehr ist. Doch die Kollegen nahmen Herrn Goljadkins Begrüßung recht sonderbar auf. Er war durch die allgemeine Kälte, Trockenheit, ja man könnte sagen, die allgemeine Ablehnung verblüfft, mit der man ihn behandelte. Niemand reichte ihm die Hand. Manche sagten allenfalls „Guten Tag“ und wandten sich ab; andere nickten ihm nur zu, während der und jener ihm einfach den Rücken kehrte und tat, als habe er ihn nicht bemerkt; schließlich wurde er – und das war für Herrn Goljadkin besonders kränkend – nach und nach von gewissen jungen Leuten umringt, die noch keinerlei Beamtentitel besaßen und sich auf weiter nichts als auf ein „Kopf-oder-Schrift-Spielchen“ oder eine gelegentliche „Sause“ verstanden; sie umzingelten ihn und versperrten ihm fast den Weg zum Ausgang. Alle stierten ihn mit beleidigender Neugier an.

Das war ein schlechtes Zeichen. Herr Goljadkin fühlte es und war vernünftigerweise entschlossen, sich auf keinerlei Auseinandersetzungen einzulassen. Plötzlich gab ein gänzlich unerwarteter Umstand Herrn Goljadkin, wie man zu sagen pflegt, den Rest und vernichtete ihn vollends.

In der Gruppe der jungen Kollegen, die ihn umgaben, tauchte auf einmal in dem für Herrn Goljadkin bedrückendsten Augenblick, wie auf Bestellung, Herr Goljadkin der Jüngere auf, wie immer vergnügt, wie immer lächelnd, wie immer Hans Dampf in allen Gassen; mit einem Wort: ein Schäker, ein Stehaufmännchen, ein Speichellecker, immer bereit zu lachen, sowohl zungenfertig als auch gewandt im Kratzfüßeln, genau wie früher, genau wie erst gestern zum Beispiel, in einem recht unangenehmen Augenblick für Herrn Goljadkin den Älteren. Schmunzelnd, sich mit kurzen Schrittchen hin und her wendend, drang er, sozusagen mit einem „Guten-Abend-Lächeln“, in das Häufchen der Beamten ein, drückte diesem die Hand, klopfte jenem auf die Schulter, schloß einen dritten in die Arme, erklärte dem vierten, aus welchem Anlaß Seine Exzellenz ihn benötigt habe, wo er gewesen sei, was er getan und was er mitgebracht habe; den fünften, vermutlich seinen besten Freund, schmatzte er regelrecht ab – mit einem Wort, alles vollzog sich haargenau so wie in Herrn Goljadkin des Älteren Traum. Nachdem Herr Goljadkin der Jüngere genug herumscharwenzelt war, jedem auf seine Weise beigekommen war und alle entsprechend bearbeitet oder abgeküßt hatte, streckte er plötzlich, vermutlich aus Versehen und ohne seinen alten Freund gleich zu erkennen, Herrn Goljadkin dem Älteren die Hand entgegen. Unser Held schlug, vielleicht ebenfalls aus Versehen, obzwar er den niederträchtigen Herrn Goljadkin den Jüngeren durchaus erkannt hatte, begierig in die ihm so überraschend dargebotene Hand ein und drückte sie auf das kräftigste, freundschaftlichste, ja mit einer sonderbaren, völlig überraschenden inneren Bewegung, mit einer Art weinerlichem Gefühl. Ob sich unser Held nun durch die unvermutete Gebärde seines niederträchtigen Feindes täuschen ließ, ob er sich einfach nicht gleich zurechtfand oder im Grunde seines Herzens seiner völligen Wehrlosigkeit bewußt wurde, ist schwer zu sagen. Tatsache ist, Herr Goljadkin der Ältere drückte bei nüchternem Verstand, aus eigenem Antrieb und vor Zeugen feierlich die Hand dessen, den er als seinen Todfeind ansah. Wie groß aber waren sein Erstaunen, seine Wut und seine Auflehnung, wie groß sein Schreck und seine Scham, als ihm sein Widersacher und Todfeind, der niederträchtige Herr Goljadkin der Jüngere, sobald er den Fehler des von ihm verfolgten, unschuldigen, heimtückisch hintergangenen Rivalen erkannt hatte, plötzlich schamlos und eiskalt, gewissenlos und ohne das geringste Mitleid die Hand mit unerträglicher Frechheit und Roheit entzog; und nicht genug damit – er schüttelte sie auch noch, als habe er sie an etwas äußerst Häßlichem beschmutzt; mehr noch – er spie sogar aus, und all das begleitete er mit äußerst beleidigenden Gebärden; ja, er zog sogar das Schnupftuch hervor und wischte sich auf ungehörigste Weise die Finger daran ab, die

– wenn auch nur einen Augenblick – in Herrn Goljadkin des Älteren Hand geruht hatten. Während Herr Goljadkin der Jüngere auf diese Weise vorging, blickte er sich auf seine gemeine Art absichtlich nach allen Seiten um, damit alle sein Verhalten bemerkten, sah jedermann in die Augen und war offensichtlich bemüht, allen einen möglichst ungünstigen Eindruck von Herrn Goljadkin dem Älteren einzuflößen. Doch das Verhalten des widerwärtigen Herrn Goljadkin des Jüngeren schien die allgemeine Empörung der sie umgebenden Beamten hervorgerufen zu haben; selbst die unbesonnene Jugend ließ ihre Mißbilligung erkennen. Murren und Widerspruch erhoben sich. Diese allgemeine Regung konnte an Herrn Goljadkin dem Älteren nicht unbemerkt vorübergehen; aber dann machte ein genau im richtigen Augenblick angebrachtes Scherzwort, das, nebenbei erwähnt, dem Munde des Herrn Goljadkin des Jüngeren entsprang, die letzten Hoffnungen unseres Helden zunichte, zerstörte sie und ließ die Waage sich wieder zugunsten seines nichtsnutzigen Todfeindes neigen.

„Das ist unser russischer Faublas, Herrschaften; gestatten Sie, Ihnen den neuen Faublas vorzustellen“, krähte Herr Goljadkin der Jüngere, wobei er mit der ihm eigenen Unverschämtheit zwischen den Beamten umhertrippelte, um sie herumscharwenzelte und auf den wie versteinerten und zugleich innerlich rasenden echten Herrn Goljadkin zeigte. „Geben wir uns einen Kuß, Herzchen!“ fuhr er mit unerträglich plumper Vertraulichkeit fort und bewegte sich auf den so heimtückisch Beleidigten zu. Der kleine Scherz des nichtsnutzigen Herrn Goljadkin des Jüngeren hatte bei denen, für die er bestimmt war, anscheinend eingeschlagen, zumal er eine Anspielung auf einen gewissen, bereits publik gewordenen und jedermann bekannten Umstand enthielt. Unser Held spürte die schwere Hand der Feinde auf seiner Schulter. Im übrigen hatte er sich bereits entschlossen. Er wand sich, so gut es ging, mit flammendem Blick, bleichem Gesicht und unbeweglichem Lächeln aus der Menge heraus und strebte mit raschen, wenn auch ungleichmäßigen Schritten geradeswegs auf das Arbeitszimmer Seiner Exzellenz zu. Im Vorzimmer traf er den gerade von dort zurückkehrenden Andrej Filippowitsch; und obwohl in diesem Raum eine erhebliche Menge von allerlei anderen, Herrn Goljadkin in diesem Augenblick völlig gleichgültigen Menschen wartete, schenkte unser Held diesem Umstand keinerlei Beachtung. Er trat entschlossen, kühn, beinah erstaunt über sich selbst und sich innerlich ob seiner Kühnheit belobigend, ohne Zeit zu verlieren, auf Andrej Filippowitsch zu, der ob dieses unerwarteten Überfalls nicht wenig verwundert war.

„Aha! ... Sie ... was wünschen Sie?" fragte der Abteilungsleiter, ohne dem plötzlich stockenden Herrn Goljadkin zuzuhören.

„Andrej Filippowitsch, kann ich ... Andrej Filippowitsch, kann ich jetzt gleich und unter vier Augen Seine Exzellenz sprechen?" brachte unser Held beredt und mit Nachdruck hervor, wobei er Andrej Filippowitsch auf das entschlossenste ansah.

„Wie bitte? Nein, natürlich nicht." Andrej Filippowitsch maß Herrn Goljadkin von Kopf bis Fuß mit einem Blick.

„Ich, Andrej Filippowitsch, will damit sagen: ich wundere mich, daß sich hier niemand findet, der diesen Usurpator und Schurken entlarvt."

„Wie bitte?"

„Ja, diesen Schurken, Andrej Filippowitsch."

„Über wen belieben Sie sich in dieser Weise zu äußern?"

„Über eine bestimmte Person, Andrej Filippowitsch. Ich, Andrej Filippowitsch, habe eine bestimmte Person im Auge; und ich befinde mich im Recht ... Ich glaube, Andrej Filippowitsch, die Obrigkeit sollte solche Regungen unterstützen", fügte Herr Goljadkin hinzu, der offenbar nicht mehr wußte, was er sagte. „Andrej Filippowitsch ... Sie werden wohl selber einsehen, daß es sich um eine edelmütige Regung handelt und meine in jeder Hinsicht einwandfreie Gesinnung kennzeichnet, wenn ich meinen Vorgesetzten, Andrej Filippowitsch, die mir wohlwollende Obrigkeit, gleichsam als väterliche Instanz betrachte und ihr mein Schicksal blindlings anvertraue. So verhält sich das, will ich sagen, so und nicht anders ..." Hier begann Herrn Goljadkins Stimme zu zittern, sein Gesicht rötete sich, und Tränen traten ihm in die Augen.

Andrej Filippowitsch wunderte sich, während er Herrn Goljadkin zuhörte, so sehr, daß er unwillkürlich ein paar Schritte zurückwich. Danach sah er sich unruhig im Kreise um ... Schwer zu sagen, womit all das geendet hätte ... Aber plötzlich öffnete sich die Tür des Arbeitszimmers Seiner Exzellenz, und er selber trat in Begleitung einiger Beamten über die Schwelle. Alles, was anwesend war, folgte ihm. Seine Exzellenz winkte Andrej Filippowitsch zu sich heran, schritt neben ihm her und brachte das Gespräch auf irgendwelche dienstlichen Angelegenheiten. Als sich alle in Bewegung setzten, um das Vorzimmer zu verlassen, kam auch Herr Goljadkin zur Besinnung. Er begab sich, klein und unansehnlich geworden, unter die Fittiche Anton Antonowitsch Setotschkins, der seinerseits hinter den anderen einherhumpelte, und zwar mit äußerst strenger und besorgter Miene, wie Herrn Goljadkin schien. Auch hier hab ich danebengehauen, auch hier hab ich mir nur geschadet, sagte er sich, aber schon gut, macht nichts.

„Ich hoffe, daß wenigstens Sie, Anton Antonowitsch, sich bereit finden, mich anzuhören und in meine Umstände einzudringen", stieß er mit leiser, noch vor Erregung ein wenig zitternder Stimme hervor. „Von allen zurückgewiesen, wende ich mich an Sie. Ich kann mir bis zu diesem Augenblick nicht erklären, was Andrej Filippowitschs Worte besagen sollen, Anton Antonowitsch. Vielleicht können Sie sie mir verdeutlichen ..."

„Wird sich alles zur rechten Zeit finden", entgegnete Anton Antonowitsch, und zwar, wie Herrn Goljadkin schien, mit einer Miene, die deutlich zu verstehen gab, daß Anton Antonowitsch nicht die geringste Neigung verspürte, das Gespräch fortzusetzen. „Sie werden in Kürze über alles im Bilde sein. Man wird Sie noch heute in aller Form benachrichtigen."

„Was heißt in aller Form, Anton Antonowitsch? Weshalb in aller Form?" erkundigte sich schüchtern unser Held.

„Darüber, wie die Obrigkeit entscheidet, haben wir beide, Jakow Petrowitsch, nicht zu befinden."

„Weshalb denn die Obrigkeit, Anton Antonowitsch", erkundigte sich, immer verzagter, Herr Goljadkin, „wieso denn die Obrigkeit? Ich sehe keinen Grund, die Obrigkeit damit zu behelligen, Anton Antonowitsch ... Sie wollen vielleicht auf das Gestrige anspielen, Anton Antonowitsch?"

„Nein, auf das Gestrige nicht. Bei Ihnen hinkt da etwas anderes."

„Ja, was denn, Anton Antonowitsch? Mir scheint, Anton Antonowitsch, bei mir ist alles in Ordnung."

„Und wer wollte zusammen mit jemand anderem intrigieren?" schnitt Anton Antonowitsch dem völlig verdutzten Herrn Goljadkin das Wort ab. Herr Goljadkin zuckte zusammen und wurde kreideweiß.

„Natürlich, Anton Antonowitsch", entgegnete er kaum noch wahrnehmbar, „würden alle der Stimme der Verleumdung lauschen und unseren Feinden glauben, ohne die Rechtfertigung der Gegenseite anzuhören, dann, Anton Antonowitsch, dann kann man natürlich schuldlos für nichts und wieder nichts gestraft werden."

„Aha! Und Ihre ungehörige Handlung gegenüber dem vornehmen jungen Mädchen, dessen Ruf Sie geschädigt haben? Gegenüber einem jungen Mädchen aus angesehener, bekannter und wohltätiger Familie, die auch Ihnen allerlei Gutes erwiesen hat?"

„Ja, was denn für eine Handlung, Anton Antonowitsch?"

„Aha! Und von Ihrem löblichen Verhalten gegenüber einem anderen Mädchen, das zwar arm ist, aber aus einer ehrlichen ausländischen Familie stammt, wollen Sie wohl auch nichts wissen?"

„Gestatten Sie, Anton Antonowitsch ... belieben Sie, mich anzuhören, Anton Antonowitsch!"

„Und Ihr treubrüchiges, verleumderisches Verhalten gegenüber einer anderen Person, die Sie dessen anklagen, worin Sie selber gefehlt haben? Wie nennt man das?"

„Ich, Anton Antonowitsch, habe ihn nicht aus meinem Hause verdrängt", erwiderte aufgeregt unser Held, „und auch Petruschka, meinen Bedienten, nichts dergleichen gelehrt ... Er hat mein Brot gegessen, er hat meine Gastfreundschaft genossen", fügte unser Held mit Nachdruck und tiefstem Gefühl hinzu; ihm zitterte dabei sogar ein wenig das Kinn; es fehlte nicht viel, und ihm wären die Tränen gekommen.

„Daß er Ihr Brot gegessen hat, meinen Sie wohl nicht ganz ernst, Jakow Petrowitsch", entgegnete hämisch lächelnd Anton Antonowitsch; in seiner Stimme klang Spott; er machte Herrn Goljadkin betroffen.

„Gestatten Sie noch, Anton Antonowitsch, daß ich Sie untertänigst frage: Weiß Seine Exzellenz von dieser ganzen Angelegenheit?"

„Aber gewiß doch! Im übrigen bitte ich Sie, mich jetzt in Frieden zu lassen ... Sie werden noch heute erfahren, was Sie wissen müssen."

„Gestatten Sie, um Gottes willen noch einen Augenblick, Anton Antonowitsch ..."

„Das können Sie mir später erzählen ..."

„Nein, Anton Antonowitsch! Ich, sehen Sie ... Sie brauchen nur einmal hinzuhören, Anton Antonowitsch ... Ich, Anton Antonowitsch, habe mit der Freigeisterei nichts zu tun, ich halte mich von ihr fern ... Ich meinerseits bin zu allem bereit und habe sogar daran gedacht ..."

„Schon gut, schon gut. Das höre ich nicht zum erstenmal ..."

„Nein, das haben Sie noch nicht gehört, Anton Antonowitsch! Das ist etwas ganz anderes, Anton Antonowitsch, etwas Gutes, wirklich Gutes, das man gerne hört ... Ich hatte nämlich, wie schon oben angedeutet, den Gedanken, Anton Antonowitsch, da habe die Vorsehung Gottes zwei völlig gleiche Wesen erschaffen und die wohlmeinende Obrigkeit, die Vorsehung Gottes erkennend, die Zwillinge bei sich untergebracht. Das ist schön, Anton Antonowitsch. Sie müssen zugeben, daß das schön ist, Anton Antonowitsch, und daß ich von Freidenkerei weit entfernt bin. Für mich nimmt die wohlmeinende Obrigkeit Vaterstatt ein. So und so, wohlmeinende Obrigkeit, der junge Mann muß ... Dingsda ... eine Stellung haben ... Unterstützen Sie mich, Anton Antonowitsch, treten Sie für mich ein... Weiter will ich nichts... Anton Antonowitsch, um Gottes willen, noch ein letztes Wort... Anton Antonowitsch ..."

Doch Anton Antonowitsch war schon längst ein ganzes Stück von Herrn Goljadkin entfernt ... Unser Held aber wußte weder, wo er sich befand, noch was er gehört oder getan hatte, noch wie ihm geschehen war oder was noch mit ihm geschehen würde – dermaßen hatte ihn alles, was er gehört und gesehen hatte, verwirrt.

Er suchte mit flehendem Blick in der Schar der Beamten nach Anton Antonowitsch, um sich besser vor ihm zu rechtfertigen und ihm einiges äußerst Wohlgesinnte, sehr Edelmütige und Angenehme über sich selbst zu sagen. Im übrigen dämmerte trotz Herrn Goljadkins Verwirrung nach und nach ein neues erschreckendes Licht vor ihm auf, das plötzlich alles ringsum, eine ganze Reihe bis dahin völlig unbekannter, ja völlig unvermuteter Umstände erhellte ... In diesem Augenblick stieß jemand unseren ganz aus dem Konzept geratenen Helden in die Seite. Er blickte sich um. Vor ihm stand Pissarenko.

„Ein Brief, Euer Wohlgeboren!"

„Ach! Du bist also schon da gewesen, mein Bester?"

„Nein, er ist hier schon heute früh um zehn Uhr abgegeben worden. Sergej Michejew, der Wächter, hat ihn aus der Wohnung des Gouvernementssekretärs Wachramejew mitgebracht."

„Gut, mein Freund, gut, ich werde mich dankbar erweisen."

Mit diesen Worten verbarg Herr Goljadkin den Brief in der Brusttasche seines Uniformrocks, den er sogleich von oben bis unten zuknöpfte; dann sah er sich um und stellte zu seiner Verwunderung fest, daß er sich schon im Garderobenflur des Departements befand, inmitten eines Haufens von zum Ausgang drängenden Beamten, denn es war Dienstschluß. Herr Goljadkin hatte bis dahin weder diesen Umstand noch die Tatsache bemerkt, daß er, ohne zu wissen, wieso, plötzlich den Mantel und die Galoschen anhatte und seinen Hut in der Hand hielt. Alle standen regungslos und respektvoll da. Die Sache war die, Seine Exzellenz verharrte in Erwartung seiner aus irgendeinem Grunde noch nicht vorgefahrenen Equipage am unteren Treppenende und führte eine äußerst interessante Unterhaltung mit zwei Räten und Andrej Filippowitsch. Ein wenig weiter von den beiden Räten und Andrej Filippowitsch entfernt standen Anton Antonowitsch Setotschkin und einige andere Beamte, die angesichts der Tatsache, daß Seine Exzellenz zu scherzen und zu lachen beliebte, über das ganze Gesicht schmunzelten. Die Beamten, die sich auf den oberen Treppenstufen drängten, schmunzelten ebenfalls und warteten darauf, daß Seine Exzellenz wieder in Lachen ausbrechen werde. Der einzige, der nicht schmunzelte, war Fedossejitsch, der wohlbeleibte Portier; er verharrte kerzengerade neben der Türklinke und wartete ungeduldig auf seine tägliche Vergnügungsration, die darin bestand, daß er mit einer einzigen schwungvollen Handbewegung den einen Türflügel aufriß, um Seine Exzellenz respektvollst und mit tiefer Verbeugung an sich vorbei passieren zu lassen. Am meisten aber freute sich und frohlockte wohl Herrn Goljadkins unwürdiger und wenig edelmütiger Feind. Er vergaß in diesem Augenblick alle Beamten, unterließ es sogar, die Gelegenheit wahrzunehmen, um sich an den und jenen heranzumachen und auf seine niederträchtige Art um sie zu buhlen und herumzuscharwenzeln. Er war auf einmal ganz Auge und Ohr und kroch in sich zusammen, vermutlich, um Seiner Exzellenz besser folgen zu können und keinen Blick von ihm zu lassen; und nur hier und da ging über seinen Kopf, seine Arme und Beine ein kaum wahrnehmbares, krampfhaftes Zucken hin, das seine ganze heimliche, innere Erregung verriet.

Da, wie es ihn packt! dachte unser Held. Schaut drein wie der Favorit in Person, der Halunke! Womit er sich wohl in der guten Gesellschaft eigentlich durchsetzt? Weder Geist noch Charakter oder Bildung oder gar Gefühl; hat einfach Glück, der Spitzbube! Herrgott im Himmel! Wie rasch doch ein Mensch, wenn man es recht bedenkt, voranzukommen vermag und bei allen ins Schwarze trifft! Und er schafft es, der Halunke, ich schwöre, daß er es schafft und noch weit bringt! Hat eben Glück, der Spitzbube! Ich würde gerne wissen, was er ihnen eigentlich zuraunt. Was er für Geheimnisse mit ihnen hat und wovon er mit ihnen tuschelt. Mein Gott! Wenn auch ich mich ... mit ihnen ... auf diese Weise ... ein bißchen ... ob ich ihn einfach bitte ... so und so, ich tu's auch nicht wieder; ich sehe meinen Irrtum ein; ein junger Mensch wie er, Euer Exzellenz, muß heutzutage Beamter sein; am dunklen Umstand daran aber werde ich von nun an keinen Anstoß mehr nehmen – so steht das! Ich werde mich auch in keiner Weise mehr dagegen auflehnen, sondern alles mit Geduld und Demut hinnehmen – so verhält sich das! Ob ich so vorgehe? ... Ihm, diesem Spitzbuben, kommt man anders nicht bei, und wenn man ihm noch so gut zuredet, weiß Gott nicht! Diesem verdrehten Kopf Verstand einzuhämmern ist unmöglich! Und dennoch, ich versuch's! Kann sein, der Augenblick ist günstig, und da versuch ich's eben ...

Er fühlte in seiner Unruhe, in seinem Kummer, seiner Verwirrung, daß es so nicht weiterging, daß die Stunde der Entscheidung auf ihn zukam, daß er sich doch mit jemand aussprechen mußte; und unser Held bewegte sich nach und nach auf die Stelle zu, an der sein unwürdiger und rätselhafter Freund stand; aber gerade in diesem Augenblick fuhr dröhnend die längst erwartete Kutsche Seiner Exzellenz vor. Fedossejitsch riß die Tür auf, verneigte sich bis an die Erde und ließ Seine Exzellenz passieren. Die Wartenden strömten alle auf einmal zum Ausgang und drängten Herrn Goljadkin den Älteren für kurze Zeit von Herrn Goljadkin dem Jüngeren ab. „Du entschlüpfst mir nicht!" murmelte unser Held, bemüht, die Menge zu durchbrechen, und wandte kein Auge von dem, auf den es ihm ankam. Die Menge lichtete sich schließlich. Unser Held fühlte sich in Freiheit und stürzte davon, um seinen Widersacher zu verfolgen.

Herr Goljadkin rang nach Luft, während er wie auf Flügeln hinter seinem sich rasch entfernenden Feind herschoß. Er verspürte eine erschreckende Energie. Im übrigen konnte Herr Goljadkin trotz all der erschreckenden Energie, die er in sich verspürte, durchaus damit rechnen, daß ihn in diesem Augenblick selbst eine gewöhnliche Mücke, sofern sie zu dieser Jahreszeit in Petersburg denkbar gewesen wäre, ohne weiteres mit ihren Flügeln umgerissen hätte. Er fühlte, daß er völlig erschlafft und geschwächt war, daß ihn eine ganz besondere, unbeteiligte Macht mit sich fortriß, daß nicht er selber voranstrebte, daß ihm im Gegenteil die Beine versagten. Im übrigen konnte sich auch noch alles zum besten wenden. Nun, zum besten oder nicht, dachte Herr Goljadkin bei sich, fast atemlos von seiner schnellen Gangart, daran, daß ich verspielt habe, gibt es nichts zu zweifeln; ich bin endgültig verloren, das steht fest, ist klar, beschlossen und unterschrieben. Trotz allem fühlte sich unser Held wie von den Toten auferstanden, wie nach einer gewonnenen Schlacht, wie nach einem errungenen Sieg, als es ihm schließlich gelang, sich am Mantel seines Widersachers festzuklammern, der gerade den Fuß in eine Mietdroschke setzen wollte. „Mein Herr! Mein Herr!“ rief er dem endlich erwischten unwürdigen Herrn Goljadkin dem Jüngeren zu. „Mein Herr, ich hoffe, Sie werden ...“

„Hoffen Sie lieber auf gar nichts“, entgegnete ausweichend Herrn Goljadkins gefühlloser Widersacher, den einen Fuß auf dem Wagentritt, während er mit dem anderen aus Leibeskräften auf die entgegengesetzte Seite der Droschke zu gelangen suchte und vergebens in der Luft mit ihm herumbalancierte, bemüht, das Gleichgewicht zu bewahren und gleichzeitig mit aller Macht seinen Mantel aus Herrn Goljadkin des Älteren Zugriff freizubekommen, der sich seinerseits mit allen ihm von der Natur gegebenen Mitteln dagegen wehrte.

„Jakow Petrowitsch! Nur zehn Sekunden ...“

„Entschuldigen Sie, ich habe keine Zeit.“

„Sie müssen selber zugeben, Jakow Petrowitsch... bitte, Jakow Petrowitsch, um Christi willen, Jakow Petrowitsch ... so und so, eine kurze Aussprache... frisch gewagt ist halb gewonnen ... Eine Sekunde, Jakow Petrowitsch!"

„Ich habe keine Zeit, mein Bester", gab mit ungezogener Familiarität, aber unter der Maske seelischer Güte Herrn Goljadkins pseudo-edelmütiger Widersacher zur Antwort, „ein andermal gerne, glauben Sie mir, reinen Herzens und aus tiefster Seele; aber jetzt – nein, wirklich, ganz unmöglich."

Du Schuft, dachte unser Held.

„Jakow Petrowitsch!" rief er bedrückt aus. „Ich bin niemals Ihr Feind gewesen. So haben mich fälschlich böse Leute dargestellt ... Ich meinerseits bin bereit ... Jakow Petrowitsch, kehren wir doch, wenn's recht ist, gleich hier, in diesem Café ein ... Und ich will Ihnen alles reinen Herzens, wie Sie soeben sehr richtig sagten, offen und ehrlich ... hier, in diesem Café; dann wird sich alles von selbst erklären – jawohl, Jakow Petrowitsch, so ist es! Dann wird sich alles bestimmt von selber erklären ..."

„In diesem Café? Also gut! Meinetwegen, treten wir ein, aber nur unter einer Bedingung, mein Herzchen, nur unter der Bedingung, daß sich dort alles von selbst erklärt. So und nicht anders, mein Herzchen, sozusagen", fuhr Herr Goljadkin der Jüngere fort, stieg aus der Droschke und klopfte unserem Helden unverschämterweise auf die Schulter. „Ach, alter Freund! Dir zuliebe, Jakow Petrowitsch, bin ich bereit, auch eine Seitengasse zu wählen (wie Sie sich, Jakow Petrowitsch, seinerzeit auszudrücken beliebten). So ein Schelm, wahrhaftig! Was er von einem Menschen will, das kriegt er!" fuhr mit einem flüchtigen Lächeln der falsche Freund des Herrn Goljadkin fort und drehte sich und scharwenzelte um ihn herum, um ihn dahin zu bekommen, wo er ihn haben wollte.

Das von den Hauptstraßen ziemlich abgelegene Café, das die beiden Herren Goljadkin betraten, war in diesem Augenblick völlig leer. Eine recht pralle Deutsche erschien am Schanktisch, kaum daß die Klingel über der Tür geläutet hatte. Herr Goljadkin und sein unwürdiger Gegenspieler begaben sich in ein Hinterzimmer, in dem sich ein kurzgeschorener, ein wenig aufgedunsener Junge mit einem Bund Kleinholz zu schaffen machte, bemüht, das ausgegangene Ofenfeuer wieder anzufachen. Auf Bestellung Herrn Goljadkin des Jüngeren wurde Schokolade serviert.

„Ein ausgesprochen appetitliches Frauenzimmer", meinte Herr Goljadkin der Jüngere und zwinkerte Herrn Goljadkin dem Älteren spöttisch zu.

Unser Held errötete und schwieg sich aus.

„Ach ja, entschuldigen Sie, das habe ich ganz vergessen! Ich kenne Ihren Geschmack. Wir, mein Herr, bevorzugen die schlanken deutschen Mädchen; gib's ruhig zu, ehrliche Seele Jakow Petrowitsch, wir beiden sind auf die dünnen, wenn auch noch keineswegs reizlosen deutschen Jüngferlein aus, wir mieten uns bei ihnen ein, führen sie moralisch in Versuchung und geben ihnen für ihre Bier- und Milchsuppen unser Herz hin, wobei wir auch noch allerlei Unterschriften leisten – das ist es, was wir tun, du Faublas und Herzensknicker!"

All das gab Herr Goljadkin der Jüngere zum besten, um auf diese Weise eine zwar völlig nutzlose, ansonsten aber recht boshafte und schlaue Anspielung auf eine gewisse Person weiblichen Geschlechts anzubringen, wobei er Herrn Goljadkin dem Älteren scheinbar um den Bart ging und ihm liebenswürdig zulächelte, um auf diese Weise Entgegenkommen und Freude über die Wiederbegegnung mit ihm vorzutäuschen. Als er aber merkte, daß Herr Goljadkin der Ältere keineswegs so dumm war und es ihm auch nicht an der erforderlichen Bildung und der Kenntnis des guten Tones fehlte, um ihm sogleich alles zu glauben, entschloß sich der nichtswürdige Mensch, seine Taktik zu ändern und mit offenen Karten zu spielen. Gleich nachdem er seine Anzüglichkeit geäußert hatte, schloß der falsche Herr Goljadkin damit, daß er dem wirklichen Herrn Goljadkin mit empörender Unverschämtheit und plumper Vertraulichkeit auf die Schulter klopfte und – nicht genug damit – auch noch in einer in guter Gesellschaft völlig unmöglichen Art mit ihm schöntat, indem er versuchte, seine Ungezogenheit von früher zu wiederholen, das heißt, den empörten Herrn Goljadkin den Älteren trotz dessen Gegenwehr und leiser Aufschreie in die Wange zu kneifen. Unser Held geriet in Anbetracht einer solchen Unanständigkeit außer sich und ... schwieg vorerst dazu ...

„Das betrifft meine Feinde“, entgegnete er schließlich mit bebender Stimme und hielt sich dabei vernünftigerweise zurück. Zugleich blickte sich unser Held unruhig zur Tür um. Die Sache war die, daß sich Herr Goljadkin der Jüngere offenbar in bester Laune befand und im Begriff war, sich in allerlei an öffentlicher Stelle unerlaubte und nach den Regeln der Gesellschaft, insbesondere der des guten Tons, unzulässige Späße einzulassen.

„Also schön, wie Sie wollen“, gab Herr Goljadkin der Jüngere auf den von Herrn Goljadkin dem Älteren geäußerten Gedanken zur Antwort und stellte die mit unanständiger Gier geleerte Tasse auf den Tisch. „Nun, ich weiß nicht, worüber ich mich des längeren mit Ihnen ... im übrigen ... Ja, also, wie geht es Ihnen zur Zeit, Jakow Petrowitsch?“

„Ich kann Ihnen nur eins darauf erwidern, Jakow Petrowitsch“, sagte kaltblütig und würdevoll unser Held. „Ihr Feind bin ich nie gewesen.“

„Hm ... und Petruschka? So heißt er doch wohl? Wenn ich nicht irre – Petruschka? Was macht er also, wie geht es ihm? Alles beim alten?“

„Ja, auch bei ihm ist alles beim alten, Jakow Petrowitsch“, erwiderte, ein wenig verwundert, Herr Goljadkin der Ältere. „Ich weiß nicht recht, Jakow Petrowitsch ... ich meinerseits ... gehe offen und anständig vor ... Jakow Petrowitsch ... das müssen Sie zugeben ...“

„Hm ... ja ... Aber Sie wissen doch selber, Jakow Petrowitsch“, antwortete mit leiser, aber eindrucksvoller Stimme Herr Goljadkin der Jüngere, der sich auf diese Art als betrübt, reuig und von Bedauern erfüllt aufspielte, „Sie wissen, wir leben in einer schweren Zeit ... Ich berufe mich auf Sie selber, Jakow Petrowitsch: Sie sind ein kluger Kopf und haben ein gutes Urteil", flocht Herr Goljadkin der Jüngere ein, indem er Herrn Goljadkin dem Älteren auf das schamloseste schmeichelte. „Das Leben ist kein Zuckerschlecken, das wissen Sie so gut wie ich, Jakow Petrowitsch", schloß Herr Goljadkin der Jüngere und spielte auf diese Weise den klugen und gebildeten Menschen, der auch von höheren Gegenständen zu sprechen wußte.

„Ich meinerseits, Jakow Petrowitsch", begann ermutigt unser Held, „ich meinerseits verabscheue alle Winkelzüge und darf Ihnen sagen, daß ich, um diese ganze Angelegenheit auf vornehme Art zu regeln, offen und ehrlich versichern kann, Jakow Petrowitsch, ich bin an alledem ganz schuldlos; wissen Sie doch selber, Jakow Petrowitsch: Irrtümer auf beiden Seiten – kann alles vorkommen, das Urteil der vornehmen Welt und der ihr kriecherisch ergebenen Menge ... Ich räume offen ein, all das kann so gewesen sein, Jakow Petrowitsch. Ja, ich füge sogar hinzu, Jakow Petrowitsch, wenn man es recht bedenkt und die Angelegenheit von höherer Warte aus betrachtet, will ich ohne zu überlegen und ohne falsche Scham, ja mit Vergnügen zugeben, ich habe mich getäuscht; es macht mir sogar Freude, einzugestehen, daß ich mich getäuscht habe. Das werden Sie als kluger und obendrein edelgesinnter Mensch selber verstehen. Ich bin ohne Scham, ohne falsche Scham bereit, das zu bekennen ...", beendete unser Held würdevoll und edelmütig seine Rede.

„Schicksal, Verhängnis, Jakow Petrowitsch ... Aber lassen wir das!" bemerkte mit einem Seufzer Herr Goljadkin der Jüngere. „Nutzen wir lieber die kurzen Minuten unseres Beisammenseins zu einer nützlichen und angenehmen Unterhaltung, wie sich das unter Amtskollegen gehört ... Wahrhaftig, ich bin die ganze Zeit aus irgendeinem Grunde nicht dazu gekommen, ein paar Worte mit Ihnen zu sprechen ... Daran, Jakow Petrowitsch, habe ich keine Schuld ..."

„Ich auch nicht", unterbrach ihn eifrig unser Held, „ich auch nicht! Mein Herz sagt mir, Jakow Petrowitsch, mich trifft an alledem keine Schuld. Schieben wir die Schuld dem Schicksal zu, Jakow Petrowitsch", fügte Herr Goljadkin der

Ältere in ausgesprochen versöhnlichem Ton hinzu. Seine Stimme wurde allmählich leiser und geriet ins Zittern.

„Also gut. Und wie geht es Ihnen sonst? Wie steht es, insgesamt gesehen, mit Ihrer Gesundheit?" Herrn Goljadkin des Jüngeren Stimme wurde honigsüß.

„Ich huste ein wenig", entgegnete noch süßer unser Held.

„Nehmen Sie sich in acht! Es grassieren da zur Zeit allerlei Viren, man hat im Handumdrehen eine Angina weg, und ich gestehe, ich nehme allmählich schon Zuflucht zum Flanell."

„Tatsächlich, Jakow Petrowitsch, wie leicht man sich eine Angina ... Jakow Petrowitsch!" erwiderte unser Held nach einem sanften Schweigen. „Jakow Petrowitsch! Ich sehe, ich habe mich geirrt ... Ich denke mit Rührung an die glücklichen Stunden zurück, die uns in meinem ärmlichen, aber – ich darf wohl sagen – gastfreien Heim gemeinsam zu verbringen vergönnt waren ..."

„In Ihrem Brief allerdings haben Sie sich ein wenig anders darüber geäußert", meinte einigermaßen vorwurfsvoll der (wenn auch nur in dieser Hinsicht) völlig im Recht befindliche Herr Goljadkin der Jüngere.

„Jakow Petrowitsch, ich war im Irrtum ... Mit aller Klarheit erkenne ich jetzt, ich war im Irrtum hinsichtlich dieses unglückseligen Briefes. Jakow Petrowitsch, ich schäme mich, Ihnen in die Augen zu sehen, ob Sie es glauben oder nicht. Geben Sie mir diesen Brief zurück, Jakow Petrowitsch, damit ich ihn vor Ihren Augen zerfetze; sollte das aber nicht mehr möglich sein, dann flehe ich Sie an, alles in entgegengesetztem Sinne zu deuten, die Worte meines Briefes umgekehrt zu verstehen, das heißt sie als in bewußt freundschaftlicher Absicht niedergeschrieben zu betrachten. Ich war im Irrtum. Verzeihen Sie mir, Jakow Petrowitsch, ich, Jakow Petrowitsch, war in einem betrüblichen Irrtum."

„Was sagten Sie?" erkundigte sich ziemlich zerstreut und gleichgültig der falsche Freund des Herrn Goljadkin des Älteren.

„Ich habe gesagt, daß ich völlig im Irrtum war, Jakow Petrowitsch, und meinerseits durchaus bereit bin, ohne falsche Scham..."

„Aha, sehr schön! Sehr schön, daß Sie im Irrtum waren", gab Herr Goljadkin der Jüngere recht grob zur Antwort.

„Ich, Jakow Petrowitsch, hatte sogar die Idee", setzte unser offenherziger Held vornehmerweise hinzu, ohne die entsetzliche Treulosigkeit seines falschen Freundes im geringsten zu erkennen, „ich hatte sogar die Idee, da seien nun mal zwei völlig Gleiche erschaffen worden ..."

„Ach was! Das war Ihre Idee?"

Hier erhob sich der für seine Nichtsnutzigkeit bekannte Herr Goljadkin der Jüngere von seinem Platz und griff nach dem Hut. Auch Herr Goljadkin der Ältere, der noch immer nicht merkte, daß er getäuscht worden war, stand auf, lächelte seinem falschen Freund treuherzig und edelmütig zu und blieb in seiner Unschuld bemüht, ihn für sich zu gewinnen und zu ermutigen, um auf diese Weise neue Freundschaftsbande mit ihm zu knüpfen.

„Leben Sie wohl, Euer Exzellenz!" rief plötzlich Herr Goljadkin der Jüngere laut. Unser Held, der in der Miene seines Feindes etwas geradezu Bacchantisches entdeckte, zuckte zusammen und legte – einzig und allein, um ihn loszuwerden – zwei seiner Finger in die ihm hingestreckte Hand des amoralischen Menschen; doch hier... hier setzte sich die Unverschämtheit des Herrn Goljadkin des Jüngeren über alle Grenzen hinweg. Er ergriff die zwei Finger von Herrn Goljadkin des Älteren Hand und drückte sie zunächst, worauf sich der Nichtswürdige sogleich vor den Augen des Herrn Goljadkin des Älteren dazu entschloß, seinen schamlosen Spaß vom Vormittag zu wiederholen. Hier war das Maß der menschlichen Geduld erschöpft...

Der andere verbarg bereits das Schnupftuch, an dem er sich die Finger abgewischt hatte, in der Tasche, als Herr Goljadkin zu sich kam und in den Nachbarraum stürzte, wohin sein unversöhnlicher Feind nach seiner üblen Gewohnheit sogleich entschlüpft war. Er stand, als wäre nichts geschehen, am Büfett, verschlang Piroggen und tat, wie einem tugendhaften Menschen erlaubt, mit der deutschen Mamsell schön. In Gegenwart von Damen geht das nicht an, sagte sich unser Held und trat, außer sich vor Aufregung, ebenfalls ans Büfett.

„Das Frauenzimmer ist aber wirklich nicht übel! Wie denken Sie darüber?" fing Herr Goljadkin der Jüngere aufs neue mit seinen ungehörigen Ausfällen an, wobei er anscheinend mit der grenzenlosen Geduld des anderen Herrn Goljadkin rechnete. Die pralle Deutsche ihrerseits blickte die beiden Gäste, da sie offenbar kein Russisch verstand, mit bleiern-unerforschlichen Augen an und lächelte entgegenkommend. Unser Held wurde bei den Worten des keinerlei Scham kennenden Herrn Goljadkin des Jüngeren feuerrot und stürzte sich schließlich, außerstande sich zu beherrschen, auf ihn in der offenkundigen Absicht, ihn zu zerfleischen und so endgültig Schluß mit ihm zu machen; doch Herr Goljadkin der Jüngere hatte, seiner widerwärtigen Gewohnheit folgend, längst das Weite gesucht und Fersengeld gegeben; er befand sich bereits auf der Treppe vor dem Haus. Versteht sich, daß Herr Goljadkin der Ältere, der erklärlicherweise erst einmal zur Salzsäule erstarrt war, sofort zur Besinnung kam und so rasch, wie ihn die Beine trugen, dem Beleidiger nachstürzte, der gerade in eine bereitstehende Droschke einsteigen wollte – mit deren Kutscher er sich wohl längst geeinigt hatte. In diesem Augenblick kreischte jedoch die pralle Deutsche angesichts der Flucht ihrer beiden Gäste auf und schwang aus Leibeskräften ihr Glöckchen. Unser Held wandte sich, gleichsam im Fluge, zu ihr um, warf ihr das Geld für sich und den schamlosen Zechpreller hin, verlangte keinen Rest und schaffte es trotz des Zeitverlustes, seinen Feind noch zu erwischen, wenn auch wiederum erst im Abfahren. Sich mit allen ihm zu Gebote stehenden Kräften an den Kotflügel der Droschke klammernd, jagte unser Held einige Zeit auf der Straße dahin, immer wieder bemüht, in den Wagen zu klettern, was Herr Goljadkin der Jüngere mit aller Gewalt zu verhindern suchte. Der Kutscher trieb indessen die halblahme Mähre sowohl mit der Peitsche als auch mit der Leine, mit dem Fuß und mit Zurufen an; sie jagte völlig überraschend im Galopp drauflos und ging durch, wobei sie nach ihrer üblen Gewohnheit bei jedem dritten Schritt nach hinten ausschlug. Unserem Helden gelang es schließlich, in der Droschke Fuß zu fassen, Auge in Auge mit seinem Widersacher, mit dem Rücken an den Kutscher gelehnt und Knie an Knie mit dem Schamlosen; er krallte sich dabei mit der Rechten aus Leibeskräften in den armseligen Pelzkragen seines erbitterten und unmoralischen Widersachers ...

So fuhren die Feinde eine Weile schweigend dahin. Unser Held wagte kaum zu atmen; das Straßenpflaster war miserabel, er wurde alle Augenblicke hochgeschleudert und riskierte, sich den Hals zu brechen. Darüber hinaus war sein erbitterter Feind noch immer nicht bereit, seine Niederlage hinzunehmen, und bemühte sich, seinen Gegner in den Straßenkot zu stoßen. Um das Maß all des Unangenehmen vollzumachen, herrschte auch noch ein schauderhaftes Wetter. Schnee fiel in dicken Flocken und gab sich alle Mühe, unter den offenstehenden Uniformmantel des echten Herrn Goljadkin zu dringen. Ringsum war es neblig, man konnte die Hand nicht vor den Augen sehen. Es ließ sich nur schwer herausfinden, wohin und durch welche Straßen sie jagten... Herrn Goljadkin schien, es gehe da etwas ihm schon Bekanntes vor sich. Einen Augenblick versuchte er sich zu erinnern, ob er das nicht schon gestern erlebt habe ... zum Beispiel im Traum ... Schließlich steigerte sich sein Kummer bis zur letzten Stufe der Agonie. Er stemmte sich gegen seinen erbarmungslosen Gegner und versuchte zu schreien. Doch der Schrei erstarb auf seinen Lippen. Es kam ein Moment, da Herr Goljadkin alles vergaß und entschied, all das habe nicht das geringste zu bedeuten, geschehe unerklärlicherweise ganz nebenbei und sich aus diesem Anlaß aufzulehnen sei überflüssig und völlig fehl am Platz ... Aber plötzlich, im selben Augenblick, da unser Held zu dieser Entscheidung gekommen war, stellte ein unvorhergesehener Ruck die ganze Angelegenheit auf den Kopf. Herr Goljadkin plumpste wie ein Sack Mehl aus der Droschke und rollte irgendwohin, wobei er sich während des

Sturzes völlig zu Recht eingestand, er habe sich, und zwar im unpassendsten Moment, über Gebühr erregt. Er richtete sich schließlich auf und sah, man war am Ziel, die Mietdroschke hielt in einem Hof, und unser Held erkannte auf den ersten Blick, daß es sich um den Hof des Hauses handelte, in dem Olsufi Iwanowitsch wohnte. Zugleich bemerkte er, daß sein Widersacher bereits die Treppe zum Eingang hinaufstieg und sich vermutlich zu Olsufi Iwanowitsch begab. In seinem unbeschreiblichen Kummer wollte er seinem Feind hinterher, um ihn zurückzuhalten, besann sich aber zu seinem Glück noch rechtzeitig eines Besseren. Herr Goljadkin vergaß nicht, den Mietkutscher zu entlohnen, stürzte auf die Straße hinaus und eilte, so rasch ihn die Beine trugen, davon – einerlei, wohin. Es schneite nach wie vor in dicken Flocken; nach wie vor war es trübe, naß und dunkel. Unser Held ging nicht, er flog, wobei er alles umriß, was ihm begegnete – Männer, Weiber und Kinder, und seinerseits vor Männern, Weibern und Kindern zurückprallte. Ringsum und hinter ihm her hörte man erschrockenes Murmeln, Aufkreischen und Rufen ... Doch Herr Goljadkin schien außer sich zu sein und schenkte alledem nicht die geringste Beachtung. Er kam erst an der Semjonowski-Brücke zu sich, aber auch nur, weil er es ungeschickterweise fertigbrachte, zwei Weiber mitsamt ihren Traglasten umzurennen, und bei dieser Gelegenheit selber hinschlug. Macht nichts, dachte Herr Goljadkin, kann sich alles durchaus noch zum Guten wenden, und er langte schleunigst in die Tasche, in der Absicht, sich mit einem Silberrubel von den verstreuten Pfefferkuchen, Äpfeln, Erbsen und allerlei anderen Waren loszukaufen. Plötzlich hatte er eine Erleuchtung; er tastete in seiner Tasche nach dem Brief, der ihm vormittags von jenem Schreiber eingehändigt worden war. Dabei erinnerte er sich an eine in der Nähe befindliche, ihm wohlbekannte Gastwirtschaft, er trat ein, setzte sich, ohne einen Augenblick zu verlieren, an einen von einer Talgkerze erhellten Tisch, erbrach das Siegel und las, ohne auf etwas anderes zu achten, ohne dem Kellner zuzuhören, der auf ihn zutrat und nach seinen Wünschen fragte, das folgende, ihn endgültig aus der Fassung bringende Schreiben:

„Edler, um mich leidender und meinem Herzen
auf ewig verbundener Mann!

Ich gräme mich, ich gehe zugrunde – rette mich! Ein Verleumder, Intrigant und für die Nichtsnutzigkeit seiner Gesinnung bekannter Mensch hat mich in seine Netze verstrickt, und ich bin verloren! Ich bin gefallen! Aber er ist mir zuwider, während Du ... Man hat uns getrennt, meine Briefe an Dich werden abgefangen, und all das hat dieser unmoralische Mensch erreicht, indem er sich die beste seiner Eigenschaften zunutze machte – die Ähnlichkeit mit Dir. Jedenfalls kann man, auch wenn man häßlich ist, durch Geist, durch die Kraft seines Gefühls und seine angenehmen Manieren fesseln ... ich gehe zugrunde! Man will mich ihm mit Gewalt zur Frau geben, und am meisten intrigiert in dieser Richtung mein Erzeuger und Wohltäter, Staatsrat Olsufi Iwanowitsch – vermutlich, weil er hinsichtlich meiner Beziehungen in der gehobenen Gesellschaft an meinen Platz treten will. Mein Entschluß steht jedoch fest, und ich werde mich mit allen mir zu Gebote stehenden Mitteln widersetzen. Erwarte mich mit Deiner Kutsche heute abend punkt neun vor den Fenstern von Olsufi Iwanowitschs Wohnung. Bei uns findet wieder ein Ball statt, bei dem ein schöner Oberleutnant anwesend sein wird. Ich komme zu Dir heraus, und wir jagen davon. Es gibt schließlich auch andere Dienststellen, an denen man dem Vaterland nützlich sein kann. Vergiß vor allen Dingen nicht, mein Freund, daß die Unschuld allein schon durch ihre Unschuld stark ist! Leb wohl! Warte mit dem Wagen vor dem Eingang. Ich werde mich punkt zwei Uhr nachts in den Schutz Deiner Umarmungen begeben.

Bis zum Grabe die Deine!

Klara Olsufjewna“

Unser Held stand, nachdem er den Brief gelesen hatte, einige Minuten lang wie erschlagen da. Dann ging er, den

Brief in der Hand, von schrecklichem Jammer, von schrecklicher Erregung gepackt, weiß wie ein Taschentuch, in der Gastwirtschaft auf und ab. Vermutlich waren der Aufzug, in dem er sich befand, seine nicht zu unterdrückende Erregung, das Aufundabgehen oder, besser gesagt, das Hinundherrennen, das Gestikulieren, vielleicht auch einige rätselhafte, unbewußt in den Wind gesprochene Worte oder auch all das zusammen daran schuld, daß Herr Goljadkin in der Meinung der übrigen Gäste sehr schlecht abschnitt; selbst der Kellner sah ihn allmählich mißtrauisch an. Als unser Held zu sich kam, erkannte er, daß er mitten im Raum stand und auf ungehörige, ja unanständige Weise einen alten Mann von recht ehrsamem Äußeren anstarrte, der, nachdem er zu Mittag gegessen und vor der Ikone ein Gebet verrichtet hatte, sich wieder an seinen Platz begab und seinerseits kein Auge von Herrn Goljadkin wandte. Unser Held blickte sich unruhig um und stellte fest, daß ihn alle, buchstäblich alle, mit ausgesprochen unheildrohender und mißtrauischer Miene ansahen. Plötzlich verlangte ein abgedankter Offizier mit rotem Kragen laut den „Polizei-Anzeiger". Herr Goljadkin fuhr zusammen und wurde rot; er sah unbewußt an sich herab und erkannte, daß er in einem so ungebührlichen Aufzug war, wie er ihn sich nicht mal zu Hause leistete, geschweige denn in der Öffentlichkeit. Seine Schuhe, die Beinkleider und die ganze linke Seite waren völlig verschmutzt, der Hosensteg am rechten Fuß und auch der Frack waren an mehreren Stellen zerrissen. In seinem unendlichen Kummer ging unser Held auf den Tisch zu, an dem er den Brief gelesen hatte, und bemerkte, daß der Kellner mit einem seltsamen und frech herausfordernden Blick auf ihn zutrat. Völlig verstört und kleinlaut sah sich unser Held den Tisch an, an dem er gesessen hatte. Dort standen unabgeräumte Teller von einem Mittagessen herum; daneben lagen eine befleckte Serviette, ein gerade erst gebrauchtes Messer, eine Gabel und ein Löffel. Wer hat denn hier zu Mittag gegessen? fragte sich unser Held. Etwa ich? Ist schließlich alles möglich! Ich habe zu Mittag gegessen und es einfach nicht bemerkt; was fange ich nun an? Herr

Goljadkin sah auf und erblickte aufs neue den Kellner vor sich, der ihm offenbar etwas sagen wollte.

„Was bekommst du von mir, mein Bester?" erkundigte sich unser Held mit zitternder Stimme.

Ringsum ertönte schallendes Gelächter; selbst der Kellner lächelte. Herr Goljadkin verstand, er hatte auch hier danebengehauen und eine schreckliche Dummheit begangen. Nachdem er das begriffen, wurde er so verlegen, daß er genötigt war, nach dem Schnupftuch in seiner Tasche zu greifen, vermutlich einfach, um etwas zu tun und nicht so dazustehen; er holte jedoch zu seinem eigenen Erstaunen und zur Verwunderung aller nicht etwa sein Taschentuch hervor, sondern ein Gläschen mit einem Medikament, das Krestjan Iwanowitsch ihm vor etwa vier Tagen verordnet hatte. „Das Medikament bekommen Sie in derselben Apotheke", hörte er ihn in Gedanken sagen ... Plötzlich zuckte er zusammen und hätte vor Schreck beinah aufgeschrien. Ihm ging ein Licht auf ... Die dunkle, rötlich-widerwärtige Flüssigkeit stach Herrn Goljadkin unheilverkündend ins Auge ... Das Gläschen war ihm aus der Hand gefallen und sogleich zerschellt. Unser Held schrie auf und wich ein paar Schritte vor der Flüssigkeit zurück ... er zitterte an allen Gliedern, und auf der Stirn und an den Schläfen trat Schweiß hervor. Dann ist also mein Leben in Gefahr! Inzwischen war in der Gastwirtschaft Bewegung, Verwirrung entstanden; alle umringten Herrn Goljadkin, alle redeten auf ihn ein, manche griffen sogar nach ihm. Doch unser Held blieb stumm und regungslos; er sah nichts, hörte nichts, fühlte nichts ... Schließlich riß er sich los und stürzte hinaus; er stieß dabei jeden beiseite, der ihn aufzuhalten versuchte, ließ sich beinahe ohnmächtig in die erste beste Mietdroschke fallen und fuhr im Galopp nach Hause.

Im Flur seiner Wohnung traf er Michejew, den Wächter des Departements, der eine amtliche Zustellung in den Händen hielt. „Ich weiß, mein Freund, ich weiß alles im voraus", sagte mit schwacher, mutloser Stimme unser Held, „es ist ein amtliches Schreiben." Die Zustellung enthielt tatsächlich eine an Herrn Goljadkin gerichtete und von

Andrej Filippowitsch unterzeichnete Anordnung, alle in seiner Hand befindlichen Akten Iwan Semjonowitsch zu übergeben. Herr Goljadkin nahm das Schreiben in Empfang, gab dem Wächter einen Groschen, betrat seine Wohnung und sah, daß Petruschka all seine Lumpen, den ganzen Plunder, den er besaß, auf einen Haufen packte, in der offenkundigen Absicht, Herrn Goljadkin zu verlassen und zu Karolina Iwanowna hinüberzuwechseln, die ihn dazu verlockt hatte, Jewstafis Stelle bei ihr zu übernehmen.

Zwölftes Kapitel

Petruschka trat ein, ein wenig schwankend, in sonderbarlässiger Haltung und mit feierlicher Bedientenmiene. Man sah, er hatte sich etwas ausgedacht, fühlte sich durchaus in seinem Recht und blickte völlig unabhängig drein, das heißt als der Bediente anderer Leute, und keineswegs mehr als der des Herrn Goljadkin, seines bisherigen Herrn.

„Nun, da siehst du's, mein Lieber", begann, nach Atem ringend, unser Held, „wie spät haben wir es, mein Bester?"

Petruschka verschwand wortlos hinter der Trennwand, kehrte zurück und erklärte in ziemlich selbstbewußtem Ton, es gehe bereits auf halb acht.

„Also gut, mein Lieber, gut. Ja, siehst du, mein Bester, laß dir sagen, zwischen uns beiden ist anscheinend alles aus."

Petruschka schwieg.

„Und jetzt, da alles zwischen uns aus ist, sage mir offen wie zu einem Freund, wo bist du denn nun gewesen, mein Bester?"

„Wo ich gewesen bin? Nun, bei guten Leuten."

„Weiß ich, mein Freund, weiß ich. Ich bin mit dir immer zufrieden gewesen und fertige dir auch ein gutes Zeugnis aus ... Und was stellst du nun so bei ihnen dar?"

„Was soll ich schon darstellen, Herr! Können Sie sich wohl denken. Kennt man doch: Ein guter Mensch wird nichts Schlechtes von einem verlangen."

„Weiß ich, mein Bester, weiß ich. Aber gute Menschen sind heutzutage selten geworden, mein Freund; lerne sie schätzen, mein Bester. Und wie sind sie so?"

„Na, wie schon, kennt man doch ... Bei Ihnen, Herr, kann ich jedenfalls nicht länger dienen; das werden Sie ja wohl verstehen."

„Weiß ich, mein Lieber, weiß ich; dein Eifer, deine Beflissenheit sind mir bekannt; ich habe all das beobachtet und mir gemerkt, mein Freund. Ich, mein Freund, schätze dich. Ich schätze einen guten und ehrlichen Menschen, auch wenn es ein Bedienter ist."

„Nun ja, kennt man doch! Aber unsereins, werden Sie selber verstehen, geht dahin, wo er's besser hat. Das ist nun mal nicht anders. Was macht mir das schon aus! Kennt man doch, Herr, ein anständiger Mensch wird überall gebraucht."

„Nun gut, mein Bester, gut; sehe ich alles ein ... Hier hast du also dein Geld und hier dein Zeugnis. Und nun geben wir uns einen Kuß und nehmen voneinander Abschied, mein Freund ... So, und jetzt, mein Lieber, bitte ich dich um einen letzten Gefallen, um einen letzten Dienst", sagte Herr Goljadkin in feierlichem Ton. „Siehst du, mein Bester, es gibt da so mancherlei. Der Kummer, mein Freund, ist auch in vergoldeten Gemächern zu Haus, und niemand vermag ihm zu entgehen. Du weißt, mein Bester, ich bin, so scheint mir, immer freundlich zu dir gewesen ..."

Petruschka schwieg.

„Mir scheint, ich bin immer freundlich zu dir gewesen ... Ja, also, mein Teurer, wieviel Wäsche haben wir zur Zeit im Hause?"

„Alles vollzählig. Sechs Baumwollhemden; drei Paar Socken; vier Chemisetts; ein Unterhemd aus Flanell und zwei Paar Unterhosen. Mehr ist nicht vorhanden, wissen Sie ja wohl selber. Ich, Herr, habe mich an Ihrem Hab und Gut nicht vergriffen. Ich habe auf das herrschaftliche Eigentum ein wachsames Auge gehabt ... Ich bin mit Ihnen ... Dingsda ... kennt man doch ... eine Verfehlung aber, das hat es nie gegeben; wissen Sie doch selber, Herr ..."

„Glaub ich dir, glaub ich dir, mein Freund. Ich meine aber etwas ganz anderes; es handelt sich, siehst du, um folgendes, mein Freund ..."

„Kennt man ja, mein Herr; ist unsereinem bekannt. Ich wurde seinerzeit, als ich noch beim General Stolbnjakow in Diensten stand, beurlaubt, und sie selber fuhren nach Saratow ... dort hatten sie nämlich ein Stammgut ..."

„Nein, mein Freund, das meine ich nicht; ich habe da ... lieber Freund, du darfst dir nichts dabei denken ..."

„Kennt man doch! Obwohl man unsereins, das belieben Sie selber zu wissen, im Handumdrehen verleumden kann. Und dennoch war man überall mit mir zufrieden. Es hat da Minister, Generale, Senatoren und Grafen gegeben. Ich habe bei ihnen allen in Diensten gestanden – bei Fürst Swintschatkin, bei Oberst Pereborkin, bei General Nedobarow; auch die fuhren gelegentlich auf ihre Stammgüter, zu den Unseren, kennt man ja ..."

„Ja doch, mein Freund, ja; alles sehr schön und gut. Auch ich, mein Freund, verreise ... Jeder hat seinen eigenen Weg, mein Bester, und niemand weiß, welcher Weg einem bestimmt ist. Und nun, mein Freund, leg mir alles zum Anziehen zurecht; auch meinen Galarock ... andere Beinkleider, Bettücher, Bettdecken und Kissen ..."

„Und wünschen Sie, daß ich all das zu einem Bündel verschnüre?"

„Ja, mein Freund, ja; am besten wohl zu einem Bündel. Wer weiß, was alles mit uns geschehen kann. Und dann, mein Lieber, machst du dich auf den Weg und beschaffst mir eine Kutsche ..."

„Eine Kutsche?"

„Ja, mein Freund, eine Kutsche, eine möglichst geräumige Kutsche, und zwar für einige Zeit. Du, mein Freund, brauchst dir weiter nichts dabei zu denken ..."

„Ja, wollen Sie denn weit weg?"

„Weiß ich nicht, mein Bester, weiß ich nicht. Ich glaube,

du solltest auch mein Federbett dazupacken. Was hältst du davon, mein Freund? Ich verlasse mich ganz auf dich, mein Lieber ..."

„Wollen Sie denn jetzt gleich aufbrechen?"

„Ja, mein Freund! Es hat sich da ein gewisser Umstand ergeben ... so ist das nun einmal, mein Bester, so – und nicht anders ..."

„Kennt man doch, mein Herr! Bei uns im Regiment ist es einem Oberleutnant genauso ergangen; den haben sie dort bei einem Gutsbesitzer abgeholt ..."

„Abgeholt? Wie das, mein Lieber, du glaubst wohl ..."

„Jawohl, sie haben ihn abgeholt und in einem anderen Gutshaus mit ihr getraut. War alles vorbereitet. Es gab zwar eine Verfolgung, nur schaltete sich da der verstorbene Fürst persönlich ein, und die ganze Geschichte wurde beigelegt ..."

„Sie wurden getraut? Ja, wieso denn, mein Lieber? Und wieso, mein Bester, weißt du davon?"

„Wieso? Kennt man doch. Die Spatzen pfiffen es von allen Dächern. Weiß man ja, Herr ... natürlich, wer begeht nicht mal einen Fehltritt? Nur sage ich Ihnen, Herr – gestatten Sie, es Ihnen geradeheraus, auf Bedientenart zu vermelden –, wenn es nun einmal so und nicht anders steht, dann muß ich Sie darauf aufmerksam machen: Sie haben da einen Feind, einen Rivalen oder wie sich das nennt, einen starken Rivalen, Herr! Jetzt wissen Sie es ..."

„Ich weiß, mein Freund, ich weiß; genausogut wie du, mein Bester ... Ja, also, ich verlasse mich ganz auf dich. Wie müssen wir denn nun vorgehen, mein Freund? Was würdest du mir raten?"

„Ja, Herr, wenn Sie also sozusagen auf diese Art und Weise zu handeln gedenken, dann müßten Sie sich wohl noch dies und jenes anschaffen – zum Beispiel Bettlaken, Kissen, ein neues zweischläfriges Federbett und eine vernünftige Decke – ist alles bei der Nachbarin unter uns zu haben, einer Kleinbürgerin, Herr. Sie hat da auch einen sehr anständigen Umhang aus Fuchsfell; den sollten Sie sich ansehen und erwerben; wir können gleich hinuntergehen und ihn in

Augenschein nehmen. Genau das, was Sie jetzt brauchen, Herr; ein vorzüglicher Umhang, außen Atlas und innen Fuchsfell ..."

„Also gut, mein Freund, gut; ich bin einverstanden, ich verlasse mich ganz auf dich, auch was den Umhang betrifft, mein Freund ... Aber rasch, möglichst rasch! Um Gottes willen möglichst rasch! Bitte, ich kaufe auch den Umhang, nur muß das alles möglichst rasch geschehen. Es ist bald acht, also beeile dich um Gottes willen, mein Freund! Mach schon, spute dich, mein Freund!"

Petruschka ließ das noch nicht fertiggepackte, unverschnürte Bündel mit der Wäsche, den Kissen, der Decke, den Bettüchern und allerlei anderem Kram liegen und stürzte Hals über Kopf aus dem Zimmer. Herr Goljadkin griff inzwischen aufs neue zu dem Brief, konnte ihn aber nicht lesen. Er nahm den zerquälten Kopf in beide Hände und lehnte sich ratlos an die Wand. Zu denken vermochte er ebensowenig wie zu handeln; er wußte selber nicht, was sich mit ihm tat. Als Herr Goljadkin sah, wie die Zeit verging, aber weder Petruschka noch der Umhang kamen, entschloß er sich, selber hinunterzugehen. Er öffnete die Tür zum Flur und hörte unten Lärmen, Streiten und allerlei Hinundhergerenne. Mehrere Nachbarinnen plapperten und schrien durcheinander, schätzten ab und feilschten – worum es dabei ging, war Herrn Goljadkin natürlich klar. Man vernahm auch Petruschkas Stimme; dann hörte man Schritte. „Mein Gott, sie holen die ganze Menschheit zusammen!" stöhnte Herr Goljadkin, rang verzweifelt die Hände und stürzte zurück in sein Zimmer. Dort angelangt, sank er beinahe besinnungslos auf das Sofa, mit dem Gesicht auf das Polster. Nachdem er wohl eine Minute so gelegen hatte, sprang er, ohne länger auf Petruschka zu warten, auf, zog Galoschen, Hut und Mantel an, steckte die Brieftasche ein und eilte Hals über Kopf die Treppe hinunter. „Ich brauche nichts, nicht das geringste, mein Bester! Ich mache das alles selber. Dich will ich vorerst nicht bemühen; vielleicht wendet sich meine Angelegenheit noch zum besten", murmelte Herr Goljadkin, zu Petruschka gewandt, dem er auf der Treppe begegnete; dann eilte er auf den Hof und von da auf die Straße hinaus; sein Herz stockte; er war noch unentschlossen ... Wie sollte er sich entscheiden, was sollte er tun, wie im gegenwärtigen kritischen Zeitpunkt handeln?

„Ja doch, Herrgott im Himmel, wie soll ich handeln? Mußte denn all das so kommen?“ rief er schließlich verzweifelt aus, während er auf gut Glück, ohne sich im klaren zu sein, wohin, die Straße entlangtrottete. Mußte alles so kommen? Wenn das, gerade das nicht geschehen wäre, hätte sich alles einrenken können; auf einmal, mit einem Schlag, mit einem einzigen geschickten, energischen und handfesten Schlag hätte sich alles einrenken können. Den Finger lasse ich mir abhacken, wenn sich das alles nicht hätte einrenken können! Und ich weiß sogar, auf welche Weise es sich hätte alles einrenken können! Das wäre so geschehen: Ich hätte gesagt – so und so, mein Herr, nur komme ich mit Ihnen, mit Verlaub, keinen Schritt weiter; so kommt man in dergleichen Angelegenheiten nicht voran; nein, mein hochverehrter Herr, hätte ich gesagt, so nicht; durch Usurpation kann man bei uns nichts werden; der Usurpator, mein Herr, ist ... Dingsda ... ein nichtsnutziges Subjekt, das dem Vaterland keinerlei Vorteil bringt. Begreifen Sie das, mein Herr? hätte ich gefragt. So wäre das ... Dingsda ... vor sich gegangen. Im übrigen, nein ... so ist es nicht, sondern im Gegenteil ganz anders ... Was fasele ich ausgemachter Dummkopf zusammen? Ich Selbstmörder! All das, du Selbstmörder, verhält sich doch ganz anders ... So schau dir doch mal an, du Mensch ohne Moral, was alles daraus folgt! Wo soll ich nun mit mir hin? Was fange ich zum Beispiel jetzt mit mir an? Wozu tauge ich nach alledem? Wozu – mit Verlaub – taugst du nach alledem, du Goljadkin, du, du Unwürdiger, du? Was also weiter? Ich muß also eine Kutsche mieten; miet halt eine Kutsche und laß sie vorfahren, sonst könnte ich mir womöglich nasse Füßchen holen ... Und nun – wer hätte das erwartet? Ach, Sie, mein Fräulein, hochzuverehrende Dame, Sie junges Mädchen von höchst moralischem Gebaren! Ach, Sie von jedermann unter uns bis in den

Himmel Erhobene! Da haben Sie sich aber was geleistet, Gnädigste, weiß Gott, das haben Sie! Und all das kommt von der unmoralischen Erziehung; ich, der ich mir das näher angesehen habe und tiefer eingedrungen bin, erkenne, daß das nur von der Unmoral herrührt. Statt es ihr von Kindesbeinen an so richtig ... gelegentlich sogar mit der Rute ... einzubläuen, überfüttert man sie mit Konfekt und allerlei Süßigkeiten, und selbst der alte Knaster in Person raunt ihr ins Ohr: Du meine Soundso, du meine Beste, sollst einen Grafen zum Mann bekommen. Und nun hat sie sich entpuppt und ihre Karten aufgedeckt; so, bitte schön, wird bei uns gespielt! Statt sie von Kindheit an im Hause zu behalten, schickt man sie zu einer französischen Madame in Pension! Zu irgendeiner Emigrantin Falballat; und dort, bei dieser Emigrantin Falballat, lernt sie allerlei hinzu – und da ergibt sich dann alles andere von selbst. Bitte schön, Sie sollen Ihren Spaß daran haben. Aber seien Sie um soundso viel Uhr mit einer Kutsche vor unseren Fenstern und geben Sie eine gefühlvolle spanische Romanze zum besten; ich warte auf Sie und weiß, daß Sie mich lieben; wir fliehen und leben gemeinsam in irgendeiner Hütte. Aber so geht es doch wohl nicht; das, meine Dame, ist – geradeheraus gesagt – einfach nicht statthaft; die Gesetze verbieten es, ein unbescholtenes, unschuldiges junges Mädchen ohne Einverständnis von Vater und Mutter aus dem Elternhaus zu entführen. Und wozu auch? Zu welchem Zweck? Wozu ist das erforderlich? Also gut, würde sie jemanden heiraten, der zu ihr paßt und ihr vom Schicksal bestimmt ist, einverstanden damit, fertig! Ich dagegen nehme im Dienst eine bescheidene Stelle ein und kann diese Stelle sogar verlieren; ich, mein Fräulein, komme dafür womöglich vor Gericht! So verhält sich das, wenn Sie es wissen wollen! Da steckt diese Deutsche dahinter. Von ihr, der Hexe, rührt das alles her, sie hat diese Auseinandersetzungen entfacht. Weil man einen Menschen verleumdet, weil man Weiberklatsch über ihn aufbringt, sich eine unerhörte Geschichte mit verteilten Rollen ausdenkt, auf Andrej Filippowitschs Rat – daher kommt das alles. Welchen Grund hätte sonst Petruschka, sich in die Angelegenheit einzumischen? Was hat er damit zu tun? Hat er das nötig, der Spitzbube? Nein, meine Dame, ich kann nicht, um keinen Preis, es ist mir völlig unmöglich ... Sie, meine Verehrte, müssen mich in diesem Fall schon entschuldigen. All das geht nämlich von Ihnen aus, Gnädigste, und keineswegs von der Deutschen, von der Hexe, sondern von Ihnen, weil diese Hexe ein gutmütiges Frauenzimmer ist und keinerlei Schuld daran hat, die Schuld, meine Verehrteste, liegt bei Ihnen; da haben Sie es! Sie, Gnädigste, bringen mich in unverschuldeten Verdacht... Da geht ein Mensch zugrunde, verzehrt sich aus sich selbst heraus und kann sich nicht fangen – was soll da eine Hochzeit? Wie soll das alles enden? Und wie läßt sich das jetzt einrenken? Ich würde viel dafür geben, um all das zu erfahren ...

So überlegte in seiner Verzweiflung unser Held. Als er plötzlich zu sich kam, merkte er, daß er in der Litejnaja stand. Das Wetter war schauderhaft; es taute, schneite und regnete – alles zugleich, kurzum, genauso wie damals, in der unvergeßlich-schlimmen mitternächtlichen Stunde, da Herrn Goljadkins ganzes Unglück begann. Was soll da ein Ausflug mit der Kutsche? dachte sich Herr Goljadkin angesichts des Wetters. Das ist ja das Ende der Welt ... Herrgott im Himmel! Wo nehme ich jetzt zum Beispiel eine Kutsche her? Aber da hinten an der Ecke scheint sich etwas Dunkles abzuzeichnen. Gehen wir der Sache nach ... Mein Gott! fuhr unser Held in Gedanken fort und lenkte die unsicheren, nicht allzu festen Schritte dorthin, wo er etwas wie eine Kutsche zu sehen glaubte. Nein, ich mache es so: Ich gehe hin, werfe mich, wenn man mich nicht daran hindert, vor seine Füße und flehe ihn demütigst an. So und so, sage ich. Ich lege mein Schicksal in Ihre, in der Obrigkeit Hände; nehmen Sie mich in Schutz, Euer Exzellenz, erweisen Sie mir die Wohltat; so und so, sage ich, da gibt's dies und das, es handelt sich hier um etwas Ungesetzliches; richten Sie mich nicht zugrunde, ich betrachte Sie gleichsam als meinen Vater, lassen Sie mich nicht im Stich ... retten Sie meine Ambitionen, meine Ehre und meinen Namen ... vor diesem Bösewicht, diesem verdorbenen Subjekt ... Er ist ein anderer Mensch als ich, und ich bin ein anderer als er, Euer Exzellenz; er ist ein Mensch für sich, und ich bin einer für mich; ich bin wahrhaftig ein Mensch für mich, Euer Exzellenz, jawohl, das bin ich; so verhält sich das. Ich halt es einfach nicht aus, ihm zu gleichen; ändern Sie das, befehlen Sie, daß sich das ändert und diese gottlose, eigenmächtige Verstellung ein Ende findet ... damit sich nicht andere ein Beispiel daran nehmen, Euer Exzellenz! Sie sind für mich gleichsam der Vater; die Obrigkeit, die gewiß wohlmeinende und sich um uns sorgende Obrigkeit, sollte solche Regungen ermuntern ... In ihnen verbirgt sich sogar eine Art Ritterlichkeit. Ich räume der wohlmeinenden Obrigkeit sozusagen Vaterstatt über mich ein, vertraue ihr mein Schicksal an und werde nicht widersprechen; ich vertraue mich ihr an und ziehe mich freiwillig von den Amtsgeschäften zurück ... So verhält sich das!

„Was ist, mein Bester, bist du Mietkutscher?"

„Ja, bin ich ..."

„Ich brauche eine Kutsche, für diesen Abend ..."

„Und wie weit wünschen Sie gefahren zu werden?"

„Ich brauche die Kutsche für diesen Abend, für den ganzen Abend! Wohin, mein Freund, weiß ich noch nicht – wohin es immer sei."

„Wollen Sie etwa nach außerhalb?"

„Ja, mein Freund, möglicherweise auch nach außerhalb. Das, mein Bester, weiß ich selber nicht so genau, das kann ich dir, mein Lieber, noch nicht mit Bestimmtheit sagen. Es kann sich, siehst du, mein Lieber, alles vielleicht auch noch zum Guten wenden. Kommt doch vor ..."

„Gewiß, mein Herr, natürlich; geb Gott jedem das Seine!"

„Ja, mein Freund, ja, ich danke dir; was verlangst du denn nun dafür, mein Bester?"

„Belieben Sie gleich zu zahlen?"

„Ja, gleich, das heißt gleich noch nicht, wir müssen an einer bestimmten Stelle ein bißchen warten, mein Lieber ..."

„Nun, wenn Sie die Kutsche für die ganze Zeit mieten,

muß ich Ihnen schon sechs Rubel berechnen, zumal bei diesem Wetter."

„Also gut, mein Freund, gut; ich werde mich auch dankbar zeigen, mein Freund. So, und jetzt fahren wir also los!"

„Steigen Sie ein; gestatten Sie, ich bringe hier noch rasch etwas in Ordnung; so, jetzt nehmen Sie bitte Platz! Wohin also befehlen Sie zu fahren?"

„Zur Ismailowski-Brücke, mein Freund."

Der Mietkutscher kletterte auf den Bock und setzte die beiden mageren Mähren, die er mit Mühe und Not von der Heukrippe losbekommen hatte, in Bewegung, auf die Ismailowski-Brücke zu. Doch Herr Goljadkin zog plötzlich an der Schnur und bat den Kutscher mit flehender Stimme, umzukehren und nicht zur Ismailowski-Brücke, sondern in eine andere Straße zu fahren. Der Kutscher kehrte um, und zehn Minuten später hielt Herrn Goljadkins eben gemietete Kutsche vor dem Haus, in dem Seine Exzellenz wohnte. Herr Goljadkin stieg aus, ersuchte den Kutscher dringend, zu warten, und eilte mit stockendem Herzen in den ersten Stock; er zog an der Klingelschnur, die Tür öffnete sich, und unser Held befand sich im Flur Seiner Exzellenz.

„Geruht Seine Exzellenz zu Hause zu sein?" wandte sich Herr Goljadkin an den Diener, der ihn einließ.

„Und worum handelt es sich?" fragte der Lakai und maß Herrn Goljadkin von Kopf bis Fuß mit dem Blick.

„Ich, mein Freund, habe da nämlich ... Goljadkin, Beamter, Titularrat Goljadkin. Ich komme, um mich in einer gewissen Angelegenheit mit ihm auszusprechen ..."

„Warten Sie; gleich geht es nicht ..."

„Mein Freund, ich kann nicht warten, mein Anliegen ist wichtig und duldet keinen Aufschub ..."

„Ja, von wem kommen Sie denn? Kommen Sie mit Papieren?"

„Nein, mein Freund, ich komme in eigener Sache ... Melde also, mein Freund, so und so, in eigener Sache, um sich auszusprechen. Ich werde mich dir auch dankbar zeigen, mein Bester ..."

„Geht nicht. Ich habe die Weisung, niemanden vorzulassen; Seine Exzellenz hat Gäste. Bemühen Sie sich morgen früh um zehn Uhr hierher ..."

„Melden Sie mich schon, mein Lieber; ich kann nicht, es ist mir nicht möglich, zu warten. Sonst werden Sie sich dafür zu verantworten haben, mein Bester ..."

„So geh doch hin und melde ihn! Was kostet's dich? Tun dir etwa die Schuhsohlen leid?" sagte ein anderer Lakai, der sich auf einer Bank lümmelte und bis dahin kein Wort hervorgebracht hatte.

„Sinnlos die Schuhsohlen abzuwetzen! Er hat befohlen, niemand vorzulassen, weißt du doch wohl? Deren Zeit ist der Vormittag."

„Melde ihn! Oder verrenkst du dir dabei die Zunge?"

„Gut, ich melde ihn; meine Zunge verrenke ich mir schon nicht. Er hat es aber verboten; jawohl, hat er. Aber kommen Sie schon herein!"

Herr Goljadkin trat ein; im ersten Zimmer stand eine Uhr auf dem Tisch. Er schaute hin: Sie zeigte halb neun. Ihm preßte sich das Herz zusammen; in diesem Augenblick rief jedoch ein hochaufgeschossener Lakai, der auf der Schwelle zum nächsten Zimmer erschien, laut seinen Familiennamen. So was von Stimme auch! dachte in seinem unbeschreiblichen Kummer unser Held ... Hättest du meinetwegen gemeldet: Dingsda ... so und so ... ich bin ergebenst und demütigst erschienen, um mich mit Ihnen auszusprechen ... belieben Sie mich ... Dingsda ... zu empfangen ... Jetzt ist die ganze Geschichte verdorben, meine Angelegenheit zum Teufel; aber ... schon gut ... macht nichts ... Zum Überlegen blieb auch keine Zeit. Der Lakai kehrte zurück, sagte: „Bitte!" und geleitete Herrn Goljadkin in den Arbeitsraum des Hausherrn.

Als unser Held eintrat, glaubte er gleichsam erblindet zu sein, denn er vermochte nicht das geringste zu erkennen. Immerhin sah er zwei, drei Gestalten an sich vorüberflimmern. Nun, das werden Gäste sein, schoß es Herrn Goljadkin durch den Kopf. Schließlich vermochte unser Held deutlich den Stern am schwarzen Frack Seiner Exzellenz zu erkennen, darauf, die Reihenfolge einhaltend, den Frack selber, und am Ende hatte er sein volles Sehvermögen wiedererlangt.

„Also bitte?“ fragte eine wohlbekannte Stimme irgendwo über Herrn Goljadkin.

„Titularrat Goljadkin, Euer Exzellenz.“

„Ja, und?“

„Ich bin gekommen, um mich auszusprechen ...“

„Wieso? ... Worüber?“

„Nun ja, das ist nun mal nicht anders. So und so, ich bin gekommen, um alles klarzustellen, Euer Exzellenz ...“

„Ja, wer ... ja, wer sind Sie denn?“

„Herr ... Herr ... Herr Goljadkin, Euer Exzellenz, Titularrat Goljadkin.“

„Und was wünschen Sie nun?“

„So und so, ich nehme die Obrigkeit an Vaters Statt an; ich ziehe mich freiwillig von den Amtsgeschäften zurück und bitte, mich vor meinem Feind in Schutz zu nehmen – so, das wär's!“

„Ja, worum handelt es sich denn?“

„Ist doch bekannt ...“

„Was ist bekannt?“

Herr Goljadkin schwieg; sein Kinn geriet allmählich ins Zucken ...

„Nun?“

„Ich habe geglaubt, es handelt sich um etwas wie Ritterlichkeit, Euer Exzellenz ... um Ritterliches, und betrachte meinen Vorgesetzten sozusagen als Vater ... so und so, will ich sagen, schützen Sie mich, ich flehe ... ich ... flehe Sie unter Tränen an, denn solche Re ... Regungen soll ... sollte man unterstützen ...“

Seine Exzellenz wandte sich ab. Unser Held vermochte sekundenlang nichts zu unterscheiden. Sein Herz krampfte sich zusammen. Der Atem stockte. Er wußte nicht, wo er sich befand ... Er hatte ein beschämendes und trauriges Gefühl. Was danach kam, war für ihn unverständlich ... Nachdem unser Held wieder zu sich gefunden hatte, bemerkte er, daß Seine Exzellenz sich mit seinen Gästen unterhielt und sich offenbar ziemlich brüsk und in starken

Ausdrücken über etwas ausließ. Einen der Gäste erkannte Herr Goljadkin sofort. Es war Andrej Filippowitsch; den anderen glaubte er nicht zu kennen; dennoch erschien ihm dessen Gesicht ebenfalls nicht fremd – er war hochgewachsen, kräftig gebaut, stand in vorgerückten Jahren und besaß ziemlich dichte Augenbrauen, einen ebensolchen Backenbart und einen ausdrucksvollen, lebhaften Blick. Von seinem Hals hing ein Orden herab, und zwischen seinen Lippen steckte eine Zigarre. Der Unbekannte rauchte, nickte vielsagend, ohne die Zigarre aus dem Mund zu nehmen, und sah von Zeit zu Zeit zu Herrn Goljadkin hin. Herrn Goljadkin wurde peinlich zumute; er wandte die Augen ab und erblickte sogleich einen weiteren höchst bemerkenswerten Gast. In einer Tür, die unser Held bis dahin für einen Spiegel gehalten hatte, wie ihm schon einmal geschehen war, erschien *er* – und wer sollte es sein, wenn nicht Herrn Goljadkins intimer Bekannter und Freund! Herr Goljadkin der Jüngere war bislang in einem kleinen Raum nebenan gewesen und hatte eilig an etwas geschrieben; jetzt war er offenbar so weit, daß er hereinkommen mußte, und er kam mit Papieren unter dem Arm, trat auf Seine Exzellenz zu und wußte sich, solange sich dessen Aufmerksamkeit nicht ausschließlich seiner Person zuwandte, äußerst geschickt in die Unterhaltung oder Beratung einzumischen, wobei er sich teils ein wenig hinter Andrej Filippowitschs Rücken, teils hinter dem Zigarre rauchenden Unbekannten verbarg. Herr Goljadkin der Jüngere nahm an dem Gespräch augenscheinlich sehr regen Anteil, wobei er auf vornehme Art zuhörte, ab und zu nickte, rasch von einem Fuß auf den anderen trat, lächelte und in einem fort zu Seiner Exzellenz hinsah, als flehe er ihn an, auch ihm zu gestatten, ein Wörtchen einzuflechten. Der Schuft! dachte Herr Goljadkin der Ältere bei sich und machte unwillkürlich einen Schritt auf ihn zu. Im selben Augenblick wandte sich Seine Exzellenz um und trat – ein wenig unentschlossen – auf Herrn Goljadkin zu.

„Also gut, gut; gehen Sie mit Gott! Ich sehe mir Ihre Angelegenheit noch einmal an, gebe jetzt indessen Befehl,

Sie zum Ausgang zu begleiten ..." Hier sah Seine Exzellenz den Unbekannten mit dem dichten Backenbart an. Der nickte zum Zeichen seines Einverständnisses.

Herr Goljadkin fühlte und begriff mit aller Klarheit, daß man ihn als etwas ganz anderes ansah und keineswegs so, wie es sich gehörte. Nun, erklären muß ich mich ihnen aber doch, dachte er, so und so, Euer Exzellenz ... Hier blickte er in seiner Verwirrung zu Boden und entdeckte zu seinem Erstaunen auf den Schuhen Seiner Exzellenz einen ziemlich großen hellen Fleck. Sollten Sie einen Riß bekommen haben? fragte sich Herr Goljadkin. Bald darauf erkannte er jedoch, daß die Schuhe Seiner Exzellenz keineswegs gerissen waren, sondern nur stark glänzten, ein Phänomen, das sich mühelos daraus erklären ließ, daß sie lackiert waren und das Licht widerspiegelten. Das nennt sich ein *heller Tupfen*, dachte unser Held, und besonders hat sich dieser Ausdruck in den Malerwerkstätten erhalten, während man das an anderer Stelle *Widerschein* nennt. Hier sah Herr Goljadkin auf und verstand, daß es an der Zeit war zu sprechen, da die Angelegenheit andernfalls durchaus eine schlechte Wendung nehmen konnte ... Unser Held trat einen Schritt vor.

„So und so, Euer Exzellenz", sagte er, „durch Usurpation kommt man heutzutage nicht weiter."

Seine Exzellenz antwortete nicht, sondern zog heftig an der Klingelschnur. Unser Held trat einen weiteren Schritt vor.

„Er ist ein niederträchtiger, unmoralischer Mensch, Euer Exzellenz", fuhr er außer sich fort, wobei er vor Angst und Schrecken verging, aber trotz alledem kühn und entschlossen auf seinen unwürdigen Zwillingsbruder zeigte, der in diesem Augenblick neben Seiner Exzellenz hin und her trippelte, „so und so, ich spiele damit auf eine bestimmte Person an."

Eine allgemeine Bewegung folgte Herrn Goljadkins Worten. Andrej Filippowitsch und der Unbekannte nickten; Seine Exzellenz riß ungeduldig, aus Leibeskräften an der Klingelschnur, um die Dienerschaft herbeizurufen. Und hier trat Herr Goljadkin der Jüngere einen Schritt vor.

„Euer Exzellenz", sagte er, „ich bitte zutiefst ergeben um

Ihre Erlaubnis, sprechen zu dürfen.“ Herrn Goljadkin des Jüngeren Stimme klang äußerst entschlossen; alles an ihm deutete darauf hin, daß er sich unbedingt im Recht fühlte. „Gestatten Sie mir die Frage“, begann er aufs neue, wobei er in seinem Eifer der Antwort Seiner Exzellenz zuvorkam und sich an Herrn Goljadkin den Älteren wandte, „gestatten Sie mir die Frage, in wessen Gegenwart Sie sich auf diese Weise äußern? Vor wem stehen Sie, in wessen Arbeitsraum befinden Sie sich?“ Herr Goljadkin der Jüngere war äußerst erregt und flammte vor Zorn und Entrüstung; ihm traten sogar die Tränen in die Augen.

„Die Herrschaften Bassawrjukow!“ brüllte aus voller Kehle ein Lakai, der auf der Türschwelle zum Arbeitsraum erschien. Eine gute Adelsfamilie, stammt aus Kleinrußland, dachte Herr Goljadkin und fühlte im selben Augenblick, wie sich eine Hand äußerst freundschaftlich gegen seinen Rücken stemmte; dann kam eine zweite dazu; Herrn Goljadkins niederträchtiger Zwilling tänzelte vor ihnen und wies den Weg; und unser Held erkannte mit aller Deutlichkeit, daß man ihn offenbar zum Hauptausgang des Arbeitsraumes schob. Genau wie bei Olsufi Iwanowitsch, sagte er sich und befand sich plötzlich im Flur. Er sah sich um und erblickte zwei Lakaien Seiner Exzellenz und einen gewissen Zwilling neben sich.

„Den Mantel, den Mantel, den Mantel meines Freundes! Den Mantel meines besten Freundes, her damit!“ plapperte der verdorbene Mensch drauflos, riß dem einen der Bedienten den Überzieher aus den Händen und warf ihn Herrn Goljadkin – zum allgemeinen, boshaften Gelächter – absichtlich über den Kopf. Herr Goljadkin der Ältere, der sich von seinem Mantel befreien mußte, hörte die beiden Lakaien lachen. Aber er kümmerte sich nicht darum und beachtete solche Nebensächlichkeiten nicht; er verließ den Flur und befand sich bereits im erhellten Treppenhaus. Herr Goljadkin der Jüngere war ihm gefolgt.

„Auf Wiedersehen, Euer Exzellenz!“ rief er Herrn Goljadkin dem Älteren nach.

„Schuft!“ stieß unser Held außer sich hervor.

„Schuft? Na und wennschon …“

„Amoralischer Mensch!“

„Amoralischer Mensch? Na und wennschon …“, gab dem tugendhaften Herrn Goljadkin sein unwürdiger Widersacher zur Antwort und blickte ihm mit der ihm eigenen Gemeinheit, ohne mit der Wimper zu zucken, vom Treppenabsatz herab in die Augen, als bäte er ihn, fortzufahren. Unser Held spie vor Entrüstung aus und stürzte auf die Treppe vor dem Eingang hinaus; er war so erschlagen, daß er sich hinterher nicht erinnern konnte, wer ihm in die Kutsche half und wie alles vor sich ging. Als er zu sich kam, erkannte er, daß man an der Fontanka entlangfuhr. Offenbar zur Ismailowski-Brücke, sagte sich Herr Goljadkin. Hier wollte er noch über etwas nachdenken, vermochte es jedoch nicht; es war etwas dermaßen Entsetzliches, daß man es einfach nicht beschreiben kann … Nun, macht nichts! entschied unser Held und ließ sich zur Ismailowski-Brücke fahren.

Dreizehntes Kapitel

Das Wetter schien sich zum Besseren zu wenden. Wahrhaftig, der nasse Schnee, der bislang in regelrechten Schwaden niedergegangen war, fiel immer spärlicher, schließlich hörte es fast ganz auf zu schneien. Man sah den Himmel, und hier und da blitzten Sterne auf. Es war nur naß, matschig, feucht und stickig, besonders für Herrn Goljadkin, der ohnehin nach Atem rang. Sein durchnäßter und schwer gewordener Mantel strahlte eine unangenehme feuchte Wärme aus, die all seine Glieder durchdrang, und die ohnehin beträchtlich geschwächten Beine schwankten unter seiner Last. Ein fiebriges Zittern rieselte wie ein beißender, scharfer Schauer über seinen ganzen Körper. Die Erschöpfung trieb Herrn Goljadkin krankhaften, kalten Schweiß aus den Poren, so daß er selbst bei dieser günstigen Gelegenheit die ihm so gewohnte und mit der ihm eigenen Festigkeit und Entschlossenheit vorgebrachte Lieblingswendung „Wird vielleicht doch noch werden und sich sicherlich, ja unbedingt plötzlich zum Guten wenden“ zu wiederholen vergaß. Im übrigen hat all das weiter nichts zu bedeuten, fügte unser charakterfester, nicht zu entmutigender Held in Gedanken hinzu und wischte sich die kalten Wassertropfen aus dem Gesicht, die überall von der Krempe seines steifen und dermaßen durchnäßten Huts herunterrannen, daß es einfach keine Rettung mehr vor ihnen gab. Nachdem sich unser Held gesagt hatte, all das sei schließlich noch nicht so schlimm, versuchte er, sich auf einem ziemlich dicken Holzklotz niederzulassen, der neben einem Stapel Brennholz auf Olsufi Iwanowitschs Hof lag. An spanische Serenaden und seidene Strickleitern war natürlich nicht zu denken; wohl aber mußte man an einen bescheidenen, wenn auch nicht allzu warmen, dafür aber gemütlichen, anheimelnden Winkel denken. Nebenbei bemerkt, liebäugelte unser Held mit jenem behaglichen Winkel neben Olsufi Iwanowitschs Wohnungsflur, wo er seinerzeit, fast ganz zu Anfang dieser wahren Geschichte, gute zwei Stunden zwischen einem Schrank und einem alten Wandschirm inmitten von allerlei Gerümpel herumgestanden hatte. Die Sache war die, daß Herr Goljadkin auch jetzt wieder bereits volle zwei Stunden auf Olsufi Iwanowitschs Hof herumstand und wartete. Nur ergaben sich jetzt bezüglich des früher so anheimelnden und gemütlichen Winkels gewisse Schwierigkeiten, die es früher nicht gegeben hatte. Die erste war: man hatte diese Örtlichkeit vermutlich bemerkt und hinsichtlich ihrer seit der Geschichte auf dem letzten Hausball bei Olsufi Iwanowitsch gewisse Vorsichtsmaßnahmen ergriffen; und zweitens war schließlich ein unmißverständliches Zeichen von Klara Olsufjewna zu erwarten, denn so ein unmißverständliches Zeichen mußte es unbedingt geben. So wurde das schon immer gemacht, und wir sind weder die ersten noch die letzten ... Hier fiel Herrn Goljadkin im richtigen Augenblick ein schon vor langer Zeit gelesener Roman ein, in dem die Heldin ihrem Alfred unter genau denselben Umständen das ihm allein verständliche Zeichen gibt – sie bindet ein rosa Schleifchen ans Fenster. Ein rosa

Schleifchen kam indessen zu dieser nächtlichen Stunde, dazu bei dem für seine Feuchtigkeit und Unbeständigkeit bekannten Sankt-Petersburger Klima nicht in Betracht und war mit einem Wort völlig unmöglich. Nein, von seidenen Strickleitern kann nicht die Rede sein, dachte unser Held, ich bleibe lieber still und unauffällig stehen, zum Beispiel hier... Und er suchte sich auf dem Hof ein Plätzchen neben dem Brennholzstapel, genau gegenüber den Fenstern. Natürlich kam allerlei überflüssiges Volk vorbei – Vorreiter, Kutscher; außerdem ratterten Räder, schnoben Pferde und so weiter; und dennoch war der Platz nicht schlecht gewählt: Ob man Herrn Goljadkin nun entdeckte oder nicht, zunächst jedenfalls erwies sich als vorteilhaft, daß sich die Angelegenheit sozusagen im Schatten abspielte und er von niemand gesehen wurde, während er selber buchstäblich alles beobachten konnte. Die Fenster waren hell erleuchtet; bei Olsufi Iwanowitsch fand ein feierlicher Empfang statt. Von Musik war übrigens noch nichts zu hören. Dann ist es also kein Ball, sondern man ist aus einem anderen Anlaß zusammengekommen, sagte sich unser Held, wobei ihm ein wenig das Herz stockte. Ja, war denn überhaupt heute gemeint? schoß es ihm durch den Kopf. Hab ich mich nicht im Datum geirrt? Mag sein, mag alles sein... Es kann sich zum Beispiel so zugetragen haben... Der Brief wurde vielleicht schon gestern geschrieben, hat mich aber nicht am selben Tag erreicht, und zwar darum, weil sich dieser Schlingel Petruschka einschaltete! Oder er ist erst morgen geschrieben worden; nicht doch, was rede ich da... ich meine, daß ich all das erst morgen machen, das heißt erst morgen mit der Kutsche auf sie warten sollte... Hier überlief es unseren Helden eiskalt, und er griff nach dem Brief in seiner Tasche, um sich Klarheit zu verschaffen. Doch der Brief war zu seiner Verwunderung nicht da. „Ja, was denn", murmelte Herr Goljadkin mehr tot als lebendig, „wo hab ich ihn denn gelassen? Hab ich ihn etwa verloren? Das hätte gerade noch gefehlt!" stöhnte er zum Schluß. „Und wenn er nun in die unrechten Hände gerät? Oder vielleicht schon geraten ist? Herrgott im Himmel! Was wird die Folge sein?

Etwas, das man geradezu ... Ach, du verhaßtes Schicksal!" Herr Goljadkin zitterte wie Espenlaub bei dem Gedanken, sein intriganter Zwilling habe, als er ihm den Mantel über den Kopf warf, die Absicht verfolgt, ihm diesen Brief abzuluchsen, von dem er über Herrn Goljadkins Feinde Wind bekommen haben mochte. Außerdem versteht er sich ja aufs Abfangen, dachte unser Held, und als Beweis ... aber was sollen hier Beweise! ... Nach der ersten Schreckensstarre schoß Herrn Goljadkin das Blut in den Kopf. Er griff sich stöhnend und zähneknirschend an die heißen Schläfen, ließ sich auf seinem Holzklotz nieder und versuchte, über etwas nachzudenken. Doch die Gedanken wollten sich in seinem Kopf nicht aneinanderfügen. Da flimmerten irgendwelche Gesichter, irgendwelche längst vergessenen Begebenheiten – bald undeutlich, bald scharf umrissen – an ihm vorüber, und allerlei Motive von irgendwelchen dummen Liedern drängten sich ihm auf ... Eine einzige, eine übernatürliche Drangsal! Mein Gott, mein Gott, dachte unser Held, nachdem er einigermaßen zu sich gefunden hatte, und unterdrückte das dumpfe Schluchzen in seiner Brust, gib mir die innere Festigkeit in all der bodenlosen Tiefe meines Elends wieder! Daß ich verloren habe, daß ich völlig abgeschrieben bin – daran besteht kein Zweifel mehr; all das geht durchaus in Ordnung, denn es kann einfach nicht anders sein. Erstens habe ich meine Stelle verloren, ja, das unbedingt, und etwas anderes war gar nicht zu erwarten ... Nun, nun, zugegeben, das läßt sich vielleicht noch einrenken. Und auch mein Geld reicht für den Anfang aus; ich brauche eine andere Wohnung, dies und jenes Möbelstück ... Aber erstens wird es keinen Petruschka mehr bei mir geben. Ich finde mich schon ohne den Schlingel zurecht ... mit Hilfe der Untermieter; also gut! Ich komme und gehe, wann es mir paßt, und kein Petruschka ist da, der knurrt, weil ich so spät nach Hause finde; so ist das alles; das ist der Vorteil, den man von seinen Untermietern hat! Also zugegeben, all das ist ganz schön und gut; aber wieso rede ich von alledem, und nicht davon, worauf es jetzt ankommt? Hier erleuchtete wieder der Gedanke an seine gegenwärtige Lage Herrn Goljadkins

Gedächtnis. Er blickte sich nach allen Seiten um. Ach du lieber Gott! Mein Gott! Worüber rede ich da mit mir selber? dachte er völlig fassungslos und griff sich an den erhitzten Kopf.

„Belieben Sie nun bald weiterzufahren, Herr?" hörte er eine Stimme über sich fragen. Herr Goljadkin zuckte zusammen; doch vor ihm stand nur sein Mietkutscher, auch er durchnäßt und durchgefroren bis auf die Knochen; ihm war vor lauter Ungeduld und Langeweile der Einfall gekommen, zu Herrn Goljadkin hinter den Holzstapel zu schauen.

„Ich, mein Freund ... ich komme; bald, mein Freund, sehr bald; aber du warte noch solange ..."

Der Mietkutscher ging, wobei er etwas vor sich hin brummte. Warum brummt er eigentlich? dachte Herr Goljadkin unter Tränen. Ich habe ihn für den ganzen Abend verdingt und befinde mich schließlich ... in Dingsda ... in meinem Recht ... so verhält sich das! Ich habe dich für den ganzen Abend verdingt und damit Schluß. Und wenn du die ganze Zeit mit Warten zubringst – einerlei! Steht alles in meinem Belieben. Ich kann mich ebensogut irgendwohin fahren lassen wie auch nicht. Und wenn ich hier hinter dem Holzstapel stehe, so hat selbst das nicht das geringste zu bedeuten ... und du hast mir nicht dreinzureden; der Herr wünscht hinter dem Holzstapel zu stehen, und da steht er eben ... und rührt damit an niemandes Ehre – jetzt weißt du's! Jetzt wissen Sie es, meine Verehrte, sofern Sie es zu wissen wünschen. So und so, meine Verehrte, in einer Hütte pflegt heutzutage niemand mehr zu hausen. Da haben Sie es! Und ohne Sittsamkeit, meine Dame, kommt man in unserem Jahrhundert des Gewerbefleißes nicht aus, wofür Sie selber ein warnendes Beispiel abgeben ... Hm ... als Gruppenvorsteher dienen und in einer Hütte am Meeresufer leben ... Erstens, meine Verehrte, gibt es am Meeresufer keine Gruppenvorsteher, und zweitens – wo nehmen wir diesen Gruppenvorsteher her? Sagen wir zum Beispiel, ich reiche ein Gesuch ein und bewerbe mich darum; so und so, ich möchte Gruppenvorsteher werden, aber beschützen Sie mich vor ... Dingsda ... vor meinem Feind ... und man sagt Ihnen darauf, meine Verehrte, Gruppenvorsteher gibt es genug und Sie befinden sich hier nicht bei irgendeiner Emigrantin Falbala, bei der man Sie in einer Art Sittsamkeit unterwies, für die Sie selber als warnendes Beispiel dienen. Sittsamkeit, meine Verehrte, das bedeutet: zu Hause sitzen, den Vater achten und nicht zu früh an Freier denken. Die Freier, meine Dame, finden sich zur rechten Zeit ein – da haben Sie es! Natürlich muß man sich, das unbestritten, in verschiedenen Talenten üben, zum Beispiel ein bißchen Klavier spielen und französisch sprechen können, auch in Geschichte, Geographie, Religion und Arithmetik Bescheid wissen. Dazu kommt noch die Küche; in den Kenntnisbereich eines sittsamen jungen Mädchens gehört unbedingt die Küche! Aber wie steht es jetzt mit uns beiden? Erstens, meine Schöne, meine Gnädigste, wird man Sie nicht gewähren lassen, sondern Verfolger hinter Ihnen herhetzen, und dann ab in den Gewahrsam, ins Kloster! Was dann, meine Verehrte? Was befehlen Sie, daß ich dann tue? Soll ich mich etwa nach gewissen albernen Romanen richten und in einem fort auf einen nahe gelegenen Hügel kommen, um angesichts der kalten Mauern Ihres Klosters in Tränen zu zerfließen und, der Gewohnheit gewisser schlechter deutscher Poeten und Romanciers folgend, am Ende zu sterben, etwa so, meine Dame? Wenn ja, lassen Sie sich in aller Freundschaft sagen, daß man erstens so nicht zu Werke geht und daß ich zweitens sowohl Sie als auch Ihre Eltern am liebsten gehörig verdreschen würde, weil sie Ihnen französische Bücher zu lesen gaben; denn französische Bücher lehren einen nichts Gutes. Da ist ein Gift, ein zersetzendes Gift enthalten, meine Verehrte! Oder glauben Sie etwa, wenn ich fragen darf, wir könnten ungestraft fliehen und uns in ... Dingsda ... in einer Hütte am Meer verkrümeln? Und gurren und uns über Gefühle unterhalten und so unser ganzes Leben verbringen, in Glück und Genügsamkeit? Um uns, wenn sich ein Küken einstellt, an ... Dingsda ... mit einem Wort, an unseren Vater, den Staatsrat Olsufi Iwanowitsch zu wenden: So und so, da ist halt ein Küken zur Welt gekommen; würden Sie bei dieser passenden Gelegenheit nicht den Fluch widerrufen und unserer ehelichen Gemeinschaft den Segen erteilen? Nein, Verehrte, ich wiederhole, so geht man nicht zu Werke; vor allen Dingen wird es kein Gurren geben – darauf brauchen Sie nicht zu hoffen! Heutzutage, meine Verehrte, ist der Ehemann der Herr im Hause, und eine wohlerzogene, gute Ehefrau muß ihm in allem gefällig sein. Zärtlichkeiten aber sind in unserem Zeitalter des Gewerbefleißes nicht mehr gefragt; die Tage Jean-Jacques Rousseaus sind vorüber. Da kehrt zum Beispiel der Ehemann hungrig vom Dienst zurück: Hast du nicht etwas, mein Herzchen, um den ersten Hunger zu stillen, sagen wir – einen Wodka nebst einem Happen Hering? Sie, meine Verehrte, müssen alles parat haben – sowohl den Wodka als auch den Heringshappen. Der Ehegatte wird sich mit Appetit darüber hermachen, Sie aber kaum ansehen und nur sagen: Geh doch mal in die Küche, mein Kätzchen, und schau dich nach dem Mittagessen um! Er wird Sie allenfalls einmal in der Woche küssen, aber auch das recht gleichgültig. So schaut das heutzutage – von mir aus gesehen – aus, meine Dame, so wird sich das alles abspielen, wenn man es von dieser Seite her betrachtet und dementsprechend bedenkt... Aber was habe ich mit alledem zu schaffen? Warum belästigen Sie mich mit Ihren Launen, meine Gnädigste? „So und so, edelmütiger, um mich leidender und meinem Herzen in jeder Hinsicht lieber Mann..." und so weiter. Aber erstens bin ich, meine Gnädigste, nicht der Richtige für Sie, wissen Sie doch selber! Komplimente zu drechseln, verstehe ich nicht, allerlei parfümierte Redensarten für Damen im Munde zu führen, liebe ich nicht, schmachtende Seladone sind nicht mein Fall, und auch hinsichtlich meiner Figur haue ich nicht so ganz hin: Falsche Prahlsucht aber oder falsche Scham werden Sie an mir nicht entdecken, und das, was ich jetzt bekenne, ist völlig aufrichtig gemeint. So verhält es sich nun mal, unsereins verfügt nur über einen geraden und offenen Charakter und einigen gesunden Menschenverstand; mit Intrigen befassen wir uns nicht. Ich bin eben kein Intrigant, und ich bin stolz darauf – so verhält sich das! Ich wandele ohne Maske unter den Leuten umher und sage Ihnen, um alles auszusprechen ...

Herr Goljadkin zuckte plötzlich zusammen. Der rote, völlig durchnäßte Bart seines Mietkutschers schaute aufs neue zu ihm hinter den Holzstapel.

„Gleich, mein Freund, ich, mein Freund, bin, weißt du, gleich soweit; jawohl, mein Freund, gleich", sagte Herr Goljadkin mit bebender, verzagter Stimme.

Der Mietkutscher kratzte sich den Hinterkopf, strich sich über den Bart und trat einen Schritt vor ... Dann blieb er stehen und sah Herrn Goljadkin mißtrauisch an.

„Gleich, mein Freund, ich bin gleich soweit; ich, siehst du ... mein Freund ... ich, weißt du, bleibe nur noch ganz kurz, nur eine Sekunde lang hier ... siehst du, mein Bester ..."

„Dann wollen wir wohl gar nicht mehr irgendwohin fahren?" fragte schließlich der Kutscher und trat endgültig auf Herrn Goljadkin zu.

„Doch, mein Freund, gleich, gleich. Ich, siehst du, mein Freund, warte auf jemand ..."

„Soso ..."

„Ich, siehst du, mein Lieber ... aus welchem Dorf stammst du eigentlich, mein Bester?"

„Ich bin Leibeigener ..."

„Und ist deine Herrschaft gut zu dir?"

„Was denn sonst? ..."

„Also, mein Freund, warte noch ein bißchen. Sag mal, mein Bester, bist du schon lange in Petersburg?"

„Seit einem Jahr wohl kutschier ich hier herum ..."

„Und hast du es gut, mein Freund?"

„Und ob!"

„Schön, mein Freund, sehr schön! Bedanke dich bei der Vorsehung, mein Freund! Einen guten Menschen, mein Freund, kannst du mit der Laterne suchen. Heutzutage, mein Bester, sind gute Menschen selten geworden; solche, die dir Waschwasser und zu essen und zu trinken geben, mein Lieber ... Manchmal siehst du sogar, mein Freund, daß

Tränen auch durch Gold hervorgerufen werden ... du hast ein beklagenswertes Beispiel vor dir; so ist das alles, mein Freund ..."

Herr Goljadkin schien dem Mietkutscher leid zu tun.

„Also gut, ich bleibe. Gedenken Sie noch lange zu warten?"

„Nein, mein Freund, nein; ich werde, weißt du ... wohl nicht länger warten, mein Bester. Wie denkst du darüber, mein Freund? Ich verlasse mich auf dich. Ich warte nicht länger ..."

„Dann fahren Sie wohl gar nicht mehr?"

„Nein, mein Freund; aber ich werde mich dankbar zeigen, mein Lieber ... jawohl! Wieviel bekommst du, mein Bester?"

„Nun, bezahlen Sie mir so viel, wie ausgemacht war. Ich, Herr, habe lange genug gewartet; Sie werden mich nicht benachteiligen wollen, Herr!"

„Also gut, da hast du, was dir zusteht, mein Bester!" Hier übergab Herr Goljadkin dem Mietkutscher die vereinbarten sechs Rubel in Silber und ging, fest entschlossen, keine Zeit mehr zu verlieren, auf und davon, das heißt, er machte sich im guten und ungeschoren auf den Weg, zumal die Angelegenheit endgültig entschieden und der Mietkutscher entlassen war, somit auch kein Anlaß mehr bestand, auf etwas zu warten; er trat durch den Torweg auf die Straße hinaus, wandte sich nach links und eilte schnurstracks, aufatmend und voller Freude, davon. Wird sich vielleicht noch alles zum Guten wenden, sagte er zu sich selbst, auf jeden Fall aber hab ich auf diese Art eine Unannehmlichkeit vermieden. Ach, wenn sich doch alles zum Guten wenden wollte! dachte unser Held, wobei er dem Frieden übrigens nicht allzusehr traute. Jetzt werde ich also, dachte er bei sich ... Nein, das mache ich lieber nicht, ich komme ihnen von der anderen Seite ... Oder dreh ich das vielleicht lieber so? Auf diese Weise zweifelnd und nach dem Schlüssel der Lösung seiner Bedenken suchend, erreichte unser Held die Semjonowski-Brücke; hier, an der Semjonowski-Brücke, beschloß er vernünftigerweise, endgültig umzukehren. Ist wohl auch besser, sagte er sich. Ich gehe lieber anders vor, und zwar so. Ich stelle nur den unbeteiligten Beobachter dar und weiter nichts; ich bin eben nur Beobachter und unbeteiligt und an allem, was vielleicht noch geschehen mag, nicht schuld. So ist das und nicht anders. Und so soll es jetzt auch bleiben.

Nachdem unser Held beschlossen hatte umzukehren, tat er es auch, und das um so leichter, als er sich, einer glücklichen Eingebung folgend, als völlig unbeteiligte Person betrachtete. Ist ja auch besser so: Man ist für nichts verantwortlich und schaut sich an, was kommt ... ja, so ist das! Das heißt, die Rechnung war absolut richtig, und damit fertig! Nachdem er sich auf diese Weise beschwichtigt hatte, verbarg er sich aufs neue im friedlichen Schatten seines beruhigenden und schützenden Holzstapels und blickte aufmerksam zu den Fenstern hin. Dieses Mal brauchte er nicht lange zu warten. Hinter den Scheiben hob plötzlich ein sonderbares Treiben an, irgendwelche Gestalten huschten hin und her, die Vorhänge wurden zurückgezogen, und ganze Gruppen von Menschen drängten sich hinter den Fenstern von Olsufi Iwanowitschs Wohnung; alle schauten auf den Hof hinaus und forschten nach etwas. Unser Held verfolgte seinerseits, durch den Holzstapel geschützt, das allgemeine Treiben und reckte interessiert den Hals nach links und rechts, soweit es ihm der kurze Schatten des ihn deckenden Holzstapels gestattete. Plötzlich stutzte er, zuckte zusammen und hätte sich auf der Stelle vor Schrecken beinahe hingesetzt. Ihm schien oder, besser gesagt, ihm wurde völlig klar, daß man nach niemandem anderen ausschaute als nach ihm, dem Herrn Goljadkin. Alle blickten und zeigten in seine Richtung. An Flucht war nicht zu denken: man würde ihn erkennen ... der ratlose Herr Goljadkin drückte sich möglichst eng an den Holzstapel und bemerkte erst jetzt, daß dessen verräterischer Schatten ihn nicht ganz deckte. Unser Held wäre mit dem größten Vernügen bereit gewesen, in ein Mauseloch unterm Holzstapel zu schlüpfen und dort still zu sitzen, wäre das möglich gewesen. Aber es war eben nicht möglich. In seiner Agonie richtete er schließlich den Blick entschlossen und geradeaus auf alle Fenster zugleich; so schien es ihm am besten... Aber da übermannte ihn endgültig die Scham. Man hatte ihn erkannt, alle hatten ihn erkannt, alle winkten ihm oder nickten ihm zu, alle riefen ihn beim Namen; dann knarrte es, und einige Lüftungsklappen öffneten sich; mehrere Stimmen zugleich riefen ihm etwas zu. Ich kann mich nur wundern, wieso man diese Gören nicht von Kindheit an verdrischt, murmelte unser Held völlig fassungslos vor sich hin. Plötzlich kam *er* (wer, ist wohl klar) die Treppe vor dem Haus heruntergeeilt, nur im Uniformrock und ohne Hut, außer Atem und scharwenzelnd, trippelnd und hier und da sogar hochschnellend, heuchlerisch schreckliche Freude mimend, Herrn Goljadkin endlich wiederzusehen.

„Jakow Petrowitsch", plapperte der für seinen Nichtsnutz bekannte Mensch drauflos, „Jakow Petrowitsch, Sie hier? Sie werden sich erkälten! Hier ist es kalt, Jakow Petrowitsch. Kommen Sie herein!"

„Nein, Jakow Petrowitsch, das macht mir nichts", murmelte mit ergebener Stimme unser Held.

„Nicht doch, Jakow Petrowitsch, man bittet Sie, man bittet Sie ergebenst, einzutreten, man wartet auf Sie. Machen Sie uns die Freude und holen Sie Jakow Petrowitsch zu uns herein, hat man zu mir gesagt."

„Nein, Jakow Petrowitsch, das geht nicht; ich, sehen Sie, täte wohl besser ... ich täte wohl besser, nach Hause zu gehen, Jakow Petrowitsch", entgegnete unser Held, der sozusagen auf kleiner Flamme briet und zugleich vor Scham und Schrecken zu Eis erstarrte.

„Nicht doch, nicht doch, nicht doch!" legte der widerliche Kerl los. „Auf keinen Fall! Kommt nicht in Frage! Gehen wir!" sagte er entschlossen und schleifte Herrn Goljadkin hinter sich her zum Eingang. Herr Goljadkin der Ältere hatte ursprünglich keineswegs die Absicht, ihm zu folgen; da aber alle zusahen und sich dagegen zu wehren oder zu stemmen töricht erscheinen mußte, ging unser Held schließlich mit. „Er ging mit" ist übrigens nicht der richtige Ausdruck, weil er entschieden nicht recht wußte, was mit ihm geschah. Aber was machte das schon! Wennschon, dennschon!

Unser Held befand sich, noch bevor er zu sich gekommen war und sich von seinem Schock erholt hatte, mitten im Saal. Er war blaß, zerzaust, zerquält; er blickte sich mit trüben Augen um. O Schreck! Den Saal und alle anderen Räume füllte eine dichtgedrängte Menge. Menschen über Menschen, darunter eine wahre Orangerie von Damen; sie alle umringten Herrn Goljadkin, strebten auf ihn zu und trugen ihn gleichsam auf ihren Schultern mit sich fort, wobei er sehr deutlich erkannte, daß man ihn in eine ganz bestimmte Richtung drängte. Doch wohl nicht zur Tür? schoß es Herrn Goljadkin durch den Kopf. Aber nein, man schob ihn nicht zum Ausgang, sondern geradeswegs auf Olsufi Iwanowitschs Sessel zu. Neben dem Sessel stand auf der einen Seite Klara Olsufjewna, blaß, schmachtend und traurig, ansonsten aber prächtig herausstaffiert. Herrn Goljadkin sprangen besonders die weißen Blümchen in ihrem schwarzen Haar ins Auge, die einen außerordentlichen Effekt hervorriefen. Auf der anderen Seite des Sessels hielt sich Wladimir Semjonowitsch auf, in schwarzem Frack und mit einem neuen Orden im Knopfloch. Man hielt Herrn Goljadkin untergefaßt und führte ihn, wie oben schon bemerkt, geradeswegs auf Olsufi Iwanowitsch zu – auf der einen Seite dirigiert von Herrn Goljadkin dem Jüngeren, der eine äußerst anständige und wohlmeinende Miene aufgesetzt hatte, worüber sich unser Held unsagbar freute, auf der anderen von Andrej Filippowitsch, der sich äußerst feierlich gab. Was das wohl bedeutet? fragte sich Herr Goljadkin. Als er aber erkannte, daß man ihn geradeswegs zu Olsufi Iwanowitsch führte, blitzte es in ihm auf. Der Gedanke an den entwendeten Brief schoß ihm durch den Kopf. In unsagbarer Verzweiflung erschien er vor Olsufi Iwanowitschs Sessel. Wie verhalte ich mich jetzt? dachte er bei sich. Selbstverständlich so richtig unerschrocken, das heißt mit einer Offenheit, die nicht des Edelmuts entbehrt; so und so und so weiter... Aber gerade das, was unser Held befürchtet hatte, trat nicht ein. Olsufi Iwanowitsch empfing Herrn

Goljadkin anscheinend recht wohlwollend; er gab ihm zwar nicht die Hand, schüttelte aber bei seinem Anblick das graue, ehrfurchtgebietende Haupt – er tat es mit einem feierlich-betrübten, zugleich aber auch geneigten Ausdruck. So jedenfalls kam es Herrn Goljadkin vor. Ihm schien sogar, in Olsufi Iwanowitschs trüben Augen blitze eine Träne auf; er blickte sich um und sah, auch an Klara Olsufjewnas Wimpern – sie stand unmittelbar daneben – glitzerten Tränen, auch an Wladimir Semjonowitsch war, wenn er nicht irrte, Ähnliches zu bemerken, ja, auch Andrej Filippowitsch in seiner so unerschütterlichen, ruhigen Würde gab der allgemeinen tränenreichen Rührung nach, und schließlich nutzte ein gewisser Jüngling, der durchaus an einen vornehmen Rat erinnert hatte, die Gelegenheit und brach in bitteres Schluchzen aus. Oder war all das Herrn Goljadkin nur so vorgekommen, weil er selber in Tränen zerfloß und deutlich fühlte, wie heiß sie über seine Wangen rannen ... Unser Held, der mit den Menschen und seinem Schicksal versöhnt und in diesem Augenblick nicht nur Olsufi Iwanowitsch, nicht nur all dessen Gästen, sondern selbst seinem unnützen Zwilling äußerst zugetan war – dieser wirkte jetzt nicht im geringsten unnütz und spielte sich auch nicht als Zwillingsbruder von Herrn Goljadkin auf, vielmehr kehrte er einen ganz unbeteiligten und an sich recht liebenswerten Menschen hervor –, unser Held also wollte sich laut weinend mit einem rührenden Herzenserguß an Olsufi Iwanowitsch wenden, vermochte es jedoch nicht in der Überfülle all dessen, was sich in ihm angesammelt hatte, sondern zeigte nur mit äußerst beredter Gebärde schweigend auf sein Herz. Schließlich führte Andrej Filippowitsch, wohl in der Absicht, das empfindsame Herz des grauhaarigen alten Mannes zu schonen, Herrn Goljadkin ein wenig beiseite und ließ ihn allein, in einer im übrigen anscheinend völlig ungezwungenen Lage. Unser Held arbeitete sich, lächelnd und vor sich hin murmelnd, ein wenig verdutzt, auf jeden Fall aber fast völlig mit den Menschen und seinem Schicksal versöhnt, allmählich durch die dichtgedrängte Menge der Gäste. Alle machten ihm Platz und blickten ihn mit sonderbarer Neugier und unerklärlicher, rätselhafter Teilnahme an. Unser Held gelangte in ein anderes Zimmer – auch hier dieselbe allgemeine Aufmerksamkeit; er fühlte dumpf, daß eine ganze Schar von Gästen seinen Spuren folgte, daß man jeden seiner Schritte beobachtete, daß sich alle insgeheim über etwas höchst Bemerkenswertes unterhielten, die Köpfe schüttelten, redeten, richteten oder rechteten und flüsterten. Herr Goljadkin hätte schrecklich gern gewußt, worüber sie alle rechteten, richteten und flüsterten. Unser Held blickte sich um und bemerkte Herrn Goljadkin den Jüngeren neben sich. Herr Goljadkin, der das unabweisliche Verlangen verspürte, nach seiner Hand zu greifen und ihn beiseite zu nehmen, bat den anderen Jakow Petrowitsch mit allem Nachdruck, ihm bei all seinen künftigen Unternehmungen beizustehen und ihn im kritischen Augenblick nicht zu verlassen. Goljadkin der Jüngere nickte nur würdevoll und drückte Herrn Goljadkin dem Älteren kräftig die Hand. Das Herz unseres Helden hämmerte von all dem Überschwang der Gefühle. Im übrigen rang er nach Luft und fühlte, daß ihn irgend etwas schrecklich bedrückte; daß all diese ihm zugewandten Blicke ihn beengten und belästigten. Er erkannte im Vorübergehen den Rat, der eine Perücke trug. Der musterte Herrn Goljadkin mit einem strengen, forschenden Blick, nicht im geringsten berührt von der allgemeinen Teilnahme. Unser Held wollte schon auf ihn zugehen, um ihm zuzulächeln und sich mit ihm auszusprechen; doch dazu kam es nicht. Einen Augenblick lang vergaß Herr Goljadkin beinahe völlig, wo er sich befand, und ihm schwanden sowohl das Gedächtnis als auch die Sinne... Als er zu sich kam, bemerkte er, daß er sich in einem weiten Kreis ihn umgebender Gäste hin und her drehte. Plötzlich rief man aus dem Zimmer nebenan nach Herrn Goljadkin; dieser Ruf pflanzte sich sogleich über die Menge hin fort. Alles geriet in Bewegung, lärmte, stürzte zur Tür des ersten Saales; unser Held wurde beinahe hinübergetragen, wobei der hartherzige Rat mit der Perücke unmittelbar neben ihm auftauchte. Er ergriff schließlich Herrn Goljadkins Hand und nötigte ihn neben sich in einen Sessel, der sich in gebührender Entfernung gegenüber dem von Olsufi Iwanowitsch befand. Alles, was in den Räumen anwesend war, ließ sich in mehreren Reihen um Herrn Goljadkin und Olsufi Iwanowitsch nieder. Alle verstummten, alle wahrten ein feierliches Schweigen und blickten zu Olsufi Iwanowitsch hin, wobei man offenbar etwas nicht Alltägliches erwartete. Herr Goljadkin bemerkte, daß neben Olsufi Iwanowitschs Sessel, also ebenfalls genau gegenüber dem Rat und ihm selbst, der andere Herr Goljadkin und Andrej Filippowitsch Platz genommen hatten. Das Schweigen hielt an; man wartete tatsächlich auf etwas. Genau wie in einer Familie, aus deren Mitte jemand auf eine weite Reise geht; fehlte nur noch, daß man sich erhebt und betet, dachte unser Held. Plötzlich trat eine ungewöhnliche Bewegung ein und unterbrach alle Überlegungen Herrn Goljadkins. Es geschah etwas längst Erwartetes. „Er kommt, er kommt!" hallte es über die Menge hin. Wer kommt? schoß es Herrn Goljadkin durch den Kopf, und ein sonderbares Gefühl ließ ihn zusammenzucken. „Es ist soweit!" sagte der Rat und sah Andrej Filippowitsch aufmerksam an. Andrej Filippowitsch seinerseits warf einen kurzen Blick auf Olsufi Iwanowitsch. Olsufi Iwanowitsch nickte bedeutsam und feierlich. „Erheben wir uns", sagte der Rat und half Herrn Goljadkin aufzustehen. Alle folgten ihrem Beispiel. Dann nahm der Rat Herrn Goljadkin den Älteren an der Hand, während Andrej Filippowitsch dasselbe mit Herrn Goljadkin dem Jüngeren tat, worauf sie die beiden völlig Gleichen inmitten der sie umgebenden, erwartungsvoll sich drängenden Menge feierlich aufeinander zuführten. Unser Held blickte sich verständnislos um, doch man gebot ihm sogleich Einhalt und zeigte auf Herrn Goljadkin den Jüngeren, der ihm die Hand hinhielt. Sie wollen uns versöhnen, dachte unser Held bei sich und streckte gerührt Herrn Goljadkin dem Jüngeren die Hand entgegen; danach... danach hielt er ihm auch das Gesicht hin – zum Kuß. Dasselbe tat auch der andere Herr Goljadkin... Hier schien Herrn Goljadkin dem Älteren, daß sein treuherziger Freund dabei lächelte, der sie umgebenden Menge kurz und verschmitzt zuzwinkerte, daß sich im Gesicht dieses Unwürdigen etwas Unheilverkündendes malte, daß er im Augenblick seines Judaskusses eine Grimasse schnitt ... Herrn Goljadkin brummte der Kopf, ihm wurde schwarz vor den Augen; ihm schien, eine Unzahl, eine endlose Kette einander völlig gleicher Goljadkins breche polternd durch alle Türen ins Zimmer herein; aber es war schon zu spät ... Der laute, verräterische Kuß erklang, und ...

Hier nun geschah etwas völlig Überraschendes ... Die Tür zum Saal öffnete sich geräuschvoll, und auf der Schwelle erschien jemand, bei dessen bloßem Anblick Herr Goljadkin zu Eis erstarrte. Er stand wie angewurzelt da. Ein Aufschrei erstarb in seiner bedrängten Brust. Im übrigen hatte Herr Goljadkin alles im voraus gewußt und längst etwas Ähnliches geahnt. Der Fremde näherte sich selbstbewußt und feierlich Herrn Goljadkin. Herr Goljadkin allerdings kannte diesen Mann sehr gut. Er hatte ihn oft, oft genug, ja noch heute gesehen ... Der Ankömmling war hochgewachsen, kräftig gebaut, trug einen schwarzen Frack und ein imponierendes Kreuz um den Hals und besaß einen dichten, pechschwarzen Backenbart; zur weiteren Kenntlichkeit fehlte nur noch die Zigarre im Munde ... Dafür ließ der Blick des Mannes Goljadkin, wie gesagt, zu Eis erstarren. Der schreckenerregende Mensch trat mit selbstbewußter, feierlicher Miene auf den bemitleidenswerten Helden unserer Geschichte zu. Unser Held hielt ihm die Hand hin; der andere ergriff sie und zog ihn hinter sich her ... Unser Held blickte sich ratlos und verzweifelt nach allen Seiten um ...

„Das ist ... das ist Krestjan Iwanowitsch Rutenspitz, Doktor der Medizin und Chirurgie, Ihr alter Bekannter, Jakow Petrowitsch!“ säuselte eine widerwärtige Stimme Herrn Goljadkin unmittelbar ins Ohr. Er blickte sich um: es war Herrn Goljadkins durch seine häßlichen Charakterzüge so abstoßender Zwilling. Sein Gesicht strahlte eine völlig unpassende, unheilverkündende Freude aus; er rieb sich vergnügt die Hände, sah sich vergnügt im Kreise um, scharwenzelte vergnügt um alle und jeden herum; er schien bereit, vor lauter Begeisterung zu hüpfen; schließlich schnellte er vor, riß einem der Bedienten die Kerze aus der Hand und ging voran, um Herrn Goljadkin und Krestjan Iwanowitsch zu leuchten. Herr Goljadkin nahm deutlich wahr, wie alle, die im Saal versammelt waren, ihnen nachstürzten, nachdrängten, sich gegenseitig behinderten und einstimmig Herrn Goljadkin des Jüngeren Worte wiederholten: „Das hat nichts zu bedeuten; machen Sie sich keine Gedanken, Jakow Petrowitsch; es ist doch Ihr alter Freund und Bekannter, Krestjan Iwanowitsch Rutenspitz ..." Man trat schließlich auf die hell erleuchtete Vorderhaustreppe hinaus; auch da war ein Haufen Menschen versammelt; die Tür zum Ausgang wurde geräuschvoll geöffnet, und Herr Goljadkin und Krestjan Iwanowitsch befanden sich auf den Stufen vor der Tür. Am Eingang hielt eine Kutsche; sie war mit vier vor Ungeduld schnaubenden Pferden bespannt. Der schadenfrohe Herr Goljadkin der Jüngere überwand mit zwei, drei Schritten die Stufen und öffnete eigenhändig den Wagenschlag. Krestjan Iwanowitsch forderte Herrn Goljadkin mit ermahnender Gebärde zum Einsteigen auf. Im übrigen hätte es dieser ermahnenden Gebärde gar nicht bedurft: Es waren genug Leute da, ihm in den Wagen zu helfen. Herr Goljadkin sah sich, starr vor Schrecken, um: die ganze hell erleuchtete Treppe war voller Menschen; neugierige Augen sahen ihn von allen Seiten an; Olsufi Iwanowitsch in Person führte dabei vom obersten Treppenabsatz aus den Vorsitz, in seinen bequemen Sessel gelehnt, und er beobachtete aufmerksam, mit viel Teilnahme alles, was vor sich ging. Alle warteten. Ein ungeduldiges Murmeln durchlief die Menge. Hier wandte sich Herr Goljadkin noch einmal um.

„Ich hoffe, daß es an alledem ... nichts Anstößiges gibt ... nichts gibt, was eine gewisse Strenge oder ... Zweifel hinsichtlich meines Verhaltens im Amt hervorrufen könnte?" sagte, einigermaßen verwirrt, unser Held. Ein allgemeines Stimmengewirr und Lärmen erhob sich ringsum; alle schüttelten verneinend den Kopf. Herrn Goljadkin kamen die Tränen.

„In solchem Falle bin ich bereit ... ich vertraue mich

ganz ... ich vertraue mein Schicksal Krestjan Iwanowitsch an ..."

Kaum hatte Herr Goljadkin gesagt, er vertraue sein Schicksal Krestjan Iwanowitsch an, als sich ein furchtbarer, ohrenbetäubender, freudiger Schrei all denen entrang, die ihn umgaben, und sich als unheilschwangeres Echo in der wartenden Menge fortpflanzte. Hier griffen Krestjan Iwanowitsch von der einen Seite und Andrej Filippowitsch von der anderen Herrn Goljadkin unter die Arme und halfen ihm in die Kutsche, wobei der Doppelgänger, seiner gemeinen Gewohnheit folgend, von hinten nachschob. Der unglückliche Herr Goljadkin der Ältere warf einen letzten Blick auf alle und alles und stieg ein, zitternd wie ein Katzenjunges, das man mit kaltem Wasser übergossen hat – wenn dieser Vergleich erlaubt ist; gleich nach ihm nahm auch Krestjan Iwanowitsch im Wagen Platz. Die Tür wurde zugeklappt; man hörte das Knallen der Peitsche, und die Pferde zogen an ... alles stürzte Herrn Goljadkin nach. Die durchdringenden, wütenden Schreie seiner Feinde gaben ihm das Geleit. Eine Zeitlang tauchten verschwommen noch irgendwelche Gesichter neben der Kutsche auf, die Herrn Goljadkin entführte, aber nach und nach blieben sie immer mehr zurück, und schließlich verschwanden sie ganz. Länger als alle anderen hielt es Herrn Goljadkins unwürdiger Zwilling aus. Er lief, die Hände in den Taschen seiner grünen Uniformhosen, mit zufriedener Miene neben der Kutsche her und schnellte bald auf der einen, bald auf der anderen Seite hoch; gelegentlich klammerte er sich an den Festerrahmen, hängte sich an ihn, steckte den Kopf zum Fenster hinein und warf Herrn Goljadkin Kußhändchen zu; aber auch er ermüdete allmählich, tauchte immer seltener auf und verschwand endlich ganz. Herrn Goljadkins Herz krampfte sich immer angstvoller zusammen; das Blut schoß ihm in den Kopf wie ein heißer Quell; er rang nach Luft; am liebsten hätte er Jacke und Hemd aufgeknöpft, die Brust entblößt und sie mit Schnee überschüttet oder mit kaltem Wasser besprengt. Am Ende verfiel er in einen Dämmerzustand ... Als er aus ihm erwachte, sah er, daß die Pferde auf einer ihm unbekannten Landstraße dahintrabten. Rechts und links dunkelten Wälder; überall Öde und Verlassenheit. Plötzlich ließ ihn der Schreck erstarren; zwei flammende Augen blickten ihn aus der Dunkelheit an und funkelten vor unheilverkündender, teuflischer Freude. Nein, das war nicht Krestjan Iwanowitsch! Wer mochte es sein? War er es doch? Ja, es war Krestjan Iwanowitsch, aber nicht der frühere, sondern ein anderer Krestjan Iwanowitsch! Ein furchtbarer Krestjan Iwanowitsch!

„Krestjan Iwanowitsch, ich ... ich habe doch wohl nichts ... Krestjan Iwanowitsch", begann zitternd und bebend unser Held, um den schrecklichen Krestjan Iwanowitsch durch Demut und Ergebenheit wenigstens einigermaßen zu besänftigen.

„Er bekommt Wohnung auf Staatskosten, mit Brennholz, mit Licht und mit Bedienung, was er gar nicht verdient hat", erklang wie ein Gerichtsurteil Krestjan Iwanowitschs Antwort.

Unser Held schrie auf und griff sich an den Kopf. O weh, das hatte er seit langem geahnt!

AtV

Band 17/18 Fjodor Dostojewski
Die Dämonen

960 Seiten
Bd. 1/2 28,– DM
ISBN 3-7466-0018-9

Dämonen gleich, überziehen Pjotr Werchowenski und Nikolai Stawrogin eine verschlafene russische Gouvernementsstadt mit Intrigen und aufrührerischen Ideen und zeichnen am Ende für Feuersbrunst und Mord verantwortlich.
Angeregt von dem aufsehenerregenden Prozeß gegen den Anarchisten Netschajew und seine Gruppe 1871, entwickelt Dostojewski in dem zweibändigen Romanwerk sein Bild von der russischen Revolution.

AtV

Band 44

Arnold Bennett
Lebendig begraben

Roman

Aus dem Englischen
von Margit Meyer
200 Seiten
12,80 DM
ISBN 3-7466-0047-2

Ein weltberühmter, aber menschenscheuer englischer Maler schlüpft in die Rolle seines verstorbenen Dieners – eine amüsante Geschichte aus dem England um die Jahrhundertwende mit vielen pikanten Verwechslungen.

AtV

Band 45

William Morris
Kunde von Nirgendwo oder Ein Zeitalter der Ruhe

Einige Kapitel aus einer utopischen Romanze

Aus dem Englischen
von Carmen Janetzki
250 Seiten
14,80 DM
ISBN 3-7466-0048-0

William Morris zählt zu den Begründern des Jugendstils, vor allem seine originellen kunsthandwerklichen Arbeiten werden bis heute in seinem Heimatland England und darüber hinaus sehr geschätzt. Der utopische Roman „Kunde von Nirgendwo“ (1890), von dem wir die erste vollständige deutsche Übersetzung vorlegen, macht uns mit dem Sozialreformer William Morris bekannt, mit seiner romantischen Liebe zum präraffaelitischen Mittelalter, seiner etwas anarchistischen Freiheit und Selbstherrlichkeit des Individuums. „(...) Im Nirgendwo unseres Morris herrscht der schönste Individualismus“, schreibt 1892 Wilhelm Liebknecht in seinem Vorwort zur ersten deutschen Ausgabe.

AtV **Taschenbuch bibliophil**

Band 35

Mark Twain
Komödien und Tragödien von damals

Autobiographische Schriften

Herausgegeben von Karl-Heinz Schönfelder

Aus dem Amerikanischen
von Ana Maria Brock
Mit zahlreichen
Illustrationen von
Johannes Niedlich
350 Seiten
26,80 DM
ISBN 3-7466-0038-3

Rückhaltlos und ungeschminkt wollte sich Mark Twain in seinen autobiographischen Schriften äußern, die er 1906 seinem Sekretär A. B. Paine zu diktieren begann. Der literarische Vater von Tom Sawyer und Huckleberry Finn läßt Kindheit und Jugend, Geschäftsfreunde und -feinde, eigene Erlebnisse und Zeitereignisse an uns vorüberziehen und erweist sich in der vorliegenden Auswahl ein weiteres Mal als kritischer Geist und ebenso scharfsinniger wie humorvoller Beobachter.
Phantasievolle farbige Illustrationen von Johannes Niedlich, der sich als Buchkünstler längst einen Namen gemacht hat, verleihen dem Band zusätzlichen Reiz.

AtV

Band 34

Walter Scott
Old Mortality

Historischer Roman

Aus dem Englischen
von Rudolf Schaller
Mit einer Nachbemerkung von Friedrich Baadke
605 Seiten
19,80 DM
ISBN 3-7466-0037-5

Vergebens wirbt Henry Morton von Milnwood um die schöne Edith Bellenden. Die königstreue Familie des Mädchens verweigert ihre Zustimmung zur Heirat der beiden, weil der junge schottische Edelmann nicht zum Verräter an der Sache seines unterdrückten Vaterlandes werden will. Als 1679 der Aufstand der Covenanter ausbricht und Henry sich an die Spitze seiner um Unabhängigkeit und Glaubensfreiheit kämpfenden Landsleute stellt, beginnt eine harte Probezeit für die Liebenden.

AtV

Band 39 **Heinrich von Kleist**
Der Zweikampf
Die Erzählungen

269 Seiten
14,80 DM
ISBN 3-7466-0042-1

Kleists Novellen handeln von „unerhörten Begebenheiten“: von einem Roßhändler, den „das Rechtsgefühl zum Mörder und Räuber machte“, von einer unwissentlich schwanger gewordenen Frau, die ihr Geschick in die eigenen Hände nimmt, von der nicht zu bannenden Sühn- und Strafwut religiöser Fanatiker, von einem adoptierten Sohn, der den Untergang seiner Wohltäter heraufbeschwört, von einem verwirrenden Gottesurteil. In dieser Prosa ist „Schrecken, das Grauen vor dem Rätselhaften, Zwiespalt der Vernunft“ (Thomas Mann).

AtV

Band 31 Hans Fallada
Der Pleitekomplex.
Sieben Malheurgeschichten
Zusammengestellt von Günter Caspar

130 Seiten
10,80 DM
ISBN 3-7466-0034-0

Die Gestalt des Johannes Pinneberg, die nahezu als Synonym gilt für den kleinen Mann, den die Krise um Lohn und Brot bringt, Figuren, die nach Arbeit rennen wie die vom Pleitekomplex gepackte Annemarie Geier oder der von einer fixen Idee besessene Herr Möcke, Arbeitssucher, die noch hoffen wie dieser Abonnentenwerber oder die bereits aufgegeben haben wie jener Hausmann und Kindeshüter, sie und andere stehen für das Heer der mehr als sechs Millionen Erwerbslosen, die es damals, 1931/32, als der Autor die meisten dieser Geschichten schrieb, in Deutschland gab.

AtV

Band 13

Lion Feuchtwanger
Die Brüder Lautensack
Roman

326 Seiten
16,80 DM
ISBN 3-7466-0014-6

Das Treiben um den Telepathen, den Magier Oskar Lautensack, dem mit Hilfe der Nazis ein schwindelhafter Aufstieg gelingt, bis er von ihnen auf übliche Art – durch Mord – beseitigt wird, offenbart eine besondere Seite des faschistischen Systems: Die Naziführung bedient sich des Okkulten, des Mystischen, um ihre Macht in den Köpfen und Herzen der Massen zu festigen, eine Macht, die Rausch, Irrationalismus und Verbrechen an die Stelle von Vernunft, Gewissen und Gerechtigkeit gesetzt hat. Vorbild für die Hauptfigur ist der Hellseher Hanussen.

AtV

Band 30

Egon Erwin Kisch
Aus Prager Gassen und Nächten

200 Seiten
14,80 DM
ISBN 3-7466-0033-2

Der junge Egon Erwin Kisch fand den Stoff für seine Lokalfeuilletons auf den Straßen und Plätzen Prags, in den Cafés und Kneipen, den Wärmestuben und Asylen. Er beobachtete Vagabunden, Hundefänger, Flößer, Hopfenpflücker, das morgendliche Markttreiben, Versteigerungen und Razzien. Bereits die Reportagen seines ersten Buches offenbaren einen unbestechlichen Blick für den „Humor der Tatsachen“, die Ironie der Dinge und alltäglicher Geschehnisse.